緑土なす

天から降る黄金の花弁

〈てんからふるおうごんのはなびら〉

みやしろちうこ

Illustration

user

この物語はフィクションであり、
実際の人物・団体・事件等とは、いっさい関係ありません。

登場人物紹介

足弱《あしよわ》（ラフォスエヌ）

山奥で野人のように暮らしていた、片足に障害を持つ男。今世王の行方不明の庶子の兄を探す国家事業で上京し、発見・保護される。長く自分が王族だと認められずにいたが、今世王の溢れる愛と、証拠が見つかったことにより、自覚。今世王を愛することを自分に許すこともできた。異能で痛み止めの薬草“オマエ草”を生み出し、それが万能薬と誤解されながら、現在は博士のホヘスから植物学を学んでいる。

今世王《こんせいおう》（レシェイヌ）

千年続くラセイヌ王朝の最後の王。ラセイヌ王朝の王族は国土を緑豊かにする異能を持つが、血族しか愛せない宿命。“王室病”と呼ばれる死病で一族が死に絶えてから、一人生き残った今世王は孤独のあまり弱っていく一方だった。庶子の兄である足弱が見つかって、縋りつくように、ひたすら愛を捧げる。その想いはついに報われ、足弱と一年後の秋に結婚式を挙げる約束を交わす。

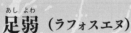

灰色狼

王族のありとあらゆる世話をし、
王族に尽くすことを生きる喜びとする家臣一族

協力関係

〈命《いのち》〉

足弱付き侍従長。足弱を温かく見守る。

↓ 部下

〈温《ぬく》もり〉

足弱付き侍従で、将来の侍従長候補。

〈星《ほし》〉

足弱付き侍従。足弱の前では口数が少ないが…?

緑園《りょくえん》殿長官《でんちょうかん》

「灰色狼」の長。

↓ 部下

〈水明《すいめい》〉(コク)

アルゲに監禁されていた時に足弱を世話してくれた下男。実は潜伏中の灰色狼だった。現在は緑園殿長官の副官として復帰。

〈円《えん》〉〈吟声《ぎんせい》〉

足弱付き侍従補佐。

〈一進《いっしん》〉

今世王付き侍従長。真面目で一本気。足弱にはもう少し陛下の要求に応えてあげてほしいと思っている。

↓ 部下

〈見晴《みはらし》〉〈小鳥《ことり》〉

今世王付き侍従。

〈巻雲《まきぐも》〉

今世王の主治医(作中では王の主治医のことを"御匙"とも呼ぶ)。

〈雪解《ゆきど》け〉

宮廷料理長。豪華な料理が舌に合わない足弱に苦悩。

侍従・文官

近衛軍

〈黎《れい》明《めい》〉

今世王の筆頭護衛兵。近衛軍一の武勇を誇る。<光臨>の弟。

↓ 前任者

〈歳《さい》月《げつ》〉

今世王の元筆頭護衛兵。無口すぎる男。

〈青《せい》嵐《らん》〉

近衛軍将軍。豊かな黒髪がトレードマークで女性たちに人気。

↓ 部下

〈光《こう》臨《りん》〉

近衛軍佐将。なにかと<青嵐>に振り回されている。<黎明>の兄。

〈焔《はむら》〉

<青嵐>付きの副官。年上のしっかりした男。右頬に傷がある。

〈朝《あさ》霧《ぎり》〉

元近衛軍将軍。<青嵐>はじめ多くの元部下に慕われている。

〈眺《ちょう》望《ぼう》〉(ヤク)

コクと共に足弱を救い出した灰色狼。現在は本名に戻り、近衛軍で勤務。若いのに老け顔。

市井の人々

老人

王族を憎む学者で、山奥に足弱を隠し、王族を否定する考えを吹き込みながら育てた。故人。

ホン・セイエ

郷里で足弱に親切にしてくれていた夫婦。

ワン

都へ上る旅の途中で足弱と親しくなった書士(現在は官吏)。今では足弱の正体に気づいているが、知らぬふりで友人として接している。

第一章　来年の秋のために

第一話　ワン結婚す

今世王《こんせいおう》の誕生日でもある新嘗祭《にいなめさい》が終わり、その余韻を長く残した王都ラヌカンの秋が深まったある日の午後。

足弱《あしよわ》はワンとツァイの婚儀に参加するため、夕暮れのなか家がみえる距離の位置で馬車からおりた。

ワンは結婚を機に朝廷から斡旋《あっせん》されていた独身用の家屋からでて、貯めた金で家を建てていた。

新居は隣の家と屋根を同じくするような平屋ではなく、塀も中庭もある二階建ての木造建築だった。そのぶん職場である朝廷から遠くなった。

門は開放され、酒と花の香りが周囲に広がって、家のなかからは賑やかな声がしている。祭事の雰囲気があった。

かがり火が用意されている最中で、門の外と内に男が複数人立っていた。

商人であるアシの家臣という設定になった〈温《ぬく》もり〉が、ワンからもらった案内状の竹簡《ちくかん》を門のそばに立っている男に渡すと、男たちは「どうぞどうぞ」「ようこそ」と招き入れてくれた。

今日は宮廷の官吏でもあるワンの新居と嫁の披露日になる。身内だけでなく縁ある人を呼び、戸をはずした部屋に続々と招待客が訪れる。人の流れに沿い家の奥に入っていくと、多くの人が集まっていた。

「満員ですので、護衛のかたは廊下か中庭あたりで待機してください」

護衛兵である〈遥《はる》か〉が視線を合わせてきたので足弱はうなずいた。

「アシ殿が来られたら案内するよう新郎からいわれております。こちらです」

ワンの実家から手伝いできたらしい下男が、部屋を見渡せる位置にあるが、壁際の柱のよこにあって目立たない場所にある椅子を示した。

椅子のよこには幅の狭い卓まである。その卓を挟んでもう一脚椅子が置いてある。それには〈温もり〉が座った。

足弱は用意されていた椅子に座り、初めてみる披露宴を見物した。〈温もり〉がときどき解説してくれる。

花嫁は昨夜遅くに牛車に乗せられて運ばれ、かがり火を灯《とも》した新居にて迎え入れられたという。これをもってツァイは実家から離れ、ワンの両親をわが父母として従うことになるという。

「階級や貧富、住む地域によって婚儀の形は違っております。ワン殿は大夫の父を持ち、自身が官吏でありますので庶民の上、貴族の下の習慣に則《のっと》って行われているように拝見します」

ツァイはワンの家に入るので、招待する客の顔ぶれはワンの関係が多い。前日はツァイの宅で縁者を集めて嫁を送り出す宴《うたげ》が催されただろうという。

宴にはずっとワンがいて、ツァイはたびたび奥にさがり、またでてくる。髪を整え、髪飾りをつけ、薄化粧をして、とっておきの衣装を着たツァイは大人びてみえた。

ワンは薄い枯れた木の葉のような色の、おろしたての着物を着ていた。冠は布ではなくて竹製にみえた。そこには枝に小さな実をたくさんつけるテッセンのような意匠の宝飾品がついていた。ワンが立ったり酒を注いでまわったりすると、頭上の小さな宝石が輝く。

ツァイは薄い紅色の着物を着て、さらに薄い色の領巾《ひれ》によく似た物をはおっていた。かの女《じょ》の首元にも、ワンとお揃《そろ》いの、枝になる実の形の宝石がさがっている。

「ワンさんも、ツァイさんもお似合いですね。あの飾りもぴったりだ」

「さようでございますね」

新婚夫婦揃いの宝石でできた飾りは、足弱が侍従たちに相談して決めた祝いの品だった。

こういう宴で身に着けることができるし、もしふたりが今後困窮することがあったなら売ることもできる。

「結婚は男女両方の家の承諾をとり、娘を嫁として送り出す宴を開き、深夜に婿の一族のもとから牛車がきて運ばれ、ふたり揃って男の両親に挨拶《あいさつ》をし、霊廟のある格式のある家ならばそこでも挨拶をしてひとまず終わります。日が昇ると同時に男の家の者となります。

その日は、ふたりが夫婦となったことを周知するために宴に人を招き、酒と食事をだします。客たちはそれぞれで祝いの品を贈ります。戸籍の書き換えは結婚前後にすればよく、王都では宮廷に届け出ます」

「へえ」

足弱は勧められる飲食物を口にしたりしながら、〈温もり〉の話に耳を傾けた。

「男女が結婚後初めて同衾《どうきん》する夜を初夜と申しますが、これは今日の宴の夜を指します」

「ん？　はい」

なぜそんなことまで説明されるのか足弱にはわかりかねた。部屋の中央で客と話しているワンをみるのが恥ずかしくなる。

「ですので通常、その日は新婚夫婦に飲ませすぎないように客は配慮します」

「ああ、なるほど」

さきほどから、杯を押し付けられているワンの手から、ワンによく似た容貌の男がその杯を奪って、自分が代わりに飲んだり、他に渡したりしている。あれはそういうことなのだろう。ワンの両親や兄弟は他で暮らしているが、この日ばかりはワンの新居に集い、客をもてなす。


外が暗くなり、室内に用意されていた脚の長い燭《しょく》に火が灯る。

流麗な楽《がく》もなく、洗練された料理や給仕たちがいるわけでもない。辺境の山奥での暮らしと、王都緑園《りょくえん》殿《でん》での至れり尽くせりの暮らししか知らない足弱にとって、庶民の祝祭事は物珍しかった。

長尻《ながじり》を決め込んでいると、新郎と新婦が足弱に近づいてきた。

「お酒や料理は足りておりますでしょうか」

立って迎えようとした足弱を目で抑え、ワンがいつもより上気した頬のまま話しかけてきた。

「はい。じゅうぶんいただいています。ワンさん、ツァイさん、このたびは誠におめでとうございます」

「宴にご出席していただき光栄です」

「アシ殿、素晴らしい祝いの品をありがとうございます。これをつけてから、なくさないか何度もみてしまいます」

丸い顔の若い娘であるツァイは宝石の枝飾りに指を添え、足弱に礼を述べた。

「以前も紫色の手触りのいい布をくださいましたね」

「ああ、そういえばそうですね。使ってくださっていますか」

アルゲとその父が起こした騒動の折、ワンは身を挺《てい》して情報を守り、吐かせようとする拷問吏に抵抗して体を痛めつけられた。その後、緑《りょく》護院《ごいん》にいるワンを見舞ったときに足弱は所持していた布を看護人であったツァイに譲っていた。

「もったいなくてなかなか使えておりません。ですが、一生大事にいたします」

「ツァイさんのお気の済むよう、なさってください。ワンさん、ツァイさん、お幸せに」

ふたりは足弱に頭をさげ、他の客への挨拶まわりへ向かった。

室内は酒と料理と花と化粧と、さまざまな匂いが混ざり、燭の明かりが揺れるごとに影が生まれていた。足弱はその輪の端に座り、なんともいえない温かい喧《けん》噪《そう》をきいていた。それは寄せては返す波の音に似ていた。ふたりの門出を祝う場のなかに身を置いているだけで、えも言われぬ昂揚感《こうようかん》があった。

日も暮れてから足弱はワンとツァイの新居を辞去した。

どこかで見守っていたのだろう、足弱と〈温もり〉と〈遥か〉が門からでてくると、護衛の〈道《みち》〉があらわれて、手にしていたかがり火で道を照らした。

足弱は感想を述べることもなく、黙ったまま歩き、道の裏で待機していた装飾のない箱型の馬車に乗り込んで緑園殿に帰った。

＊

予想したより遅い刻に緑園殿に戻り、軽く夜食をとってから足弱は湯殿にいって寝る支度をした。

「レシェイヌはもう寝ているかな」

「きいて参りましょうか」

〈星《ほし》〉が申し出てくれたが、足弱は断った。

「心配をかけたあの件以来初めての外出だから、案じているかなっておもったんですが……寝ているレシェを起こすほどじゃないし、明日早起きして顔をみせにいこうかな」

「では、そのように兄上さまが起床されるご希望であると、朝の番に申し伝えておきますね」

「ありがとうございます、〈星〉さん」

夏の終わりごろに足弱がいっとき行方不明となる出来事があり、弟である今世王を大いに心配させた。その件で迷惑をかけた侍従や護衛たちは慰労のため灰色《はいいろ》狼《おおかみ》たちの故郷での休暇が許され、晩秋となったここ数日前に戻ってきてくれていた。

帰省していた〈温もり〉と〈星〉の代わりの侍従が短期間申し分なく仕えてくれてはいたが、慣れたふたりの顔をみられて足弱は嬉しかった。


白い寝巻きに着替え、寝台に腰掛けて侍従が持つ手燭以外を消してもらう。

「今日はワンさんの結婚式を覗くことができてよかった」

「お幸せそうだったでしょうね」

話を合わせながら〈星〉が寝具をめくる。足弱は布団中央へ尻をにじって移動していく。

「兄上さま、陛下がご訪問です」

たたっと軽い足音が近づき、〈吟声《ぎんせい》〉が報告しにきた。

「え？」

足弱と〈星〉が振り返ったときには、手燭を持つ侍従に先導され、今世王が寝室の入口から入ってくるところだった。

白い寝巻きに、白い上着を肩から袖を通さず掛けただけの今世王は、暗い室内で淡い手燭の明かりにひとりだけ白く浮かび上がっていた。明かりの残像が長い光の帯を描く。

「兄上、お休みに入るところをお邪魔します」

「ああ……いいんだ」

〈星〉と〈吟声〉がさがっていき、寝台に座っている足弱に向かって今世王だけ歩いてくる。

ワンの披露宴でみた、薄暗がりを払底する勢いの明かりたち。手前の蠟燭《ろうそく》と、室内に何本も立っていた燭台。中庭に組まれたかがり火。その明かりを反射する銀細工の装飾や食器。艶光する珠。表面を磨かれた器。泡のように消えては湧いてくる賑やかな笑い声と話し声。笑顔と酔った赤い顔。

緑園殿に戻って宴から離れたはずであったのに、着物も肌も白くて、明るい色合いの髪を持つ今世王の立ち姿は、その離れて終わったはずの宴がつづいているような風合いがあった。

まだ華やかな宴は終わっておらず、目の前にあって、手を伸ばせば届く。

「お帰りなさい、兄上」

「ただいま、レシェイヌ。寝てなかったんだな」

「横にはなっていましたが、兄上が戻られたら寝室に押しかけようとの腹積もりでいました。いっしょに寝てもいいですか」

今世王は上着を床に落とし、寝台に座って、そのまごろんと寝転んだ。くるっと足弱側に体の正面を向けると両手を伸ばして腰に抱きついてくる。

足弱は今世王をみつめたまま、下肢を伸ばして寝台にふたりで並ぶように横臥《おうが》した。

寝台の四方を囲む幕が閉じられ、異母兄弟ふたりだけの世界となる。

「知人の婚儀をみたご感想は？」

「本人も周りも、随分《ずいぶん》と楽しそうで……楽しみのような、緊張するような、気が、した」

足弱が感想を述べると、今世王はたまらず顔を足弱の胸に押しあて、殺しきれなかった笑い声を漏らした。

「わたしとの結婚が、楽しみに？　兄上」

「ああ」

だからそういったじゃないか、といおうとしたら、また今世王が笑った。胸元が温かくくすぐったい。

「レシェ、ほら、寝るならもっと頭をうえに」

そう呼びかけても反応がなく、顔を覗き込むと今世王は寝ていた。

足弱は寝顔をみおろしたまま、指通りのいい金髪を指で梳《す》いた。

（ワンさんもツァイさんも嬉しそうだった。おまえも、式の当日はあんな感じなのかな。おまえが笑顔なら、もうおれは、それで、なんでもいいな）

今世王が笑顔で、それで自分が満足していたら、きっと周りにいる灰色狼たちも喜んでくれるだろう。

あのワンの宴に集うた祝い客同様に、笑顔で、賑やかで、華やかなのだろう。足弱は今日みた宴を、自分と胸のなかの今世王とが挙げるだろう来年秋の挙式と重ねながら眠りについた。


衣擦《きぬず》れの音がして、足弱は目を覚ました。

「起こしてしまいましたか、兄上」

「ん……行くのか」

異母弟は今世王として、夜明け前に緑流城《りょくりゅうじょう》の最上階で瞑想《めいそう》をしている。その行為を通して、この大国ラセイヌの全土を緑で満たし、実り豊かな秋を迎えるべく尽力している。

「いえ、今朝は午前の聴政までここにいますよ」

「そうか。ゆっくりできるんだな……」

瞑想も毎朝でなくていいらしい。畑の作物に水をあげすぎると根が腐ることがあるように、大地に異能を走らせすぎるのも何かあるのかもしれない。それとも今年の収穫が終わったからだろうか。

足弱はうとうとしながらそんなことを考えた。

「昨夜、兄上の顔をみたら満足してすぐに寝てしまいました」

「疲れていたんだろう」

「せっかく兄上と同衾《どうきん》したのに残念です」

秋の深まりつつある朝でも、四方を幕で守られた寝台のなかは暖かだった。ましてや寄り添っている異母弟がいる。

「兄上、おはようございます。起きられますよね」

「ん、んん」

なんだか起きるのを催促されているようだ。足弱は寝ている姿勢のまま両手を伸ばした。そうしてようやく目を開く。薄明りの幕のなか、白っぽくみえる金髪が近づいてきていた。

「兄上」

「レシェ」

自然と唇が重なった。吐息を吸われ、舌先で下唇を舐められると、白い寝巻きに包まれた足弱の肢体がぴくっとした。

「あ、あふ……」

体が仰向《あおむ》けになり、今世王が覆いかぶさる形で軽い口づけがつづく。強引なところが一切なくて、なだめるかのように穏やかだ。

足弱を籠絡《ろうらく》していくその気持ちよさは、さきほどまで身を浸していた眠りと、温かい肌との触れ合いからできていた。四肢から力がますます抜けていく。

「兄上、気持ちいいですか」

「ん……」

「つづき、してもいいですか」

「ん……」

完全に弟に身を任せて、ふたたび寝てしまいそうになっていた足弱は腹のあたりが涼しくなって、半身を浸けていた眠りの世界から急遽戻ってきた。

「……あ……？」

ぼんやりした目を何度も瞬かせると、肩まで掛けていた上掛け布団がなくなり、膝下から湾曲している右の足を根元から持ち上げられていた。

「レシェ」

「こちらの足、痛くありませんか」

まだうまく頭が働かなかった。こうして求められているのは、昨夜が中四日制と決めていた同衾日だったせいだろうか。

「だ、大丈夫だ」

「それでは」

微笑む今世王の顔をみて、優しい顔をしているなとおもっていたら、硝子《ガラス》のこすれる小さな音と、花の香気が広がった。

「あ、あ」

開脚されたあいだに指が入ってくる。慣れた長い指が敏感な箇所を探る。

「レ、シェ」

「一回楽しんだら、ふたりで湯を浴びて朝食にしましょうか」

ふふっと今世王が笑った。

「朝から兄上を味わえるなど、どれほど〈雪解《ゆきど》け〉が腕を振るおうが敵《かな》わない最高の朝食だ」

指は二本に増え、ぐいぐいとほぐしていく。香油が足され、やがて三本になった。

「無駄に力が入っていないので、ほら、すぐ入れそうですよ。腰のしたに枕を置きますね。もうちょっとだけ待ってくださいい」

枕が前言通りに置かれるころ、足弱の寝巻きははだけきり、全身にじんわり汗をかいていた。

足弱の目は完全に覚めているはずなのだが、それでもどこかまだ眠りの海に揺蕩《たゆた》っているような感覚が抜けなかった。体の芯に力が入らず、今世王のすることを受け入れてしまう。

白い寝巻きを脱いだ今世王は、狭隘《きょうあい》にゆっくり腰を進めてきた。それだけが妙に熱を持ち滾《たぎ》っている。ふたりのあいだで唯一絶対に意思をはっきり持っていて、決定権はそこにだけあった。

「あ、あ……！」

重くてしっかり存在感のあるものが体内に侵入してくると、さすがに足弱も寝ぼけていられなくなってきた。

「ん、ん！」

「だめですよ、兄上。さきほどみたいに力を抜いてください」

足弱の両足を自身の腰に巻きつけさせ、両手を敷布に置いた今世王は大きく腰を前後させて揺らした。深くなり浅くなりして、足弱のなかでさらに存在感が増す。

「あ、ああ」

近くにあった弟の腕をつかみ、足弱はずり上がろうとして両肩を押さえられた。その機会をとらえて、ぐっと奥まで貫かれる。

「ん、あっ、ああっ」

「はあ、気持ちいいですね、兄上。朝からこうして、ふたりして、ずっと暮らしていきたいですね。ね、ラフォス。愛しいラフォスエヌ」

「あ、ああ……っ」

返事は喘ぎでうやむやになったが、脳裏に一瞬、それも悪くはないなあという考えがよぎった。

なかを何度も突き上げられ、足弱の反応したものを片手で握られた。根元から先端までを扱《しご》かれ、指先でいじられただけで濡れて息が詰まるほど昂《たかぶ》ってくる。

「ふ、んあ、レシェ」

手で包まれたものが痛いほど快感を拾う。足弱は陶然としてきて弟の名前を呼んだ。

尻も元気すぎる雄根を朝から精一杯咥《くわ》えて、なかをずっと刺激されている。香油が濡れた音を立てつづけ、肌が肌を叩き、紅潮した肌が汗で濡れた。

「あ、あ、あ、あ」

「名残惜しいですけれど」

すぐに限界がせり上がってきて、ともに快感の頂点まで駆け上がった。

「あ、あ、ああ！」

「く、んん！」

重なってきた汗ばむ体の背に足弱は手を置いた。自分と同じように胸が激しく上下している。今世王の肌から花の香りとまじった、温かい甘い匂いがした。

しばらくして、足弱が眠りの海に頭から再突入しようとしたのを察知したのか、今世王に抱き起こされ、ふたりして湯殿に向かった。

第二話　発生の報告の秋

新嘗祭が盛大に行われ、同日の今世王の誕生日が内々に祝われ、つづいてワンの結婚式まで終わると、足弱は少し気が抜けたような面持ちで、晩秋の庭園を散策したりして日々を過ごしていた。

そんなある秋晴れの日の午後。

珍しく緑流城にいる今世王から足弱は呼び出しを受けた。足弱に用事があれば、緑園殿から戻ったときに直接話すことが多い弟からの呼び出しに、足弱は胸騒ぎを覚えながら冠から衣服、沓《くつ》まで一式の着替えをして足を向けた。

城にある拝謁《はいえつ》の間のなかでも、規模からしたら中規模な部屋に到着すると、すぐになかへ誘《いざな》われる。灰色の塊《かたまり》である侍従と護衛たちとともに入ると、玉座に今世王が座っていた。その椅子の壇の正面下には宰相である アジャンが跪《ひざまず》いていた。

「兄上、急にお呼び出しして驚かれたでしょう。これからアジャンの報告をいっしょにきいていただけますか」

壇に近づくと、今世王は腰をあげ、足弱に手を差し出した。

「ああ」

もちろん驚いた、もちろん話をきく、をひとつの返事で済ませて、足弱は玉座の左横に置いてある宝座に座った。

アジャンは頭をあげて話しだした。

左斜め上から入る日差しが、拝謁の間の艶のある黒色の床と赤い敷物を白く照らしている。宰相の冠には前に三つ、後ろに三つの玉すだれの装飾がついている。この装飾は宰相の冠にだけ許されているものだ。冷淡な風貌の四十歳代であるアジャンの顔のうえに、その玉の影が落ちていた。

真面目な、ただならぬ雰囲気のなかであったが、足弱はちらっとその影を面白く感じて眺めた。

「お呼びたてすることとなり恐縮でございます、殿下。されどセイセツ国の使者からの訴え、ただごとならず。

またこのさきの話にて殿下のご判断が必要かと愚考し、陛下に殿下をお招きいただくようお許しを賜《たまわ》りました。

――セイセツ国の使者からは以前より、正妃が『王室病』に似た病に罹患《りかん》されたことをきいておりました。それが、夏ごろよりにわかにセイセツ国民にも同様の症状が発生し、流行しつつあるというのです。三つの郷《ごう》で確認され、このままでは郡《ぐん》にも広がるだろうと申しております」

一度そこでアジャンは口を閉じた。

ラセイヌ王国が存在する大陸は天宝《てんぽう》山脈によって南北に分断されている。その南部全地域を南原《なんげん》という。南原最大の国が今世王の治めるラセイヌ王国であり、そのラセイヌに入朝している周辺の小国のひとつでしかないのがセイセツ王国であった。

ラセイヌからみて北西方向に位置し、国境を接しているセイセツ王国は、ラセイヌへの入朝を断られ、国交がなくなるとそれだけで国が亡《ほろ》ぶ。それほど国力の違いがあった。

セイセツ国は正式にはセイセツ王国という。ラセイヌも正式にはラセイヌ王国というが、略されてラセイヌ国、セイセツ国と呼ばれることが多い。

足弱の頭から玉の影への可笑《おか》しみは吹き消された。

「はやり、やまい……」

宝座のうえで足弱は身を硬くした。脳内で、流行《はや》り病について自分の知っていることをおもい浮かべる。

(流行り病とは、同じ症状の病気がつぎつぎに広がっていくもの。『王室病』に似ているっていうのなら、熱がでて、体力を消耗して、寝込んで、食欲が落ちて、紅斑がでる……)

紅斑はもっと初期にでるのかもしれない。

なんにせよ、病に倒れる人がたくさんでるのだろう。

「通常のわが国の対応ですと、国境を閉じて病をセイセツ国ごと閉じ込めるのが第一の対応となります。人の行き来を遮断して、食糧を援助。医師を派遣。病の流行が収束したと判断できれば、復興を援助。そのような段階へ進みます。

陛下にも申し上げたのですが、今回わが国が対応するなかでどうするかという問題のなかに、セイセツ国の病が『王室病』に似た病である点がございます。なぜなら、陛下がこの病から快癒された前例がございます。……この快癒という慶事は殿下のお力によるものと愚考しております。つまりそれは、王室の秘薬の効能といえましょう。その秘薬の提供をどうするか。ラセイヌとしてはセイセツ国にそこまで援助するのかどうか。陛下は、ラフォスエヌ殿下の御一存によると仰《おお》せになられました」

宰相の眼差《まなざ》しを受けて、足弱は話をきいていると合図するようにうなずいた。

「セイセツ国が王室の秘薬を手に入れるために、一芝居打っている可能性もございます。ですので、殿下がお許しくださるまえに、セイセツ国の訴えの真偽を判定するため、それと、その秘薬が罹患している患者たちに効くかどうかも同時に調べるため、医師と役人の一団をまず派遣するべきだと陛下に奏上しております」

冷淡な風貌そのままにアジャンの声は平静だった。

晩秋の暖かい日差しを浴びているというのに、ことばに温もりは一切感じられない。冷徹であるその声が、足弱にはありがたく感じられた。宰相の冷静さを自分にも取り込めるような気になるからだ。

「アジャンと話をしてみておもったのですが、そもそも、兄上の薬を提供するかどうか、それによってわが国の対応も変わって参ります。ですので、ここはもう、兄上をお呼びするしかなかったのです」

今世王の青い瞳には憂いがあるように足弱にはみえた。

足弱がオマエ草を提供するかどうか、意思が知りたいと問う今世王のその声音、瞳の色に、何かを予測している様子がうかがえた。

足弱のことをおもって、異能の産物であるオマエ草の件は今世王がずっと表にださないできてくれた。

時期尚早を諌《いさ》め、事を慎重に運んできての、この事態。この状況。

「……気遣ってくれて、ありがとうございます。セイセツ国のみなさんのことは心配だし……効果があるならもちろん提供します。それに、たとえおれの薬草に効果がなかったとしても、調査団のみなさんが流行を止める治療法をみつけてくださるかもしれませんね。

おれとしては、陛下に飲んでもらった薬は、万能薬ではないのだと念を押したい。過信して、効果を大きく見積もることのないように気をつけてください。あれは、あの薬草は、おれの足の痛みをとるためにあるような草で、それに、おれ以外の口にはとても不味《まず》いものなんです。期待されても裏切るだろうし、口にすれば怒るような不味さだから、あまりお勧めしたくはないんですけれど」

そこまでいって、足弱は困ったような笑みを浮かべた。

「薬草の在庫を渡しますね」

宰相は膝と両手を床についって頭をさげ、今世王は玉座の肘置きに手を置いて、ぐっと天井をみあげた。


冠の飾りを揺らしながら足弱は緑園殿に舞い戻った。日はまだじゅうぶん高い。

「畑に行きます」

侍従たちは足弱を着替えさせ、庭に馬車を呼んで待機させていた。

「〈寄道《よりみち》〉さんに事情を話して、畑の手助けをしてくれる人を増やしてくれるよう伝えてもらえますか」

馬車に乗り込むまえにそう〈命《いのち》〉にいうと、

「承《うけたまわ》りました」

侍従長は頭をさげた。

その日以来、足弱はかならず一日一回以上は植林をした山のそばにつくったオマエ草畑の世話をするようになった。

(冬になったらオマエ草は育たないから、いまのうちに)

そんな焦りもあった。

セイセツ国のたくさんの人々が病で倒れている。その真偽を判断する調査団はすぐに派遣されたらしい。もしかしたら嘘で、病に苦しんでいる人はいないのかもしれない。足弱のこの畑仕事はまったくの徒労かもしれない。

（どうせオマエ草は、レシェイヌにもしものときがあった場合のために貯めるだけ貯めようと計画していたから、たくさん育てても、無駄にはならない。オマエ草はよく育つし、畑を手伝ってくれる人は多いし、おれの手間なんてささやかなものだ）

指先を土で汚しながら、足弱はおもいを巡らせた。

（オマエ草が、どうせなら効くといいいな……。助かる人が多いといいな）

今世王が『王室病』に罹患したと知ったとき、目の前が真っ暗になった。いまセイセツ国では、どれだけの人たちがあんなおもいをしているだろう。

足弱の求めに応じるかのように、オマエ草はよく育った。

＊

足弱はオマエ草の栽培に邁進《まいしん》したが、その畑仕事は日々のなかに組み込まれ、それ以外の日常はあいかわらず穏やかであった。

今世王は精をだす足弱を労《いたわ》り、気遣ったものの、手伝いの人手を集めたことを確かめた以上のことはせず静観の構えでそばにいた。

すぐそばにいる今世王が、緑流城でいっしょに流行り病の発生の報告を受けたときにみせた憂いの顔を、あのとき以外みせず、いままで通りの愛情のこもった態度で接してくれるため、足弱の波だった気持ちも落ち着いてきた。

（気にはなるけど、宰相の派遣した結果をきかないと、これ以上はできないもんな）

いまのところ足弱にオマエ草の収穫量を増やす以外することはない。必要以上に心配したり胸を痛めたりしたとしても遠くの地にいる足弱が手を差し伸べる術《すべ》もなかった。

大国ラセイヌの王族という地位から、命ずれば何らかのことはできたかもしれないが、足弱にはおもいもよらぬことだった。自分が今世王と同じ王族だという自覚はできていた。だから緑園殿に住めるのだ。だから灰色狼たちが仕《つか》えてくれるのだ。――それが足弱にとっての王族の自覚だった。

午前の畑仕事が終わると、足弱は厩舎《きゅうしゃ》に向かうことが多くなった。

アルセフォンの仔を身籠った牝馬の出産予定は、来年の夏。

足弱は来年の秋にある自身の結婚式よりさきにくるだろう、馬の出産を気にかけていた。

(元気な仔馬が生まれるといいな。何色の仔馬だろうな)

馬の出産を身近でみるのは初めてで、しかも生まれてくるのは愛馬アルセフォンの血を引く仔なのだ。このことを考えると足弱の口の端に笑みが浮かぶ。すっかり情の移ってしまったアルセフォンの仔が楽しみで仕方がない。

(賢いアルセフォンの仔だから、同じように賢いのかな。牡かな牝かな)

アルセフォンの黒光りする艶のある毛並。足弱は、人を乗せ、運び、頭がよく美しい馬という生き物に魅《み》せられていた。

足弱が畑と馬に気もそぞろになっている晩秋、王族に仕える灰色狼たちはあと一年を切った王族ふたりの挙式に向けて、目が血走っていた。

第三話　『死斑病』

王都ラヌカンにいまだ雪の報告はない。

その日の昼過ぎ、黄金の冠を頭上にかぶる今世王のもとに届いた報告は別のものだった。

「セイセツ国では流行り病のことを『死斑病《しはんびょう》』と呼称しているそうでございます」

宰相が述べると、隣の席の外務大臣であるカミウルが身じろぎした。

接見の間には、壇のうえの宝座に今世王、そのそばに立った緑園殿長官、階段下で椅子に腰掛けた宰相アジャンとカミウルの四人が揃っていた。

「他国で『王室病』と呼ばれるのも不快ですが、『死斑』とは恐れ入りますな。しかし、セイセツ国の訴えが、虚偽でなかったことがこれほど残念と感じたことはありません」

色白で肉饅頭を重ねたような鈍《にぶ》い見た目のカミウルは、ラセイヌが六卿《りくけい》制度であったとき、自身にまわってきた宰相の位を、非才を理由に辞退した。そして、よりふさわしい者としてアジャンを推《お》した男である。

カミウルが感情を滲《にじ》ませて嘆く一方、報告を奏上するアジャンは冷静である。

「流行り病は幼子、老人、体力のない者たちから命を奪っていっているようです。そして、肝心の殿下の薬草でございますが、劇的に効くわけではないが、緩慢には効いていると報告にあります。そのように緩慢であっても、他の薬に比べれば効果がでているほうである、と」

セイセツ国に派遣された面々は、灰色狼一族から輩出された御殿医たちや官吏が大半を占めていた。優秀で、忠実な者を選ぶと、どうしてもホウリョウホ出身者が混じる。

今回は宰相を通して訴えられた話であるため、采配は宰相が主にふるったが、灰色狼たちを統率しているのはかれらの族長である緑園殿長官〈灰色狼《はいいろおおかみ》〉だ。

この四人のなかで一番年嵩で、老練で、王族至上主義である。ラセイヌよりも王族を優先する一族の長だ。

「長官のもとには他に違う報告が届いておりませんか」

それを踏まえてアジャンは声をかけた。

「いえ、わたしのもとにも同じ報告が届いております。兄上さまの薬草が他より効果を発揮し、救いとなっている、と」

姿勢のいい年配の男は、微《かす》かに首をよこに振った。

「セイセツ国からはさらに薬草を求める懇請がきております。殿下は貴重な薬草をご提供くださいました。さらにご提供くださるご意思はございますでしょうか」

宰相の問いに今世王は答えず、ちらっと長官をみた。長官は頭をさげて代わりに答えた。

「兄上さまは、セイセツ国のご事情をきいたその日から、ご自身に可能な限り精一杯、栽培量を増やされ、提供を想定して貯めておられます。ですが、兄上さまの薬草は冬には育ちません。つぎに提供する薬草でセイセツ国の民には春まで耐えてもらうしかないでしょう。また耐えるだけでなく、他の効果ある薬や療法を探すことも急務です。兄上さまの薬草が自分たちが願うほどじゅうぶんに与えられないからといって逆恨みすることのないように重々伝えていただきたい」

「それはもちろん。セイセツ国からの入国は規制しておりますし、密入国を防ぐため、陛下のご許可を得て、国境に国軍配置を命じております。また、ラセイヌの使者がセイセツ国とラヌカンのあいだを行き来しやすいよう、国道を整え、替え馬を用意しております。つねにセイセツ国の監視を怠っておりません」

長官の声や様子が平静であるとするなら、宰相アジャンの声と様子は冷静を通り越し、もはや冷酷であった。宰相の隣で椅子に座り、ふたりのやりとりを眺めているカミウルはうんうんとうなずいている。そして口を開いた。

「殿下に無理を押し通すことはだれも望んでおられない。それはわれわれで了解できましたね。殿下の薬草でセイセツ国の急場をしのぐことができるのなら、そのあいだに他の方法を探るしかない。これから冬を迎える以上、この方針は揺るがないでしょう。わたしが気になっておりますのは、このたびの、殿下の薬草をセイセツ国に下賜《かし》された件が他国に漏れ広がることでございます。あたかも不老不死の霊薬であるかのように噂で語られておりますので、浅ましきことながら、とくに必要としていない他国までも殿下の薬草を求めてくるでしょう。どう対処いたしましょうか」

外務担当らしきことを発言した。

それにたいしては、宰相が「わたしに考えがあります」といった。

「今回セイセツ国へ供給したことの件が漏れたとしても、対処するのは来年秋からが最適ではないかと考えます。現段階ではいままで通り、他国が何かいってきたとしても突っぱねましょう。

薬草の存在を認めるのは来年秋の結婚の折りで、建前上は、殿下おひとりの異能によるものではなく、あくまで王族の結婚という特別な祝事により生まれたものだと主張しましょう。公式記録にもそう書くことで、殿下から注意をそらし、多少なりとも守ることができるのではないかと愚考いたします。

すでに他国に下賜したという実例がある以上、殿下がもし他にもお与えになる気がございますれば、浅ましき者たちが蠢動《しゅんどう》し、殿下の周辺をわずらわすまえに、小さな窓口を開いて管理することをお勧めいたします。

薬草は、国民へは緑護院を介して、医師たちの判断で与える。他国へは他国からの陳情で妥当であれば下賜する。そんな管理方法を想定しております」

流れるように案を開陳していた宰相は、最後にちらっと壇上をみあげてから付け足した。

「もちろん、殿下の負担にならぬ量となります」

宰相の献策に、今世王はうなずいた。

「管理方法をまとめておくように」

最後に一言だけ今世王が発言すると、その場は解散となった。


宰相と外務大臣が去った接見の間で、緑園殿長官が片膝をついていた。

声量のあるよく届く声は絞られて、座ったままの今世王の耳にだけききとれる。

「セイセツ国という、北西にあるあの国に、なぜ『王室病』に似た病が発生したのか、ひとつご指摘したいことがあります」

「申してみよ」

「あの国は、過去、王族の青年を攫《さら》い、ラセイヌの怒りを買い更地《さらち》にされた土地に建った国でございます」

今世王がうなずくと、長官は話をつづけた。

「セイセツ国に潜入させている者たちからの報告によりますと、正妃が倒れた際に、その病を取っ掛かりにラセイヌの王室と昵懇《じっこん》になりたいと画策していたようです」

月日を顔の皺《しわ》に刻んだ男が、淡々と考えを述べる。

「そもそも、王族だけに猛威をふるう病とは、おかしいではありませんか。本来は王族に限らず蔓延する病だったのではありませんか。いまや王族は陛下と兄上さまのみ。そうなって初めて、王族以外に発症しだした。まるで王族方がわが身で食い止めてくださっていたようだと……。わたしはこう考えることがあるのです」

今世王は少し苦笑するような気持ちとなって表情を緩めた。

四人での話し合いは宰相が手綱《たづな》を握って緊張感のある場となっていたが、今世王と長官のふたりだけとなると、ラセイヌの国政の話というより、王族の話に移っていくので、今世王にとっては身内話をきくような気楽さがある。

「われわれを特別視する一族の長ならではの意見だな」

大陸南原の流行り病さえわが身に引き受ける一族とはいったいどんな存在だろう。

（……わが一族がそこまでする意味がどこにある？）

今世王はきき流し、長官を去らせた。

控えていた王付き侍従長の〈一進《いっしん》〉が緑園殿に戻るかとうかがいを立ててきたが、いましばらくここにいると返事をした。

今世王としても一刻でも早く愛しい人の顔を拝みに帰りたいところではあるが、さきほど行われた話し合いや長官の考えが、胸に余韻として残ってすぐに立ち上がる気分ではなかった。

〈狼《おおかみ》〉の考えが妄想であっても真相であっても、余《よ》が死に王朝が閉じれば、王族が民を助けることはもうできない。国をどうしていくかも、流行り病をどうしていくかも、すべて国政を担う者たちが決めねばならない。……それにしても、オマエ草に一定の効果があってよかったのか、悪かったのか)

気分を変える必要を感じ、今世王は立ち上がり、まっすぐ緑園殿にいる足弱のもとへは帰らず寄り道をした。

空いている宮殿の棟を婚儀の準備用として、完成した衣装冠、装飾品を安置していた。安置場所は宮殿外にもあるが、王族ふたりが身に着けるものはここに集められ、灰色狼の念入りな管理のもと隔離されている。

「あれから何か増えたか」

「沓が完成いたしました」

「持って参れ」

「ただちに」

房室に侍従と護衛たちとともに入ると、用意されている宝座に今世王は腰掛けた。

管理係をまとめている年配の女官〈羽衣《はごろも》〉がしずしずとやってきて膝をつくと、後ろについてきた侍女が持っていた盆にのせた沓を、盆ごとうけとり、今世王に差し出した。

白地に白真珠をふんだんにあしらった、光輝くような芸術的な沓だった。

「エンブ郡の職人ハンの作品でございます」

今世王は片方の沓を手にとり、木の底を撫で、重さを測り、足の出し入れ口を広げてみた。

「なかなかよいではないか」

「ありがたきおことば」

「この職人は使えるな。真珠はもっと質のよいものがいい。黒真珠のもつくらせろ。端に宝石と刺繡《ししゅう》も入れるか？」

完成品をみると、今世王はさらなる質を要求するため、この棟に安置されている結婚衣装の品々は、増えはしてもなかなか決定していなかった。

「宝石各種類と、白と銀の刺繍糸をご用意しております」

「いいだろう。その職人が存分に腕が振るえるように環境と材料を整えてやれ。期限は守らせろ」

「承《うけたまわ》りましてございます」

その後も、〈羽衣〉から完成品の集まり具合や、注文の品の進捗《しんちょく》の報告を受け、耳を傾けた。

何が足りていて、何が足りていないのかなど、今世王は熱心に質問をし、関心を寄せた。するとその様子に釣られるように、周囲の者たちの熱もますます高くなってくる。

「陛下、このままでは兄上さまとの夕餉《ゆうげ》に遅れてしまいます」

侍従長〈一進〉の言を受け、今世王は口を閉じた。

「もうそんな時刻か」

冬なので夜の帳《とばり》はとっくにおりている。

今世王は立ち上がり、感想をこぼした。

「ここにくると時を忘れるな」

「さようでございますね」

「いつまでも話していられますね」

侍従たちが同意しながら、帰り支度を整える。

「〈羽衣〉、また来る」

「お待ちしております」

艶やかな灰色の頭をさげ、〈羽衣〉はその場の女官や侍女たちとともに今世王を見送った。

手燭に火を灯した侍従が先導して廊下を歩いていく。

明かりに光の帯ができ、その帯にうながされる道はまっすぐつづいている。

稀有な技量を持つ職人が育っているように、国の運営ができる優秀な者たちも育っている。家柄だけではなく勉学の成績でも太守を始めとする官僚や役人を採用している。かれらが全力を尽くせば、民が全滅することはないだろう。

今世王はいにしえからの契約を締めくくる者として、足弱がさきに隠れて、今世王として玉座に座ることができなくなっても、生ある限り打つべき手は打って、この安寧の大地から去る予定だ。

それくらいにはこの国に愛着があった。

第四話　元妾妃との再会

冬が王都に指先を伸ばしてきた。

足弱は本格的な冬が到来するまえにと毎日オマエ草の栽培にいそしんでいたが、それだけに傾注していたわけでもない。むしろそうしようとすると、精魂を注《そそ》ぎ込みすぎていると侍従たちにいわれ、息抜きを勧められていた。

「市場では雪で出回らなくなるまえにと、茶葉や野菜がたくさん売られているようでございますよ」

「へえ」

外出を誘いかけるような話題をだされ、足弱もその気になってくる。

ワンとツァイの晴れ姿をみたあと、ふたたび緑園殿から一歩も外にでていなかった。

「気晴らしになりますよ」

〈命〉にも勧められ、足弱は出掛けることにした。

警護の段取りもあるので、今日おもいたってすぐに宮殿の外にでることはない。事前に、まず弟に希望を述べ、弟が首肯《しゅこう》したら足弱付きの侍従たちと近衛軍幹部たちとの話し合いになり、日にちが決まる。

長官に外出の希望を述べてもいいのだが、結局、長官から弟へ話がいき、弟の了承が必要になる。ゆえに、足弱や兄付き侍従たちはそのまま今世王に許諾を得ることが多い。

不自由かときかれれば、足弱はそうですね、と答えるだろう。

（……でもな、おれ、この国の、王族だもんな）

母の違う弟は、この国の王。今世王だ。こういう窮屈さも当然なことなのだろうといまでは納得している。

その今世王の治めるラセイヌの王都ラヌカンは、緑豊かな国土のほぼ中央にある。

王族たちの住まう緑園殿、朝廷の開かれる緑流城。大国を支配する王の住まう都である。周辺国からは「花の都」と呼ばれるほど繁栄している。

王都やや北側にある緑流城を扇《おうぎ》の芯として広がるように、貴族の屋敷や朝廷に関係する者たちの住まいが並ぶ。大通りは、貴族の乗る馬車が行き交う幅がある。

　静かな貴族屋敷の区画を過ぎると、他に、金銀銅を扱い、毛皮や絹織物、鍛冶《かじ》などのさまざまな手工業が集められた区画や、通りという通りに商家や問屋、小売りの店が軒を並べた区画もある。物見遊山の民や、他国の人々をも満足させるような、大道芸や、見世物小屋もある。散策できる場所には食べ物屋や茶店、露店も並んでいる。

　通りは端から端がみえないほど人と馬車で溢《あふ》れ、いろんな色の着物、さまざまな匂いがした。到着した牛車から、つぎつぎに人足《にんそく》たちが荷物を店に運び入れていく。指示する声が飛び、応える声がする。

　今日は二日市場だ。都の市場は十日ごとの日順によって開催される場所が違う。

　赤い色の着物を着ている男女が多い。寒くなってきたので、見た目が暖かい色をみな無意識に選んでいるようだ。春のような華やかさはないが、重々しくも活力ある人波が大通りにできていた。

「できたての焼き鳥あるよー！」

「タレがきいたボア焼きはどうだい！」

「今年最後のりんぜがありますよ。そこのご婦人、どうですか」

「寒い冬には綿入れがいいですよぉ。老いた両親、幼いお子さんにどうですかぁ」

　左右から客寄せの声が飛び交っている。

「アシ殿、喉が渇きませんか。さきほどから歩きどおしです」

　市場の喧噪のなか〈鉱石《こうせき》〉がいう。

「ああ、そうですね」

「では、あちらで」

　どうやら目をつけていた店があるらしい〈温もり〉が先導した。

　いままで緑園殿の外にでると、主従が逆転していた。貴族の子弟の装いとなる〈温もり〉、その温もりの使用人となる足弱、貴族の警護の〈鉱石〉。

しかしそれも、足弱がホヘスと弟子たちを伴っての植物観察の散策中に短時間行方不明となって以降、富裕な商人のアシと、その側仕えと護衛という形に変わった。ワンの新居へもこの偽装で赴いていた。

足弱はいままでの扮装のほうが気楽だったのだが、警護の関係で変更したいと近衛軍将軍から打診されては、自分が起こした事件がきっかけだけに強く反対できなかった。

外出も事前の了承が必要なのだと受け入れたこととといっしょで、この偽装の変更もいずれ慣れていくのだろう。

案内された店舗は市場から離れた箇所にあった。二階建てで、軽食や飲み物がでて、足を休めることができる店だそうだ。三人のいでたちをみた店の者は二階へ客たちを誘《いざな》った。

二階は薄い壁で区切られ、それぞれにひとりが横になれる高床と、四角の卓を挟んで対峙する長椅子が置かれている。床側の壁には窓がついており、雨戸をずらせば外が覗けた。

「茶を三つ」

「はい」

注文する声をききながら、足弱はうながされて高床に腰をおろし、〈鉱石〉に沓を脱がせてもらった。さっと布で足についた砂を払われる。

山歩きをしていた足弱の足底はぶ厚く、変色しているほど硬い。それでもこの数年、機会があれば温泉で温められ、洗われ、荒れていれば軟膏を塗られて、戸惑うほどに世話をされた足は随分と柔らかく白くなった。

王都にきてからあかぎれもできていない。

一息ついた足弱はどっと汗をかいた。

「うう……暑い」

「さようでございますね。よい日差しでございました」

風は冷たいが、陽光降り注ぐなか歩きまわっていると体は暑くてたまらなかった。

家屋に入り、〈温もり〉は襟を崩して汗を布でぬぐう足弱の世話を焼いた。

日常に飲む茶は、寒くなってきて黒茶がだされるようになった。この午後に足弱のまえにだされたのも黒茶だった。急須と茶器が盆で運ばれてきて卓に置かれる。茶を注ごうとする店員を、〈温もり〉がさがらせる。

「茶葉が多いようです。取り替えさせましょう」

急須の蓋をはずして〈温もり〉が鋭い目をした。

「そのままで、いいですよ」

「さようですか。それでは味見をさせていただきます」

一口飲んだ〈温もり〉は、微かに眉をひそめた。

こうして宮殿のそとで飲食をするようになって、ほとんどのものを〈温もり〉がさきに味見をするようになった。

「アシさまのお口やお体に合うかどうか、わたしが確かめさせていただきます」

そういって、味見されるのはだいたい料理されたものが多い。お茶などはその必要がないと足弱はおもうのだが、他で味見をされているうちに、なんだかそういうものとして受け入れるようになった。

「……これは、いけません。とてもアシさまにおだしできるものではございません」

「え？」

「やはり茶葉が多く、口に苦味が残ります。いけません。取り替えさせて参ります」

「えええ？　いいですよ、それくらい」

「いえ、そうは参りません」

「〈温もり〉さん、ここは宮殿じゃないんですから。喉が渇きました。早く飲みたいです」

取り替えられる茶葉がもったいない気がして、足弱は催促してみた。〈温もり〉は悩ましげな顔をしたあと、平静な態度をとり直し、茶を丁寧に入れた。

灰色の茶器はざらりとした手触りで重みがあった。

（ああ、これを飲んだらまた汗がでそうだなあ）

入れてもらった茶器を持ち上げ、ふうふうと息を吹きかけたあと、足弱は一口飲んだ。なるほど濃い。そのわりに香りが薄い。

「お任せください、アシさま。ただいま〈温もり〉が美味しいお茶を取って参ります」

どうやら足弱の表情を読んだらしい若い侍従が、さっと席を立ち、部屋をでていった。「これ、だれかおらぬか！」という声が遠ざかっていく。

足弱はおもわず、部屋に残っている護衛の近衛兵である〈鉱石〉と目と目を合わせた。

「お、おれ、不味いって顔をしましたか？」

「いいえ。ですがつねにおそばにいる侍従にはわかるのでしょう」

「おれ、本当に、これで構わないんだけどな」

確かに味と香りが違うことがわかる。しかしそれもこれも、宮殿でだされる最高級の味を知ってしまったがためのものであり、いつでもどこでもそれらを求めているわけではない。

足弱としては、だされたもので、食べられるもの飲めるものでありさえすれば、すべてありがたい。

足弱はちょっと板壁にもたれ、両目を閉じてふっと息を吐いた。

午前から出歩いている。


ふいに遠くから声がきこえてきた。

「あら、お疲れさま。いまから洗い物？」

「そうなの」

茶屋の裏手は井戸か洗い場になっているようだ。桶に水を注ぐ音と、女性たちの声がする。

「どうなのあなた、だんなとの夜」

甲高い笑い声が響く。つづいて、鈴の音のような若い女の声がしたが、小さくて内容まではききとれない。とにかくご婦人たちの騒がしいほどの笑いさざめく様子が、家屋の二階にいる足弱まで届く。

「そりゃそうよ。新婚ですもの、毎晩だって上等じゃないの。子供ができれば諦めるわよ」

ぼそぼそと声がすると、一転静かになった。

「え、そんなに。一晩そんなに？　それで毎晩？　そりゃあ疲れるわ。あのだんながねえ」

「みかけによらないわねえ」

同意する声がつづく。どうも新婚夫婦の若妻が若夫に求められ疲弊《ひへい》しているらしい。

ここにきて、足弱としては黙ってきいていることが失礼な気がして目を開いた。斜めに腰掛けている護衛の〈鉱石〉は、出入り口をみつめている。足弱の視線に気づくと顔を傾けて何かときいてきた。足弱は首をよこに振る。

「毎晩三回も普通じゃないよ」

「すごい精力ねえ」

「立派よお」

背後の井戸端から声がするっと耳に届いた。

ひさしぶりの三回以上はあるかもしれないが、一晩に三回が何日も続くのは多すぎる、そりゃ化け物だとかしましい。

（……あれ、レシェから抱かれるの、一回で終わったことほとんどないけどな。三回はよくあるし、四回とか、ご、五回とか……）

ご婦人たちは、若夫婦だからだ、一年から三年、子供ができるまでだ。いまだけだ。たっぷり味わえと妻を慰めたり励ましたりしている。

結婚直後の夫婦が夜を励むのは当然のこと。そうじゃないとおかしい。

（や、やっぱり、子づくりするから、たくさんするんだよな）

耳をそばだてる結果になっている足弱はどきどきしてきた。

（あ、あれ？　来年の秋ってレシェと結婚するし、おれたちって男同士だけど新婚、夫婦みたいな、もんだよな？　ということは、え？）

せっかく中四日制が導入されたというのに、来年の秋には『新婚夫婦』として、一年から三年毎晩……？

（そ、そんな……嘘だろ）

足弱は自分が若妻並みに求められる様を想像して、鳩尾《みぞおち》あたりがきゅっと痛くなった。

しかもごく最近の熱い夜が脳裏に甦ってきてしまう。切なげに足弱をもっともっとと求める今世王の声。衰えない欲望。四方を閉じた寝台のうえの熱気と汗。

（いまさら結婚は断れないし、結婚しようっておれからもいったし、でも、毎晩？）

自信がない、と足弱はおもった。

とても口にしがたいが、だれかに相談しなくてはならない。

　足弱の知る今世王なら新婚夫婦の毎晩の営みを楽しみにしているはずだ。期待は裏切りたくないが、足弱はやっぱりどう考えても応えてあげられる自信がなかった。

「戻りました」

〈温もり〉の声で足弱は、はっと顔をあげた。

「アシさま、拝謁を賜りたいと願う者がおります。元妾妃だった女性が一階に参っております」

　心持ち青ざめていた考えごとがすっ飛んでいった。

「え」

「市場でアシさまをおみかけし、もしやとおもい追いかけてきたそうです。下で控えております。許可なく近づいてくる心配はございません。いかがなさいますか」

「ええ……!?」

　意外な人物の登場に、足弱はただ驚きの声をあげた。

（三人いたけれど、だれだろう……？）

　足弱の顔を知る妾妃は三人いる。宮殿から暇を取らされた際に、挨拶を受けた美しい女性たち。その三人には降るほど縁談がきているとの〈命〉からきいていた。

（ご結婚されているのかな。幸せに暮らしていたら、いいんだけれど）

　しばし沈黙した足弱は、〈温もり〉にうなずいた。

「……せっかくだから、会ってみます」

「かしこまりました」

〈温もり〉は足弱の了承を得るとふたたびさがった。

　ここで会うのかと、足弱は室内を見回した。薄い壁で区切られた戸のない個室。足弱は高床に座ったままだ。卓を挟んで対峙する長椅子に腰掛けて廊下側をみていた〈鉱石〉が立ち上がって、足弱の左横に立った。〈温もり〉は背後に女性を連れて戻ってくるとそのまま足弱の右横に立ち、抑えた声で足弱に紹介した。

「かつての六卿《りくけい》、ハッカス殿の縁類である娘、現在は上級官吏の正妻であるご夫人です。あえて名前は申しません」

　夫人は長椅子のよこの床に両膝と両手をつき、頭をさげた。所作がじつに婀《たお》やかだ。

「おもわぬ時と場所にて拝謁を賜り、ご壮健なご尊顔を拝し奉《たてまつ》り、恐悦至極《きょうえつしごく》に存じます」

「どうぞ、お顔をあげてください」

足弱がうながすと、夫人は少しあげた頭を深くさげたあと、顔をみせた。

（たしか、右端に座っていた女性だったか）

たぶん、そうだろう。儚《はかな》げな美しさのある若い女性だった。

あのとき着ていたような華やかな装いではなく、夫人となったせいか、それとも外出着のせいか、髪飾りひとつなく、地味な色の着物を品よく着こなしている。

今世王の薄情を、身内としてなじられ、糾弾《きゅうだん》されるだろうとおもいながら三人の妾妃と会ったのは、緑園殿に来て一年目のことだった。

しかし、足弱をまえにしたかの女《じょ》たちはなじるどころか、足弱に礼をいった。

よくぞ花の都ラヌカンに戻ってきてくださった。

よくぞ今世王を慰めてくださった。それはわれわれがどれほど願ってもできなかったことだと。そして自分たちはお役御免《ごめん》となったのだと――。

「……お元気でしたか」

「お蔭さまで結婚し、一男一女をもうけ、今世王おわす楽土にて平和に、豊かに暮らしております。アシさま、このたびはご婚約おめでとうございます」

事前に注意を受けているのか元妾妃は足弱を「殿下」とは呼ばなかった。

二階は足弱たち以外人がいる気配はないが、それでも護衛たちが用心していることがうかがえる。

「ありがとうございます。お元気そうでよかったです。また会えるとはおもっていませんでした」

「図々しくもあとを追いかけ、ご家臣を騒がせましたこと、お許しくださいませ。もう二度と間近でアシさまのご尊顔を拝する機会などないとおもっていたところに、忘れがたいお姿をおみかけし、料簡《りょうけん》なく体が動いてしまいました」

「よくおれだと気づきましたね」

夫人は微笑み返してきた。

その笑みは「忘れるはずがない」といっているよう

だった。

「……名前をおききしたいのですが、だめですか」

足弱は夫人をみていた視線を、右横上に移動した。

〈温もり〉と目が合う。

「弟君は、アシさまが元妾妃殿と個人的に知り合うのを嫌がるかと」

「別に、三度目も会いましょうというわけでもないし。ただ、今日、だれそれさんに会ったとアオにいいたいだけで」

「ハッカス殿の縁類である娘だった元妾妃といえば伝わりますので」

弟はそこまで嫌がるかなあと足弱が思案して眉を動かすと、夫人が頭をさげていた。

「どうしました？」

「側近のかたのおっしゃる通り、どうぞ名もなき女とお捨ておきください。わたくしの名を知っていただいているのだと欲のでることもございます。いままで通り遠くより、ラセイヌの繁栄、おふたりのご幸福を今後もお祈り申し上げます」

足弱は名をききだすことは諦め、挨拶を受けて夫人がさがることを許した。

元妾妃の女性は、地に足をつけた暮らしをしている様子で奥ゆかしく去っていった。

（変わるもんだなあ。でもよかった。ちゃんと幸せそうでよかった）

あのまま妾妃として宮殿に留め置かれていたら現在の境遇はなかったはずだ。それをおもうと、妊娠していないことを確かめたあと、妾妃三人にすぐさま暇《いとま》をだしたのは情け深い行為だったのかもしれない。

第五話　冬の献策

　ワンが新妻と寄り添う晴れやかな姿や、冬の市場の賑わい、元妾妃の平穏な暮らしをみるにつけきくにつけ、足弱は民草ひとりひとりの生活におもいを馳せた。

（おれが山の奥で、里の人たち以外に知られることがなくても生きて生活していたように、宮殿にいるおれが知らなくても、この国でひとりひとりが朝起きて、食事して、仕事して、生きているんだなあ）

　ワンといっしょに王都へのぼった旅で同行した人々。南部や北の避暑地への御幸巡行《みゆきじゅんこう》の往復にみた人々。西の婚約記念旅行の往復にみた人々。

　不毛地帯ハドメイ以外では、遠ざけない限り、人がいて、営みがあった。

（人ってたくさんいるなあ）

　そのたくさんの人、ひとりひとりに、生活があって家族があって、喜びと悲しみがある。それをおもうと途方もなくて、想像が息切れする。


　冬の曇り空のした、足弱の足下にあるオマエ草畑では、寒気のせいで芽が出るのに日数がかかりだしていた。芽が出たとしても成長はさらに遅く、発育も悪いだろう。

　しぶとく丈夫なオマエ草は、種を蒔《ま》いて水をやればどこでも育つ。ただ、冬にだけは育たない。

（おれの使う分や、周囲に配る分だけなら、冬以外に育てたオマエ草で乗り越えられるんだけどな）

　セイセツ国へ送っているいま、在庫は足弱の自分用しかない。あとはすべて提供している。なぜならオマエ草が流行り病にたいして一定の効果があることがわかったからだ。

（不味いらしいんだけど、大丈夫だったのかな）

　足弱だけに忠義を尽くすオマエ草は、その薬草の生みの親である足弱以外が飲もうとすると、とても受けつけがたい味がするらしい。足弱にとってはごく普通に飲める味だ。美味しいとはおもわないが、苦も無く飲める。

　以前、灰色狼のひとりが実験で薬草をそのまま生で齧《かじ》ったことがあるが、「ぐぐ！」と声を発して首を両手で押さえ、うずくまってしまった。

「吐いて！　吐いていいですよ！」

足弱はそう声をかけたが、青年の灰色狼は顔を真っ赤にしながら首をよこに振って、囲んで見守っていた同僚たちに運ばれていった。

オマエ草は飲んでも不味い。齧っても不味いことが証明された日だった。

冬場の薬草収穫量の激減を予想していたものの、その現実を目の当たりにすると足弱は胸の奥がちくちくした。求められているのに提供できないことに、なんだか申し訳ない気持ちになってくる。

足弱自身がしたくないことであるなら胸も痛まないが、足弱はオマエ草を栽培、収穫するという、幼いころからしてきたことを特別な行為だとはおもっておらず、そんな簡単な労働で希望を叶えてあげられることに喜びや、達成感、満足感を抱いていた。

冬はその、簡単なことができない。

季節のせいでできない。四季の運行には逆らえない。


足弱は、畑の様子を見終わると、〈星〉に合図をして宮殿に戻った。


その日の夕方、足弱は左右にいる侍従たちに考えを開陳してみた。

「じつは、ちょっと考えていることがあるんです」

「どのようなことか拝聴してもよろしいでしょうか」

兄付き侍従長の〈命〉が代表してきいてくれた。

「セイセツ国に送るオマエ草……。おれが行って育てたほうが、患者たちに早く届くんじゃないかなって」

足弱に与えられている配偶者用房室の居間は、静まり返った。

芸術品のような家具が並ぶ貴賓が過ごすにふさわしい室内は、隅々まで足弱が居心地よいように侍従たちが選び抜いた品々で調《ととの》えられている。秋ごろから火鉢がいくつも置かれ、座れば膝掛けが掛けられ、この冬も足弱の手足にあかぎれはできそうもない。

「冬はほら、オマエ草は育たないし、春になるとたくさん欲しい人がいるだろうから。おれが、冬に……できれば移動して、春にセイセツ国でオマエ草を育ててあげたほうがいいんじゃないかな。こう、求める人たちの近くで育てたほうが、いま育ててますよって安心させてあげられるっていうか。どうおもいます？」

「……兄上さまが、国を出てまで薬草の栽培をするのは、いささかやりすぎかと存じます」

〈命〉は足弱の目をじっとみて、諫《いさ》めるでもなく、懐《かい》柔《じゅう》するでもなく、平素の穏やかさで意見した。

「ああ、そうですか。おれもちょっとそうかなってもったんです。でもなんだか、この冬の何もできないあいだ、身がもたなくって。じれったいというか」

とくに痛くはなかったが、足弱は右手で右膝頭を撫でながらいった。

足弱の気持ちを汲《く》んだ侍従たちは、周囲に寄ってきてあれこれと提案してきた。

「ラセイヌから兄上さまがお出になるというのは、陛下もご心配かと存じます」

という〈星〉の意見は一同賛成するものだった。

しかしそれだけでは献策とはいえない。

「春に向けて提供するオマエ草の量を増やすのであれば、春になり次第宮殿の畑ではなく公領に人手を集めて大きな畑をつくり、もっと大々的に栽培をしてはどうでしょうか。その地から採取したものをつぎつぎ馬車にて運びましょう。薬草の乾燥は運搬中にするのも案かと」

つぎにしばし黙考していた〈温もり〉が提案すると、侍従たちはぱっと顔を明るくした。

「よい案でございますね……！」

「公領なら兄上さまがお泊まりになられる領屋敷が最低でもございますよ」

「領地の人手で足りなければホウリョホに声をかけてもいいですね」

〈星〉や、侍従補佐の〈吟声〉〈円《えん》〉も声をあげる。

足弱の表情も緩んだ。その目が〈命〉をみあげた。

「〈命〉さんは、どうおもわれますか」

「何かしたいというお気持ちを殺すとお体に悪いです

ので、兄上さまのお気持ちとお考え、よろしければ〈温もり〉の案も陛下にお伝えするべきだと存じます。どうしていくか話し合われるのがよろしいかと」

「レシェは……おれがセイセツ国に行くのは反対だろうなあ。……うん、それはわかっているんです。なにもおれはレシェから離れたいわけじゃない。ただ、オマエ草が効くのだったらもっとあげたいだけなんです」

身内が病で倒れるとどれだけ哀しいか知っている。

どれだけ苦しいか知っている。

ほんの少しの救いでさえも渇望していることを知っている。

〈命〉は足弱からの伝言として、今世王に話があるので今日の執務が終わったら部屋に来てほしいと使者をだした。その使者は快諾の返事をもらって帰ってきた。

今世王は夕餉のまえに着替えた姿で顔をみせた。

「お帰り」

「ただいま戻りました」

「さきに食事にしようか」

「さようですね」


ふたりは足弱の食堂で笛の演奏をききながら食卓を囲んだ。燭が何個も灯され、部屋ひとつが光の塊のように明るい夕餉となった。湯気の立つ羹《あつもの》。芳《こう》ばしい焼き魚。色彩豊かなさまざまな野菜と肉。

「秋って食べ物がどれも美味しいとおもったけど、冬も美味しいな。そうだよ、冬なのに、よくこんなに新鮮な野菜が食べられるよな」

「まださほど寒くない南部から船で運び込んでいますからね。兄上、食べられそうならもっと召し上がってください」

「ああ」

会話は弾み、食も進んだ。食べ終わると、ふたりは居間に移動して長火鉢のまえに並んで長椅子に座った。すでに綿入れをはおり膝掛けを置いている足弱は少々暑かった。

頭がぼうっとしてくるので、足弱は綿入れを脱いだ。

「それで、話のことなんだが」

「はい」

今世王がきく体勢に入ってくれたので、足弱は話しだした。

「おれ、冬になってオマエ草を育てられなくなって、セイセツ国でオマエ草を求めている人がいるのに渡せないことに気持ちが落ち着かないんだ。もっとあげたいんだ。あげたくなったんだ。

それで、春からオマエ草をまた育てるけど、ここで育てて馬車でセイセツへ運んでだと、日数がかかるだろう？　あっちへ届くのは春の終わりくらいになるだろう？　その日数分、薬草を待たせることになるじゃないか。苦しんでいるのに渡せないじゃないか。

だからいっそ、冬の移動は大変でどこまで行けるかわからないけど、おれがセイセツ国に行って、春にそこでオマエ草を育てたらさ、渡すまでの日数が減って、苦しい期間も短くて済むだろう？　だからおれ、最初はそうしたいなっておもったんだ」

冬場の旅がどれだけ灰色狼たちの負担となるかと想像すると忸怩《じくじ》たるものがある。ひとりで異国に行こうとしても灰色狼たちが絶対ついてくるはずだ。そうなると、人を助けるために、周囲の人に迷惑をかけることになる。

せめて冬の終わりかけに、少数の者たちだけで急ぎ旅をすればどうか？　という案が足弱の脳裏にあるにはあったが、希望が通ってから考えればいいと黙っていた。

そこで一旦口を閉じて、足弱は今世王の様子をうかがった。

金髪碧眼《きんぱつへきがん》の端整な顔の弟は、賛成も反対も表情に浮かべていなかった。

「〈温もり〉さんの案、もうきいたか？」

「はい。兄上は公領での大々的な畑をお望みですか」

「う、ん、まあ。公領ってセイセツ国に近いところに、あるのかな」

今世王は手を叩いた。

「こちらに」

王付き侍従の〈小鳥《ことり》〉がふたりのまえに地図を広げる。ラセイヌの各郡と県までが記載された簡易なものだった。

「印のある場所が公領です。セイセツ国に近い北西はここですね。ミネツカ郡です」

「あんまり近くないな」

王都から北西の国境までの距離の半分といったところだった。

「もっと近いほうが、運ぶ日数短くていいよな……？」

「近ければ近いほど早く運べますね」

足弱は青い瞳を覗き込んだ。今世王が建設的な意見ばかりくれるので、これは賛成してくれているのだろうかと足弱は考えた。

「セイセツ国で薬草育ててきても、いいか？」

今世王はにっこり笑った。

「だめです」

目は半月みたいになって、いったあとに唇の端がきゅっとあがった。

足弱は背筋がすうっとして、あわてて口を開く。今世王がじっと足弱をみつめて顔を近づけてくる。

「ず、ずっとじゃ、ない。来年は結婚式もあるから、それに間に合うように」

「春から夏までセイセツ国へ行っていると？」


今世王は親指の腹で、足弱の目尻や頬を撫でた。

「お、おれもおまえと離れたいわけじゃなくて、ただ、結婚したら新婚になるし、新婚夫婦は、た、たくさん、とかきくし、そうなってからじゃ、おまえと離れるのはもっと困難になるだろうから、流行り病も早く治まってほしいし、行くなら早い時期じゃないと」

撫でていた指先が止まった。

「――新婚夫婦はたくさん、というところを詳しくお願いします」

「え、そこ、いまか？」

「楽しい響きですよね。『新婚夫婦はたくさん』。詳しくききたいな」

足弱は急に息苦しいような気がして長椅子に背をあずけて肩で息を吐いた。

「あと、あとで……おれもちょうど、ききたいっておもっていたことだから。あとで、いいか？」

目元を熱くして、左右をきょろきょろみながら小さい声でいうと、今世王が手を握ってきた。

「寝台のうえで話してくださいます？」

「わかった」

足弱としても侍従たちにきかれながら尋ねるのは恥ずかしく感じていたので同意した。今世王はさきほどとは違う、自然な笑顔を浮かべた。


改めて〈温もり〉の献策を叩き台として、王付き侍従、兄付き侍従も交えて意見や案をだし合った。

「やはり、兄上さまが陛下をラヌカンに置いて遠くの地で滞在されるなど、おふたりのご心情を察すればいかがなものかと考えます」

〈一進〉は首尾一貫して、足弱に今世王といっしょにいてほしいと表現を変えて同じことを主張した。

「他国の病でおふたりが離れ離れになる必要などないと存じます」

王付き侍従の〈小鳥〉も童顔をきりっとさせて、いう時はいう。兄付き侍従の〈星〉や補佐の〈吟声〉や〈円〉も〈小鳥〉の意見に同意するようにうなずいていた。

夕方、足弱が自分の考えを開陳した際には主人の気持ちを汲んだ案をだしてくれていた侍従たちも、本心は〈小鳥〉と同じなのだろう。

別にそれをみても足弱は淋しくおもったり、衝撃を受けたりなどしなかった。自分はこういう考えだけれど、みなはどうおもうか、というところを知りたかったからだ。

「愛しい人」

今世王が足弱を呼んだ。

房室で沸いていた声は静まり、ただ青い瞳でじっと足弱をみつめる今世王の声だけが響いた。

「兄上にはわたしの手の届く範囲にいてほしい気持ちと、兄上が考え、おもうところをなす手助けをしたいという気持ちがあります。わたしは……兄上のお気持ちを優先したい」

足弱はしばしことばを忘れた。

「結婚式のまえに憂いを払うというのもお心のうえで大切なことでしょう」

「レシェ……」

足弱は声を絞り出した。そんな足弱をみて、今世王はちょっと困ったようにふふっと笑った。

「兄上を優先したいといいながら、わたしもわたしの欲望に忠実なのです。そうですのに兄上は、すぐわたしにほだされて……可愛い人ですね。ほだされてくださるならそれも嬉しいですよ。でも、こういう案はどうですか」

足弱の腕を引いて抱き込んだ今世王が語った案はこういうものだった。

ラヌカンからセイセツ国への移動距離を考え、春になり次第、公領ではなく国境近くで人民を動員して田畑をつくる。足弱が種を蒔き、あとは指示をだすだけにする。

その畑を拓《ひら》く土地には、北西にあるセイセツ国との国境まで、冬の寒気がいくらか緩んだころ今世王と御幸巡行という形で赴くが、途中の郡にあちこち寄り道はせず直行する。

「レシェもラヌカンから離れるのか」

「都は宰相たちに任せましょう。何かあれば国境近くまで早馬を走らせればいい。ついでに国道を整備するいい機会となるでしょう」

おまえはここにいていいんだぞ、と足弱はいわなかった。

足弱といっしょに国境近くまで同行することこそ今世王の素直な欲望なのだろう。

「大事な……王としてやるべきことを、ラヌカンから離れても、できそうか……？」

「はい。万事抜かりなくやってみせます」

「なら、いっしょに行こう。行ってくれるな、レシェ」

「はい、兄上」

抱きしめる力が強くなり、唇が近づいてきて足弱は目を閉じた。


湯殿からの帰り、日の落ちた空から白いものが落ちてきた。

「あ、雪だ」

「積もりそうですね」

寝巻きのうえに防寒衣を侍従に重ねられて、暑い暑いとこぼしていた足弱も、燭の吊るされた回廊から夜空をみあげ、暑いということばを呑み込んだ。

「これから冷えそうだ」

「寒い夜はいっしょに眠りましょうね、兄上」

並んで歩いていた今世王が、雪を眺めながら素直に要望を口にしている。

「ありがとう、レシェイヌ」

「なんですか」

「おれの希望を叶えてくれて」

結局、今世王がだした案で、もろもろが決まっていった。

足弱には今世王といっしょにいてほしいという意見を持っていた侍従たちも、今世王その人が同行する案をだし、王族ふたりの意思が固まってしまうと、もう反対はしなかった。

ふたりはゆっくり寝所に向かって歩いていた。

「兄上。……兄上は種を蒔く以外、何もなさることはありませんからね」

こつこつと、足弱のつく杖の音が響くなか、今世王が静かにいう。

「それ以外できることもないだろう」

「薬が効かず亡くなる者がいても、兄上のせいではありません」

「ああ」

ふたたび雪が落ちる庭を眺めていた足弱は、視線を今世王に戻した。

「オマエ草は本来兄上だけの薬草です。それを分けてくれるのです。兄上はそれ以上おもいわずらわないでください」

しみじみと、ゆっくり足弱に告げることばの端々に、今世王から自分への気遣いを感じた。

「ありがとう、レシェイヌ。おまえがいてくれて、本当に嬉しいよ」

ふたりは無言になって、王配偶者用の寝室に入っていった。

湯殿で温まった体で、四方を幕に閉じられた寝台にふたりで収まると、さて、と今世王が口火を切った。

「では、兄上、おきかせください。『新婚夫婦はたくさん』を」

その腕に抱き込まれて、さっそくうとうとしていた足弱は暗い寝所のなかで目をぱっちりと開けた。弟はとても真面目な声音をしていた。

「あ、ああ、そうだったな。じつは」

外出したときに市井《しせい》で婦人たちのおしゃべりをきいたこと。そこで初夜から一年から三年、新婚夫婦のたくさんをきいたこと。そのことで気を揉んでいることを説明した。

「そ、それで。……なあ、レシェ。おれからの提案なんだが」

「はい」

暗くて今世王の顔色はうかがえない。返事からも反応はわからない。

「毎晩は無理だぞ？　だからな。一日一回で、三日したら一日休ませてほしい。もしくは、一日二回で、二日したら一日休むのはどうだ？　頼む！　毎晩は無理だ」

足弱は上掛け布団を背負いながら両足を崩して座り、今世王をみおろした。

「ああ、兄上！　嬉しいです……！」

今世王はがばっと上半身を起こすと、足弱に抱きついてきた。

「どうなんだレシェイヌ。毎晩は無理だぞ」

「毎晩しようって前向きにとりくんでください」

寝巻きを引っ張って今世王の顔を覗けば、暗さに慣れてきた目で、輝く青い瞳をみた気がした。

「き、気力でどうにかできる問題じゃないんだ……っ。一年だぞ！」

「三年では？」

「おれたちは一年だ！」

「来年の秋までに熟考します」

「どれだけ考えても毎晩は無理だぞ!?」

夜の雪に降られ、静寂に沈む緑園殿の一室で足弱の必死の声が響いた。

第六話　春の大規模栽培

冬がいまだ去らないころ。

王都ラヌカンから御幸巡行の二十二頭引きの大型馬車が近衛軍に囲まれて出発した。

目的地は王国の北西の端にあるコグレ郡。移動距離は馬車のゆったり旅で百日。邪魔するものがなく進めば九十日といったところだった。

行く手をさえぎる積雪は、国道近郊の住人たちや太守に指示された兵たちが雪かきをして対処した。

体から湯気が立ち昇るほど励んだ者たちが労働を終えると集められ、官吏がひとり前にでる。

「これは陛下からの慰労である。心して飲むように！」

黒い官吏姿の役人がいうと、近隣の婦人たちを徴集してつくらせた熱々の甘酒が配られた。民や兵たちから歓声があがる。

雪かきや甘酒づくりには賃金が支払われた。


そんな下準備の整った国道を、灰色の鎧《よろい》の騎馬隊、最上等の馬車の列、二階建てのみたこともない巨大な大型馬車を引く二十二頭の馬が、絵巻物のように通り過ぎていく。

国王とその異母兄が乗る馬車が目前を通るさい、国道の両端にいる民たちは仰首《ぎょうしゅ》できない。

通り過ぎてようやく顔をあげて、万歳が許される。

「今世王陛下ばんざーい！」

「庶兄殿下ばんざーい！」

「ラセイヌ、万歳万歳ばんざーい！」

御幸馬車が遠くなっても後続の馬車と、背後を護《まも》る灰色の鎧をつけた騎馬隊が通過していく。

ラセイヌ王国最強と謳われる近衛軍兵士だ。この目でみることなど一生叶わない者たちもいるなかで、国道沿いの民たちは、興奮した声をあげる。

「本当に灰色だ」

「あれが王族をお守りする兵士たち!?」

「灰色狼だー！　灰色の鎧だよ。すごい！」

噂の近衛軍を目撃したことに喜ぶ者たちがいる一方

で、婦人や娘たちは別のことではしゃいでいた。

「みえた!?」

「なんとかみたわ」

「将軍〜〜〜」

白馬に長い灰色の外套。ひとり仕立てや装飾の違う鎧に、兜《かぶと》の頭上から背中にたなびく赤い房飾りは大変目立つ将軍の装いであった。

御幸巡行の長い行列が駆け足で去っていくと、国道に接している民たちはその余韻に長く浸った。

国道沿いの歓声は、国境に近づいていくごとに訛《なま》っていった。

毎日の休憩は郡や県の城に泊まる旅であったが、国道はどこでも寸断されることなく、替えの馬も用意され、どんな横槍もなく——新年を旅の途中で迎えたときだけはやや長く逗留したが——天候にも恵まれて巡行馬車一行は進んだ。このため、コグレ郡の城に国王とその異母兄が到着したのは、王都を発して八十六日目のことだった。そこには、田畑用地開墾の命令が下されていたコグレ郡太守が緊張した青い顔をして待ち構えていた。

＊

コグレ郡の石でできた頑丈な城は今世王が接収し、足弱はその城にある二階の一室をオマエ草田畑の進捗報告を受けたり、考えたり、相談する部屋としてもらっていた。

コグレ郡近郊の簡易な地図に、耕作されている田畑用地の完成図が描かれている。

(大きいな……)

まだ現段階では拓けてない土地がひたすらあるだけ、とのことで、種を蒔く役目の足弱は現地に赴いていない。足弱が訪ねると、そのさい作業している人々が手を止めることになり、かえって進捗が遅れると助言されて城の一室で待機していた。

報告によれば、日差しが暖かくなってきて、土へ鍬《くわ》も入りやすくなり、耕作は順調だという。雇った人夫は二百人。

「春は、自分たちの田畑も耕す必要があるだろうし、ここら辺の人手をおれの畑に集めてしまって大丈夫でしょうか」

テンホ里で春に忙しくしていた里の人々をおもいだして、〈命〉にそうきくと、いっしょに旅をしてきた年配の侍従長は安心させるかのように微笑んだ。

「この日のためにコグレ郡だけでなく近くの郡からも人夫を募集したそうでございます。強制ではなく募集でございますから、仕事を求めるかどうかは本人たちが決めることでございます」

「なるほど」

足弱がうなずくと、主人の憂いを払った侍従長も、侍従たちも笑みを深めた。

薬草畑の大規模耕作の監督は、灰色狼のなかから〈橋渡し《はしわた》〉という中年の男性が就いた。日頃は公領で王族専用の田畑を采配しているそうだ。どことなく緑園殿の景観を守っている〈寄道〉を想起させる風貌だった。背は平均より低く、小太りで髪が薄くなっている。

「四日後には、種蒔きの準備が整います」

宝座に座る足弱のまえに膝をついた〈橋渡し〉がいう。丸い頬が赤くなっている。

「とても早くできたんですね。ありがとうございます。それじゃあ、四日後の朝から種を蒔きに行きます」

「ありがとうございます、兄上さま」

〈橋渡し〉は一息吸い、目を潤ませてそっと『兄上さま』と呼んだ。足弱のことを目の前にして『兄上さま』と呼ぶことのできる灰色狼は少ない。

セイセツ国へ送ったオマエ草から種だけは除いて保管して運んできたので、今回の種蒔き分はじゅうぶんある。足弱はそのことを考え、内心いよいよだとうなずいた。

四日後の朝。

近隣郡の太守たちの拝謁を許して過ごしていた今世王も同行して、四人乗り馬車でオマエ草畑に向かった。

今世王は黄金色の王衣ではなく、薄い赤色と黄色の、春の心華やぐ色合いの衣を着ていた。冠は黄金色だが王冠のように豪奢《ごうしゃ》ではなく、いくらか装飾は抑えてあった。全身、どこをみても優美。

「晴れてよかったですね、兄上。数日前からそわそわされておいでだったから、今朝もし雨だったらさぞかしがっかりされたでしょう」

「そんなにそわそわしていたかな」

指摘されて恥ずかしくなる。

足弱は朝、寝巻きから着替えたときから作業着姿だ。朝食を終えてから着替えてはどうかと侍従に勧められたが、四日前から今日は種蒔き！　という心構えでいた足弱の頭には作業の二文字しかなかった。

ただ、北西のこの地方では午前中まだ寒いからという点と、種蒔きだけという理由から、普段の七分丈の筒袖は、手首まで伸びた。その生成りの作業着のうえに毛皮の上着を重ねていた。両腕が動かしやすいよう袖部分のない、背中と胸だけを当てる上着だった。これが案外暖かい。毛皮の手触りはつるつるしていて、小麦色をしていた。

雨戸を開けた馬車の窓から外を眺めると、テンホ里と似たような鄙《ひな》びた景色が広がっている。違うのは多数の騎馬が走っていることだろう。

長屋のような作業小屋がみえてきた。ぱっとみえただけでも五棟ある。人夫たちの宿泊所なのだろう。牛馬や荷台が連なり、何かを運んでいる。焚き物でもしているのか煙が空に昇っていた。

（人がいっぱいいるんだな……）

人が大勢集まると、飲食する必要があって生活する物音や匂い、気配までも違ってくる。

馬車が静かに止まった。

「陛下、兄上さま、到着しました」

近衛軍将軍〈青嵐《せいらん》〉の声がした。

戸が開くと今世王がさきにおり、足弱に手を差し出す。

「ありがとう」

左手に杖を持ち、右手を今世王の手にのせる。足を地面につけて周囲を見渡せば、遠い山並みにまで広がる青い空のした、黒々と掘り返された土が、湿った匂いをただよわせていた。その両脇に農作道具を地面に置いた人夫たちがずらっと頭をさげていた。

（……ああ）

これはすごい。二百人でとりかかると、こんなに大きな畑ができるのか。なんて力だ。口のなかに唾が湧いて、ごくっと飲んだ。

「レシェ……みろ、すごいな」

なぜか小声で足弱は今世王に顔を近づけて囁いた。

今世王は、くすくすと笑った。

「兄上のご期待に添えましたか？　これならたくさんオマエ草が収穫できそうですね」

足弱は手を引かれながら、うんうんとうなずいて歩いていった。

侍従から麦藁帽子をうけとってかぶると、

「それじゃあ、レシェイヌ。行ってくる」

目は田畑だけをみつめ、足弱は一直線に畔《あぜ》を越えていった。

耕作された畑のなかは、オマエ草が広がりやすいようにだろう、平うねがつくられている。

〈橋渡し〉が笊《ざる》を持ってすぐに駆けつけてきた。

「このまま、ここに蒔いていいですか」

「はい。兄上さまのおもう通りに」

「わかりました。それ、自分で持ちます」

笊を片手に抱えて蒔こうとしたら、

「とんでもございません……！　わ、わたしがお持ちします」

丸くて小さい目を最大限見開いて〈橋渡し〉が頬肉を震わせてそういった。勢いに圧された足弱は、手を伸ばして種だけつかみ、うねに沿って種をぽとぽとと落としていった。

「種が飛ばないように、軽く土をかけてもらえますか」

そういうと、〈橋渡し〉がだれかを呼んで命ずる。すると、人夫たちが四人ほどわらわらと走り寄ってきた。

「土をかけたあとは水も撒きましょうか」

「水もおれがやりたいけれど、今日は種を優先したいから、水もお願いします」

「わかりました。おい、〈悠々《ゆうゆう》〉！」

さきほど〈橋渡し〉に命じられていた男がまた近づ

いてきた。〈悠々〉という名前らしい。その男は顎鬚のある中肉中背で三十代半ばくらいにみえた。

「〈橋渡し〉さん、そのかたは？」

いった瞬間、〈橋渡し〉と〈悠々〉が膝をついて頭をさげた。

「ご紹介が遅れました。この男は普段の仕事でもわたしの補佐をしてくれている〈悠々〉と申す者です。このたびの大仕事に際し、連れて参りました」

「ご挨拶が遅れて申し訳ありません。〈悠々〉と申します。兄上さまの田畑のお手伝いができると、勇んで参りました」

「ラフォスエヌです。よろしくお願いします」

挨拶を返したあと、足弱はふとおもった。

（あれ、もしかして種蒔きをするまえに、挨拶を受けるべきだったか……？）

広大な田畑の周囲に人々が頭をさげ、畔近くには〈橋渡し〉とその背後に数人が控えていたはずだ。足弱は、馬車からおりてこれから作業する現場をみたとたん、もうそれしか視界に入らなくなっていたことを自覚した。

「ん、うんん……」

顔に血がのぼり、背筋に冷や汗が伝い落ちていく。

冬のあいだおあずけだった農作業をまえにして突進してしまった。

「どうされましたか、兄上さま」

笊を捧げ持つ〈橋渡し〉がきいてくる。種蒔きの終わったうねでは、つぎつぎに土がかぶせられ、水がかけられていく。足弱を先頭とする長い列ができていた。

「きゅ、休憩のときに……、その、〈悠々〉さん以外にも、紹介してくださる人がいれば、いってください」

「はっ。ありがとうございます！」

ああ、やっぱり紹介予定の人がいたんだ……と、足弱は麦藁帽子をかぶり直した。

種蒔きが終わるには半刻（一時間）以上かかった。両手を侍従に濡れた布巾でぬぐわれ、乾いた布巾で水気を拭きとってもらう。

作業中にちらっとみていたが、今世王は白い大型の天幕を背景に円卓をまえに椅子に座っていた。頭上からは陽光が降り注ぎ、到着したときより暖かい。白い肌で日焼けに弱い王族を守るため侍従が日除けをかかげている。

「兄上、お疲れさまです」

「立ったまま種を蒔いただけだから、全然疲れていない。でも、お茶はもらおうか」

今世王の隣の椅子に腰をおろすと、侍従がすっと黄茶を置く。

足弱が一服していたあいだも人夫たちの作業はつづき、水を汲んだ桶が何個も運ばれていく。

北西の地につくられた大規模な薬草畑にて、ついに活動が開始されたのだ。

「兄上のオマエ草ですから、兄上が蒔いた以上のことは必要ないでしょうが……。気休めでも、少しは祈っておきましょうか」

温かい茶器を卓に戻して、足弱は今世王をみつめた。

「祈る？」

「芽が出て、豊かに繁るように」

乾いた、死んだ土地で唱えたことば——。

「いいのか？」

「兄上、ごいっしょに。ここは肥えた土も水もありますから、さほど気合はいらないでしょう。座ったまま、このまま。手を」

今世王の右手に、卓のうえにあった足弱の左手は包まれた。控えていた侍従たちが離れ、黒々としている畑の全容が視界のなかに入る。

「緑土なす」

ふたりの声が揃った。

頬に触れた風があり、まるでことばをのせて広がっていったようだった。

（たくさん生えて……人を救え）

おれのことはいいから。自分の常用する分と、今世王のまさかのときのために貯めておく分はまた育てればいい。

ここで栽培するオマエ草の使命は別にある。

（親子や家族が生き別れにならないように、たくさん生えろ）

足弱はいいきかせるように、蒔いたばかりの種に命じた。

ラセイヌ王朝の王族ふたりは座ったまま手を繋ぎ、茶から立った湯気が消えるまでのあいだ、その緑をなす力を注いだ。


翌日の朝、コグレ郡城から大規模薬草畑へは前日と同じく馬車が用意されていた。

車内には足弱と〈温もり〉が乗っていた。今世王は、執務があるので郡城に残り、夕方になっても足弱が畑から帰ってこなければ迎えに来るといっていた。

今後も行き来には馬車を使うそうだ。前後には近衛軍の騎馬が警護につく。

道は整えられていて、馬車の揺れが少ない。横切る者はなく、足弱が窓から眺めても離れた家屋の近くで住民が頭をさげて座っていた。

葉を落としている木々の枝先に白い蕾《つぼみ》がみえた。

（畑のあいまに、この地方に群生する植物を採集しておこうか）

植物全般について師事している高齢のホヘスの顔が浮かぶ。

（この冬も乗り越えてくださっただろうか）

夏の終わりに山肌から足弱が滑り落ちて行方不明になった事件では、ホヘスやホヘスの弟子たちの心胆を凍らせてしまったものだった。

とくにホヘスは、自身の弟子の失言で足弱を大変動揺させ、それがもとで今回のことが起こったとして「死んで詫びる」と申し出てきていた。

おもいとどまらせたあと、冬が始まるまえに毛皮を贈っておいた。

（ムジャクさんのせいじゃない。それに、いずれは、はっきり知らないといけないことだった）

その知り方が急で、あんな場所で、そしてやはり冷静でいられなかっただけだ。

ホヘスの弟子筆頭で官吏をしているキンホの優しげで丸い顔と体。ムジャクの無口かとおもったら、とて

も王室を敬仰していた、やや陰のある四角い顔。ロウの若々しい利発な風貌。

ちょっとケチのついてしまった王都近郊の植物の観察や採集を兼ねた散策であったが、足弱としてはあの二回だけで終わりたくなかった。ホヘスとその弟子たちともまだまだ交流したかった。

(オマエ草をたくさん収穫してセイセツ国に渡して、ラセイヌに戻ってレシェと結婚して、そ、それからかな)

あれこれとやることが終わったら、また交流を再開したい。ホヘスに学びたい。だが、ただ単純にホヘスには健勝で過ごしていてほしかった。

今世王と結婚したあとにすぐにでも会いたいが、そのあたりはちょっと足弱としても曖昧《あいまい》になる。

(レシェイヌは一年で納得してくれるかな)

相談した夜に、熟考するといっていた件。

一年だとしても三年だとしても、そんな生活に慣れるのがいつになるか。

足弱が今世王の熟考について物思いに耽《ふけ》っていると、田畑の出入り口付近に、見慣れない一行がみえた。

大規模栽培地と指定されてから、敷地を囲う柵が設《もう》けられていた。

馬車や人馬が出入りする門もあり、両側に門衛が立っている。見慣れない一行は、その門から二十八間(約五十一メートル)くらいの場所にいた。

一行は全員拝跪《はいき》しており、その後方に控える兵士らしき者たちも片膝をついて頭をさげていた。馬や馬車もある。ということは、貴族か富豪の庶民ということだ。

わざわざ王族が行き来している通りのみえるところに乗ってくるのだから貴族の可能性が高い。

足弱にわかったことはそれくらいだった。

足弱を乗せた馬車はそのまま敷地に入った。

第七話　セイセツ国王

足弱は大規模薬草畑をまえに唖然《あぜん》としていた。

『オマエ草』の草丈は一尺（約三十・三センチ）に満たない。多年草で、花は春から夏の終わりごろに咲く。淡い緑色で穂状に小さな花が多数つき、葉は広く卵形で五枚つく。

そのオマエ草が、一面、緑の敷物を広げたようになっていた。緑のなかに淡い緑色の花も咲いている。

近づけば、まぎれもなく見慣れたオマエ草が育っていた。それもわんさか。畑の端までどっさり。

「種を蒔いたのって、昨日でしたよね……？」

「さようです」

おもわず後ろに控えていた〈温もり〉に同意を求める。

今日の畑仕事に付き添ってくれているのは〈温もり〉だけだ。

薬草畑にも側仕えを配置しているそうで、足弱がいくところ、いつでもどこでも兄付き侍従たち全員が付いてくるわけでもない。専任の三人と補佐のふたりが交替で足弱に付き添えるように、人員に欠ける場合があれば続々と侍従たちが補充されていた。

緑園殿で薬草畑を手伝ってもらうことも多い〈寄道〉に「われわれがオマエ草の種を蒔いたときと、兄上さまが手ずから蒔かれたときでは、芽の出る速さが違うのです」といわれたことはある。

しかしいままで足弱が自分でオマエ草を栽培してきて、一日で繁ったことなどなかった。

「兄上さまと陛下の、苦しむ民をおもう慈悲のお心が薬草の実りとしてあらわとなりましたね」

〈温もり〉が控えめに感嘆の声を漏らしている。

（おれの力……というより、レシェイヌの、力だよなあ。そっちのほうが納得できる。レシェに、おまえの力のお蔭で、一日で育って収穫できたっておれをいわないと）

足弱が〈温もり〉を連れて田畑沿いを眺めて歩いていると、遠方から〈橋渡し〉と〈悠々〉が走ってきた。

「お出迎えせず、申し訳ございません……！」

両膝と両手を地面について即謝られた。

「いいんですよ。作業を優先してください。それより、オマエ草を収穫しましょう」

「もう、よろしいのでしょうか」

「三分の一は種がほしいから残すとして、残りは収穫してセイセツ国へ送りましょう。待っている人も多いだろうし」

「わかりました。それにしても一晩で育つとは、さすが兄上さまの薬草です！」

「一晩で育ったのはレシェが力を貸してくれたからですよ。通常だったら花が咲くのにひと季節かかります」

「え！」

「そうなのですか」

薬草畑采配とその補佐のふたりは目と目を合わせた。

「いまのオマエ草を収穫して、土を耕し直したら、つぎの種蒔きのときにレシェにまたお願いしてみます」

足弱が確信しながらいいきると、膝をついているふたりは頭をさげた。

その後は、〈橋渡し〉の号令のもと、薬草を根っこごと引き抜く役、それを籠や笊に入れていく役、満載された物を運ぶ役等、役割分担して一日で三分の二の収穫を終えた。

種を採る予定で残した薬草には水が撒かれる。

〈橋渡し〉とは、新たな田畑の開墾をどうするかという相談をした。

備蓄していた種の数の制限もあるので、栽培用の田畑を増やしてもすぐには種が蒔けないため畑をむやみに増やしていなかったのだ。だが、オマエ草の成長が今後も速いのであれば畑を増やす意味はあるという話になった。

そのへんは〈橋渡し〉に状況をみながら指図してもらうことにした。

足弱は〈橋渡し〉と方針を決めると、その後、手をだすこともなく、王族用として建てられた天幕に入ったり、そのまえに設えられた椅子に腰掛けたりして作業を眺めた。そのうち、足弱は帳面を広げた。こんな大規模な畑仕事をすることになったせっかくの機会なので、備忘録をつけることにしたのだ。

掘り返された土の香りが、あたりにただよっていた春の香りを押しのけていく。

周囲にある草木で目に留まるのはアカメホウキの枝先に咲く、赤く丸い花。

（メイホウキが咲いてないってことは、まだまだこちらじゃ暖かくないんだな）

王都より北寄りにあるコグレ郡では、本格的な春の陽気は訪れていないようだ。

その日の昼食は、天幕外の椅子のまえに卓を置いて青空のしたで食べた。〈命〉から主従は食事などで席を同じくしないことを教えられていたので、食卓に〈橋渡し〉たちを呼ぶことはしなかった。

人足たちは、宿泊用に建てられた棟のまえで大鍋から体を温める汁物を配られているという。他に焼いた肉や煮た豆、リャーリャン団子など。

遠くにはしゃぐ人足たちの声がきこえて、なんとなく足弱はうらやましい気持ちになった。

ただ、食後冷静になってみれば、『王族』が近くで食べていると人足たちの気楽な雰囲気を壊してしまうのじゃなかろうかと気づいた。

夕方、完全に日が沈んで冷たい風が吹くまえに足弱と〈温もり〉は馬車に乗り込んだ。畑の作業も片づけに入っていた。

馬車の雨戸を開けて外を覗くと、よこを走る近衛兵の騎馬のあいだから、朝ここに来るときにみかけた一行が同じ場所に拝跪している姿がみえた。

「あ……」

「兄上さま、いかがなさいました」

「あの人たち、朝にもいたなって」

上半身をずらして窓を〈温もり〉に譲る。若い侍従の横顔がきゅっと真剣なものになった。

「心当たり、ありますか」

「はい、ですが、コグレ郡の城に着いて確認したうえでご報告させてくださいませ」

「わかりました」

〈温もり〉は頭をさげ、つぎに雨戸を閉じた。

その日の夕餉、コグレ郡城の王族専用となった食堂で足弱と今世王はお互い今日どのように過ごしたか話し合った。

「オマエ草の成長がとてつもなく速かったんだ」

「さようですか」

「きっと、種を蒔いたときに唱えた、あれのせいだとおもう」

「そうかもしれませんね」

燭の明かりの向こうで微笑む今世王は別段驚いている様子はない。

「おまえの力のお蔭で、もう畑の三分の二も収穫できた。それで、レシェに頼みがあるんだ」

「なんでもおっしゃってください」

箸を持つ手を止めて、今世王が足弱のことばを待ってくれる。

「また、おまえの力を借りていいかな。薬草畑に行って唱えてくれるか？」

今世王の笑みが深くなった。

笑みに滲んだ色合いは、弾けるような喜びではなく静かで、温かいものだった。

「わたし単独の力だとおもわれたのですか？　ふたりで唱えた力は、ふたりの力ですよ。兄上はなかなかご自身に異能があることに慣れませんね。でも、こうして頼ってくださることは嬉しいです。いつでも声をかけてください」

「ありがとう、レシェイヌ」

「いいのですよ。これからも頼ってください」

今世王はその席で、二旬後にある足弱の誕生日について、「場所が王都からこの地に変わってしまって対応できないことも多くて口惜しいのですが、兄上のお誕生日、楽しみにしてお待ちくださいね」と真摯《しんし》に語った。

足弱としても、「おれの希望でここに来たんだから、誕生日は無理しなくていいぞ。おめでとうっていってくれるだけで嬉しい」と正直な気持ちを伝えた。

いったいどんな誕生日になるか、当日になるまで足弱にはわからない。

夕餉が終わって食堂からふたりの居間に移った。

旅にでると寝室が同じになるのと同様に、宮殿ではそれぞれにある居間も共同になっていた。そのせいなのか、コグレ郡の城の家具は、いつの間にか王族にふさわしい物へと替えられているらしい。

足弱の目からみれば、城に備え付けられていた椅子と、変わった椅子の違いがよくわからない。色や形の違い以外、どっちも立派だとおもう。

ただ、この城には足弱だけでなく今世王も滞在している。そうなると王の格、というものがあるのかもしれない。そうなってくると、そこらへんは侍従をはじめとした灰色狼たちの領分なので、足弱は口を出さなかった。

「〈温もり〉から、兄上が気づかれたようだときいたので、わたしからいいますね。オマエ草畑の門前で兄上のお出迎えとお見送りをしているのは、セイセツ国の国王です」

「え⁉　なんでラセイヌにいるんだ」

「セイセツ国内でできることは大臣たちでもできますが、ラセイヌでわたしに会おうとしたら国王にしかできないからでしょうか。ましてや、いまこうして、王族の兄上がセイセツ国へ送る薬草を育てているのです。セイセツ国王として、赤心《せきしん》をみせるためにも、われわれに伺候《しこう》してくるしかない」

「そ……そういう、ものなのか……？」

「はい」

「でも……帰ってもらったほうがよくないか？」

「帰れというと、かえってセイセツ国王の面子《メンツ》を潰すことになりますけれど」

「え⁉」

「国同士の力関係などでセイセツ国王としてするべきことは、自国にいることではなくて、ラセイヌの王とその兄に伺候すること。それが当然という考えになるのですよ」

まったく想像のつかない世界の話で、足弱はゆっくりうなずいた。

「そうか、それが、当たり前なら、そうなんだろう」

「はい。ですから、セイセツ国王から話しかけてくるようなことはありませんから、門前でのお迎えとお見送りはさせてあげてください。それ以上は何もしなくていいですので」

「それでおまえが、いいっていうなら……」

長椅子に並んで肩をくっつけるようにして座っていた今世王が、背を戻して足弱の顔をみてきた。

「第一、兄上はもうじゅうぶん、セイセツ国のためにしてらっしゃるじゃありませんか」

そういうと、足弱の唇に人差し指の腹で触る。

「兄上、そろそろ寝台に行きませんか」

囁かれた熱い内容に、足弱は背筋をぞくっとさせた。

御幸巡行で王都から旅してきた道中、寝室が同じせいか中四日の間隔は短く頻繁に崩れがちとなっていた。

コグレ郡に到着してから、なんとか立て直そうとし始めたばかりだ。

「な、何、いってる、まだ……」

前回繋がった夜から三日しか経《た》っていない。

「ただ、寝台で休みましょうといっただけなのですが、兄上は違うことを考えられたのかな？」

「え、あ」

あわてて取り繕おうとした足弱は、油断した口に舌の侵入を許した。

「ん、んぅっ」

舌を舐められ、歯の裏まで舐められ、舌を強く吸われる。気がつくと腰に巻いていた帯の感触がなぜかなくなっていた。

今世王の袖を握った足弱は、腰を浮かせて振り切ろうという仕草をしたものの、その中腰のまま姿勢が固まり、やがて、へなへなと長椅子に座った。

「……あ、あ」

唇を離されると、自分の衣服が乱れていることに気づいたが考えがまとまらない。

「兄上。兄上のご推察の通りです。そのために運びますね。首につかまってください」

同じくらいの背丈の弾力ある強い腕に抱き寄せられ、足弱は今世王の首に腕をまわした。今世王の白い肌が上気して、青い瞳は食事のときより煌《きら》めいていた。

「レ、レシェ」

「寝台にお運びしますね」

「あ、ああ」

「お可愛いらしい兄上。寝台ではうんと可愛がってあげますから」

足弱は緑園殿にいるときより近い距離にあるふたりの寝室に連れ込まれると、四方を幕で囲まれた寝台におろされた。そこで、乱されていた衣服はすべて脱がされる。

足弱の少し反応している股間を確認すると、今世王は満足そうに微笑み、自身は侍従たちに手早く脱がさせて寝台にのぼってきた。手にはいつの間にか硝子の瓶が握られている。

「なあ、レシェ。おれ、今夜するって考えてなくて、だって」

本当は明後日だよな？　そう目で問うた。

問われた今世王は右手に持った瓶から左手に琥珀色《こはくいろ》の香油を垂らしていた。花の香りが四方を囲まれた寝台に広がる。

「兄上、足を開いて」

今世王は微笑んで、それだけをいう。

寝台のなかは、幕の外側で明かりが灯されて完全な暗闇ではない。彩度の抑えられた世界で今世王の色彩は穏やかで優しいものとして足弱の目に映る。

全裸の足弱は、立てた枕にもたれるようにして座り、顔を伏せて両足を開いた。

「レシェのお手伝いが必要のようですね」

開脚が足りないとばかりに、左足を膝から持ち上げられ浮いてさらに開いた股のあいだに香油で濡れた指が入ってきた。香りだけでなく、ぬるぬると滑りもいい香油だった。

「うっ」

目の前の男と繋がることに慣れた体は、強張ったもののすぐに力を抜いていく。ましてや濡れた指で足弱の緩く反応しているものまで撫でられると、ますます力が抜けた。

「う、うう、レシェ」

「兄上。ああ、ラフォスエヌ。すぐにっ……、ここに深く、入りますからね」

指は一本から二本に増え、持ち上げられた左足だけでなく、敷布に置いただけの右足までも足弱の意思に関係なくびくびくと動く。

今世王の濡れた指が足弱のなかをなだめるように撫で、巧みに狭い箇所を入口として広げていく。ここを使うのだと容赦なく知らしめていく。

「あ、ぅあ、あ」

足弱はもたれていた枕からずるずると滑り、香油を足されて指を三本入れられるころになると、仰向けになって尻を枕に乗せて両足を広げていた。しかもその両足の膝裏を自分で持っておくよう指示されて素直に従っている。

「レ、レシェ、レシェ」

「ラフォス、ラフォス、いま」

「――ああ……！」

今世王の滾ったものに今夜初めて貫かれて、足弱はのけぞって声をあげた。苦しさと衝撃で膝を持っていた手は離れ、敷布を両手でぎゅっと握る。

足弱の両腰を押さえていた今世王は、腰を突き入れたあと、ゆすっと動かした。

「……あ……っ」

両頬に汗で重たげになった金髪を垂らして、今世王が腰を前後させると、足弱は身悶《みもだ》えした。じっとしていられない波が押し寄せてくる。

「あ、うぁ、あ、ああっ」

「ああ、兄上のなか、最高に気持ちいい。兄上、兄上」

「レシェっ」

三日前の夜にも散々いじられた胸の突起を摘《つま》まれて、足弱はそれを払いのけた。しかし、すぐに指が戻ってくる。また払いのけようとした手首をつかまれ、敷布に押し付けられると、ゆるゆると揺れていただけの腰がぐっと突き進んでくる。

たっぷりの香油で慣らされた道を遠慮もなく貫かれる。

「ん、んぅぅ！　あ、あ」

今世王と閨《ねや》をともにするとこういう行為をするのだということは緑園殿に連れ込まれて以来教えられてきたことであり、同意してきたことでもある。

「あ、あ、あ、あ」

何度も押し上げるように、突き上げるように腰を入れられ、足弱は体が浮きそうになる。そんな体を上腕と肩をつかまれて引き戻される。

「ぐ、ぅ……っ、く、ぅ……！」

「兄上、いいです、よ……っ。力を抜いて、そのまま」

ただ、何回体を重ねても、足弱は今世王の力と熱心さに圧倒される。

汗を飛ばして首をよこに振って、もう入らないと訴えても納得してもらえた覚えがない。

「あ、や、やめろ」

「ラフォス、ラフォスっ」

甘く名前を呼ばれても、奥を広げてくる勢いは止まらないし、ましてやそこに雄の証《あかし》を突き立てられるだけでなく大量に注がれる。

「う、あ！　あああっ」

「ん、ん、兄上」

今世王は足弱のなかに出したがる。どれだけその後の始末が手間でも、何回でも何度でも出したがる。

足弱を抱きしめて脱力していた今世王は、頬に髪を貼りつけた顔で足弱の頬に口づけた。足弱の濡れた短い黒髪に指を突き入れ、こめかみや目元の汗を舐めるように唇を移動する。

「……兄上」

今夜最初となる吐精を済ませ、今世王の声はいつもよりかすれていた。

「喉渇いていませんか。大丈夫ですか」

「ん、ああ……」

注がれた熱をもてあましながら返事をした。ようやく息が落ち着いてくる。

畑から郡城に着いた時点で体を湯で清めたというのに、寝台にのぼったとたんにふたりして汗まみれだ。

「そうですか、では、つぎは兄上を楽しませますね」

今世王は足弱の耳を軽く噛み、放置されていた股のものを手で包んだ。

「あ」

指の輪で根元から上下され、どんどん雄々しく勃っていく。

「あ、あ」

足弱の首筋に流れた汗を追いかけるように今世王の唇は耳の裏から首筋に滑り、指と手で攻防していた胸にたどり着いた。そこでようやく、ずっと足弱の奥に突き入れたままの硬いものを半分抜いた。

「ひ、ぃ」

ずるずると引きずられていく内側の感触に、足弱は息を吸って耐えた。そんな凄絶な行為が途中で止まって、耐えていた息を吐く。すると、今度は予告なく今世王に胸に吸いつかれ、熱い舌で舐められる。

足弱は体を大きく跳ねさせ、手で今世王の頭を押さえてくぐもった声をあげた。

「く、ぅ。あ、だめ、だ……！　あ、熱い、痛い」

胸に何度も腰まで響くような甘い痺れが走る。足弱はその痺れを痛い、としか表現できない。

完全に抜かれないものがなかに居座って気になるが、他を愛撫されていくうちに忘れていく。動かなければそこにあるのが普通になってくる。

「兄上。大好きです。愛しています」

今世王は愛を告げるだけでなく、舌も手も動きを止めない。

「あー！　あー……！」

足弱は今世王の頭を胸に抱いて、その舌と手に翻弄された。なかを体ごと揺すられているわけでもないのに、がくがくと腰が震える。太腿は何かを求めるみたいに上下し、注がれたものが垂れてきて尻を濡らした。

腹の内側からも、忘れていた硬く熱いものが存在をおもいださせるように強弱をつけて押し上げてきた。

「ん、あ⁉　はぁ、あぁっ」

そこをそうされるたびに、どうしようもない波が押し寄せてきて我慢できなくなる。もう息も絶え絶えだ。

片手の指を濡れた金髪に潜《ひそ》ませて、もう片方の手で今世王の肩を叩いたり、腕を引いたりした。

「レシェ、レシェえ、も、だ、出した、い。お、おれ、

出したい」

汗と涙で濡れた顔で、弟に必死に訴える。

「そのようですね。ここ、すっかり」

と、指先で限界まで張り詰めた先端を刺激されると足弱は悲鳴のような声をあげた。

「あああああ、あ、あ、ああ！」

「兄上がちゃんと出せるよう、レシェがいつでもお手伝いしますからね。本当に可愛いですね、兄上」

うながすように強く勢いよく扱かれて、足弱の視界が白く焼けた。

＊

コグレ郡界隈《かいわい》一帯を驚嘆させた足弱の誕生日が終わり、郡城に来たときから数えると三十日が過ぎたころ、オマエ草畑から郡城に帰還した足弱は、セイセツ国正妃の容態が悪化したことを知った。

おもったことは、

（ああ……間に合わないのか……）

ということだった。

ぼんやりと、春の夕暮れに浮かぶ月をみあげる。夜の風にも花の香りがふくまれていた。

正妃は自分はもう助からないと悟り、唯一効くオマエ草の自分の分を民にまわすよう命じたらしい。幼い王子や姫たちがむせび泣いたとか。

（もっと早く薬草を分けてあげればよかったか……。量が増えれば、自分の分を飲んでくださるか……？）

少なくとも、これからはもっとたくさんオマエ草の収穫が期待できる。セイセツ国に近い場所での大規模な畑は当初用意された規模からさらに開墾されたし、潤沢な人手もある。栽培から収穫までの手順も手馴れてきている。

足弱は窓の外をみあげながら、胸をさすった。

（おれとレシェがセイセツ国へ行って、そこでオマエ草を育てれば一日で育つ）

ラセイヌの王である弟を国外に引っ張りだす発想に足弱は眉をしかめた。

（レシェにここで待っていてもらって、おれが正妃殿下のお見舞いを兼ねて行って、オマエ草を育てて贈るっていうのはどうだろう。お見舞いの品を送るだけのほうがいいのかな。その品だって一番喜ばれるのはオマエ草だろうし、だったらここで畑の世話をしていたほうがいい。きっと、そのほうがいいんだろうけれど。おれの異能がオマエ草を生み出した力だっていうなら、それならこんなときに。ああ、でも)

国外に自分を出すのを嫌がっていた今世王と狼たちのことをおもいだして、足弱は行きたい気持ちと、行っては迷惑がかかると己を咎める気持ちに、何度も揺れた。あまりに気持ちが定まらなくなって気持ち悪くなってきた。

その日の夕餉、一口二口しか食の進まなかった足弱は、御殿医が処方した薬湯を飲んだ。

(本当に薬を必要としている人たちが飲めないっていうのに、おれは飲んでいいのか)

そんな考えが脳裏をよぎったとたん、頭から血の気が引き、口にふくんでいた薬湯を吐き出した。周囲は騒然となった。

第八話　物思い

　三十九歳となる兄の誕生日は、陽光溢れた素晴らしい春の日だった。

　朝。今日の主役の準備が整ったと知らせを受けて、居間に控えていた今世王は寝室を覗いた。

「兄上、お誕生日おめでとうございます。兄上のご健康と日々の喜びがわたしの幸せです」

「ありがとう、レシェイヌ。おれもおまえも、元気でいような」

　今世王の贈った冠衣服を身に着けて、足弱が微笑む。

　その日の足弱の衣装は、淡い黄色を主な色にしていた。淡香《うすこう》に黒い髪と瞳が引き立つ。色を邪魔しないように水晶の首飾りと、白と銀の飾り紐。

　冠は稲穂をぐるっと輪にして、重くて垂れた稲穂が宝石といっしょに足弱の顔を飾っている。本物の稲穂ではなく、稲穂色に塗られた木製で、黄金の粒と銀の花と赤と青の木の実がついていた。

　装飾からいえば例年より抑えているが、落ち着いた大人である足弱によく似合っていた。

「この冠、美味しそうな形だな」

　足弱の感想に、今世王も侍従たちもくすくす笑った。

「兄上、お美しいですよ」

「あ、ありがとう……。おまえが贈ってくれた衣装だ。おまえが気に入ったのなら、よかったよ」

　そういって安堵の笑みを浮かべる。兄の野の花のような愛らしさを味わえて、今世王は自分のほうこそが誕生日の贈り物をもらっている気持ちになった。

　誕生日を祝う開催場所が王都でなく北西の端であることから、ここ二年とは変更点がひとつあった。

　それは、郡城の一室に霊廟の代わりに祭壇を設けたこと。

　ふたりで先祖に足弱の誕生日を報告した。

（遠くの地から報告します。ラフォスエヌが三十九歳を迎えました。三十六歳で緑園殿にやってきて、これで三年になります。われわれの黒い鳥が戻って三年です。今年、その黒い鳥と結婚します。どうぞ、わたしの愛しい愛しい黒い鳥をお守りください。ねえ、みな。わたしを幸せにしたいなら、ラフォスをみなで守ってくださいね。もちろんわたしも、わたしの全力でラフォスを守ります。それと同時に、ラフォスの望みを叶えたいと考えています。だってねえ、ラフォスの……兄上の笑顔、とても可愛いんですよ）

心のなかで語り終わり、今世王は顔をあげた。よこに立って同じように頭をさげていた足弱はさきに終わって今世王を待っていた。

つねより豪華な衣装をまとっていても、黒い瞳の静かな色合いは変わらない。足弱本来の、おとなしい空気は変わらずそこにある。だから今世王はおもわずことばが口から飛び出した。

「兄上、愛しています」

足弱は目を丸くした。

「おまえ、わざわざ何を祈っていたんだ」

「兄上のことです。わたしが兄上を大好きだってことですよ。もちろん」

「……いつもいってるのに、またいったのか」

「兄上の誕生日に、兄上のことがさらに愛しくて」

「レシェ、ほら、手を繋ごう。つぎ、行こうか」

弟のまっすぐな告白に、足弱は無言のまま冠の飾りを揺らし、やがてそういって右手を差し出した。

今世王はその手をしっかりと握り、顔を近づけて頬に軽く口づけた。

兄の誕生日を祝い、今世王は王都から呼び寄せた楽《がく》人《じん》たちによる昼夜の演奏と、これまた王都から続々と運び込まれた酒を、コグレ郡城の周りで郡住人たちに振る舞った。

「今世王陛下万歳」

「庶兄殿下万歳」

「ラセイヌ王室万歳」

「ラセイヌ！」

「ラセイヌ！」

王都でしか望めない楽や酒に酔いしれて、人々の歓声は夜遅くまでつづいた。

翌日、寝台で休んでいる足弱を置いて、今世王は聴政のために朝廷へ出御した。緑流城の堂のような広さはないが、集まった百官が膝をついて迎える。

それらが済んで今世王は休憩の間に移った。そこで、近場で温泉が湧き出ていることが確認されたと、王都から〈灰色狼〉の代わりに連れてきた〈水明《すいめい》〉から報告を受けた。

「兄上と湯治もよいな」

ここに到着してから足弱は、今世王が抱いた翌日以外毎日、郡城と大規模畑の往復をしている。〈歳月《さいげつ》〉も連れてきたのにあれだけ楽しそうにしていた剣術稽古まで休んでいる。おかげで手の空いた〈歳月〉は、近衛軍兵士を鍛《きた》えまくっているそうだ。「〈歳月〉殿の余暇のおまけとして、兵士たちが吹き飛ばされていますと」と〈青嵐〉が首をよこに振りながら悲嘆していた。あれは嘆いたふりで楽しんでいるのだろう。

緑園殿ではつねに温泉の湯に浸かって暮らしていたため、足弱も湯治の誘いには浸かりたい気持ちになって乗ってくれるのではないかと今世王は期待した。

「では、陛下と兄上さまがお寛ぎいただけるように周囲を整え休み処を建てさせます」

「そのようにせよ」

「はっ」


十日後、今世王はセイセツ国の正妃の容態悪化の報を受けた。

セイセツ国へ派遣している御殿医たちを中心とする視察団からの報《しら》せと、コグレ郡に滞在しているセイセツ国王使節からの報せ、両方から得た情報だった。

外務大臣のカミウルを呼び寄せてセイセツ国王の使節に対応をさせていたので、大臣から「セイセツ国にお見舞いを申し上げておきます」ということばに今世王はうなずいただけだ。

(兄上には知らせずにおいてよいだろう。なにもお心をわずらわせることもない)

もうすでに心を砕いて、大量に薬草を収穫するために国境近くで畑仕事をしている。

「正妃の病状がおもわしくないことは、お心を痛めるだけだから兄上には知らせぬようにと〈命〉に伝えておけ」

「はっ」

〈水明〉に命じておいた。しかし次の日、〈水明〉が表情のない顔で近づいてきて頭をさげた。

「陛下に申し上げます。兄上さまはすでにセイセツ国正妃の病の悪化をご存じでございました」

「どこから漏れた？」

「畑仕事に雇いました近隣の人足たちが噂話をしているのを、兄上さまが小耳に挟み、侍従たちに問いただしたそうでございます。その人足たちはセイセツ国使節の小者と雑談をしていて知ったとか」

「意図的かどうかわからぬ、うまいところを突くな」

噂が耳に入るようにセイセツ国側が立ち回ったかどうか。

〈水明〉はふたたび頭をさげた。つぎに顔をあげると、右頬の大きな痣《あざ》が午後近くの陽光を浴びてとくに目立った。

「兄上さま付き侍従長は、真偽さだかでない噂話であるので信じないでほしいとお答えしたそうです」

「さようか。兄上の耳に入ってしまったのであるなら、それを知った兄上がどうなさりたいとおもうかを考えねばならぬ」

「正妃の病の悪化は誤報であったと伝える手段もございますが……？」

「兄上の身を守るためならばいくらでも嘘をつくところだが、もはや薬草を与えるという方向で動きだした兄上のお心を止めることはできまい。これまでずっと堰《せ》き止めてきた兄上の善意を解き放ったのだ。そこに虚偽をわれわれが投げ入れれば、われわれへの信頼を損なう。そうおもわぬか」

「はっ。陛下のご慧眼《けいがん》の通りかと」

「兄上は善意ゆえにセイセツ国に誘い込まれるだろう。その道筋がみえる。そしてその行く手を阻《はば》むことができるのは余だけであろう」

郡城の人払いされている拝謁の間はずっと静かだったが、今世王の独白に息を吸うのも恐れるかのようにさらに静まった。

「阻まれますか……陛下」

しゃがれた声が今世王に問う。

今世王は右手をみおろした。指を動かし拳《こぶし》を握り、指を広げる。

大国の王である自分にどれだけの力があるだろうか。あるいは王族として。異能の持ち主として。

「腕を長く伸ばそうとおもう。できるだけ兄上の想いに寄り添うつもりだ。しかしそれも、余の腕が伸びる範囲だ。〈水明〉、人選をしておけ。〈青嵐〉にも伝えておくように」

「はっ」

緑園殿副官が去り、拝謁の間の空気が緩んでから、今世王は拝謁を望む者たちが入ってくる許可をだした。

第九話　期間交渉

今世王は〈水明〉からの報告をきいた夕餉、兄にどう切り出そうかと考えていた。

（セイセツ国正妃のことをおききになられましたか。あの噂は事実のようですよ。ラセイヌが派遣した使節からも一報が届いております。兄上がお望みなら……さらに畑を大規模にすることも可能です。お見舞いの手紙をだすのもいいかもしれませんね。自分の分を他に譲ったそうですから、正妃の分だと名指しして贈るという方法もあります。

気が咎めるなんて想いは一切感じなくていいのです。なぜなら、オマエ草を下賜してもよいという兄上のお気持ちを、そもそもの初めから時期尚早だと止めてきたのはこのレシェイヌだからです）

頭のなかで文章をつくり、そう伝えたかった。

食卓を囲む足弱は物思いに耽っており、食欲がない様子だった。

燭の明かりの加減か、顔色もよくみえない。

「兄上、お腹は空いておられないようですね」

「あ、ああ。すまない。いつもより残してしまうな」

はっと顔をあげた足弱は箸を置いた。

「心配しないでくれ、ちょっと食べる気がないだけだ」

「さようですか」

そのちょっと食べる気がないあたりがすごく気がかりなのだが、今世王は追及しなかった。場を改めて足弱の気持ちをききだそうと考えた。

なんとなく胸を撫でている足弱に〈命〉が薬湯を飲むかきいている。足弱は周囲をみてから「飲みます」といった。自分をふくめて、周りの心配する目に配慮したようにおもえる。

御殿医が用意したのは胃の消化を助ける薬湯だった。足弱も知っている薬草で、御殿医のことばにうなずき三回に分けて茶碗の中身を飲み干した。すると顔色があきらかに白くなり、足弱は薬湯を吐き出して右手で口を塞ぎ、椅子から滑り床に座り込んだ。

「兄上!?」

「兄上さま⁉」

侍従と控えていた御殿医が駆けつけ、足弱はあっという間に寝室へ運ばれていった。

途中だった夕餉を終わりにして、今世王も寝室へ向かう。同じ部屋に入るが医師たちの邪魔をせず椅子に座って報告を待つ。

春の夕べの暗さは燭を並べて払拭しているというのに、ふたりの寝室はやけに広く、静かで、暗く感じた。

灰色狼たちが起こす小さな物音や話し声があるはずなのだが、遠い潮騒のようにおもえた。

椅子のよこの卓に肘を置いて頬杖をついていた今世王は豊かな睫毛《まつげ》を上下させて瞬いた。

目の前に〈巻雲《まきぐも》〉がいる。

「なんだ」

「兄上さまはお考えで頭と胸がいっぱいとなり、食べる気力が減退していたようです。薬湯は口に入れた分を飲み込めず吐いてしまっただけで、臓器を悪くしたご病気ではないと診断いたします。陛下、兄上さまが陛下をお呼びでございます」

「そうか。兄上が余を……いや、わたしをお呼びか」

今世王は席を立ち、そろそろと寝台に近づいた。さっと侍従たちが道を空ける。

足弱は白い寝巻きに着替えて布団のなかにおり、広々とした寝台の中央に重ねた枕にもたれるようにして座っていた。

「兄上、大丈夫ですか」

「ああ、心配かけてすまない。話があるから、おまえも布団にあがってくれないか」

侍従に沓を脱がさせ、今世王は呼ばれたまま素直に足弱に近づいた。吐いてすっきりしたのか、それとも心が決まったのか、足弱の顔が食卓にいたときより明るい。

「レシェは知っているか。セイセツ国の正妃殿下の容態が悪くなって、自分の分のオマエ草を他に譲っているっていう噂」

「――噂ではなく、本当でしょうね。派遣した使節団から一報がありました」

「そうか。……おれ、その話をきいてからああしていればよかった、こうしていればよかった、これからあすればどうだ、こうすればどうだって次から次へと考えが浮かんでしまうんだ」

今世王は足弱の上掛けから出ている手を取った。その左手をしっかりと握った。

「兄上、どうなさりたいのですか。わたしに遠慮せず、一番なさりたいことを教えてください」

「おまえは嫌がるだろうけど……してみたいのは……正妃殿下のもとにお見舞いを兼ねて……直接行って、オマエ草を育ててあげたいんだ。この手で収穫して、助けてあげたいんだ」

ふたりのうえに沈黙がおりた。

今世王は握った足弱の左手をもう片方の手で撫でた。

(この気持ちを我慢させて、吐かせてしまったのか)

足弱が直接セイセツ国を「お見舞い」という形で救いに行けば、その前例をつくることになる。ラセイヌの王族が他国の正妃の見舞いに赴いたという前例。そんな前例をつくることはのちの面倒事になるかもしれない。

だが、それがどうだというのだろう。ラセイヌが追随を許さない大国ゆえにそれにはいくらでも対処しようがある。

足弱が生きているあいだ、自分がこの国の王だ。今世の王だ。

(兄上のつくった前例がこのさき引き起こすかもしれない、引き起こさないかもしれない面倒事、全部ひっくるめてわたしのものではないか)

足弱が故郷の山から今世王と下山していたとき、自分のことを「面倒臭くなったり」「嫌気がさしたり」「愛想を尽かす」のじゃないかと危惧していた。

今世王はそのとき、抱き上げていた足弱を「荷物」と例え、「この腕のなかの荷物はわたしのものだ」と宣言した。そう、だれにも譲る気はない。あのときから気持ちは変わらない。

——この荷物がひとりでどこかに行こうとしたら、きっと追いかけ、背負い込んで、望むところに行くだろう。

金の豊かな髪を微かに揺らし、今世王は微笑んだ。

「では兄上、セイセツ国王都までごいっしょしましょう」

「お見舞い、賛成してくれるのか」

足弱は黒い目を見開き、弟をまじまじとみた。

「ええ。いっしょに参りましょう」

「いや、行っていいなら、ひとりで行ってくる」

やはり荷物はひとりで行きたがるものらしい。

「どうしてわたしがごいっしょしてはいけないのですか」

「おまえ、王じゃないか。王が移動すると、迎える側は大変なんだってな」

足弱自身も大国ラセイヌの王族であり、その王族ひとりを迎えるだけでも大事だが、本人にその自覚はないようだ。

今世王の笑みは深くなった。

「王でだめなら退位してついていきます」

「以前きいたな、それ」

そういえば、退位するといったのは二度目かもしれない。どちらも兄に離れてほしくなかったときだ。

足弱は今世王から視線をはずし、首をすこしひねってから視線を戻した。

「すぐだ。すぐ帰ってくる。だから退位はなしだ。セイセツ国に長居はしない。それに、『王室病』だとおまえの命にかかわる」

「『王室病』なら兄上も罹患しますよ」

「それこそ、おれにはオマエ草がある。レシェイヌ。おれひとりで行かせてくれ」

「わたしも行きたいです」

「おまえはだめだ」

「兄上」

「レシェイヌはだめだ」

今世王の腹積もりでは「同行」が前提であったので、ここはもっと抵抗したいところであったが、足弱のいつにない強い目力の押しに負ける。

おまえはだめだ。そんな拒絶のことばが強ければ強いほど、足弱からの愛だとわかる。

「……種を蒔いて、芽が出てくるところまでだ。あとはおれがいなくても育つ。すぐ戻るよ」

芽が出てくるところまででいいと、兄なりの譲歩《じょうほ》もしてくれている。

「わたしといっしょに唱えれば芽の出が速いと兄上がおっしゃっておられたのに。わたしを連れて行けばそれだけ速く芽が出て、正妃を助けることができますよ」

今世王はもう負けを認めそうになりながらもあがき、足弱からの愛のことばに押し切られそうになりながらもいい返した。なかなか痛いところを突いたとおもう。足弱は眉をひそめた。うなずいてくれるかと期待してみていると、足弱は頑として首をよこに振った。

「兄上」

「正妃殿下には悪いけれど、おまえを『王室病』に罹患させるわけにはいかない。それだけは嫌だ」

断られて辛くて嬉しくて今世王は涙ぐみそうになった。

だんだん眼底が湿ってくるようで、手早く伝える。

「では、行って、種を蒔いて、帰ってくるのに十日ていどでしょうか。期限が過ぎれば兄上を取り返しに参ります」

兄が現地に行って満足するというのなら、行って素早く帰ってきてもらうのが一番だ。緑園殿の禿げたまま放置されていた山を、気になるからと手ずから植林して緑の山にした猛者《もさ》だ。自身の薬草に関わることで、遠くから傍観していることに限界がきているのだろうと推察する。実際の土に触り、育てて生活してきたいままでの人生から、直接しないことには納得できないのかもしれなかった。

「え、十日!?」

そう。足弱がセイセツ国王都まで行って種を蒔いて帰ってくるまでの日数だ。

セイセツ国王都まで片道、順調にいって四日かかる。

「み、短すぎないか。芽が出るところまで見届けるだけでも無理な日程だ」

「わたしが同行するなら長期間でもいいでしょう」

隙をみて条件を加えるが、

「おまえは来たらだめだ」

そこはやっぱり却下される。

「じゃあ、十日でお願いします。やはり数は十日。一旬であるべきです」

「待ってくれ。せっかく行くのだし、芽が出るのを確認するのは大事なんだ。芽をみて安心したいんだ。なあ、レシェ、行ってもいいんだったら最後まで見届けさせてくれよ。なあ」

握っていた足弱の左手を振りほどき、わざと身を引くと、足弱が前のめりになって今世王の袖をつかんできた。拗《す》ねてはいないのだが、拗ねた態度をとる。

足弱も、自分が直接行くというしなくてもいい無理を通そうとしている弱みがあるせいか、今世王の顔色をうかがうように声をかけてくる。

「なあ、レシェ、頼むよ。なあ、レシェ」

焦らしつつ、今世王は目標を変えた。

「結婚式を挙げた夜に、兄上にお願いがあります。どんな内容であってもかならず叶えてくださる、というのであれば、兄上の滞在期間延長に同意しましょう」

足弱は弟への愛ゆえに同行を許してくれない。

そうであるなら、足弱の帰還まで煩悶《はんもん》しつづけるだろうこの身を慰める未来の楽しみがあってもいいはずである。愛しい兄を片道四日の距離へ送り出す苦悶をなだめる希望が必要だ。

(初夜に！　意識のある兄上に、あれをさせてもらえるなら耐えてみせる……！　もう、ほんとうに、これくらいご褒美がないとやってられない！)

今世王の臓腑から燃え上がるような強い欲求に、袖をつかんでいた手を離し、足弱はおびえた表情をみせた。

「け、結婚式の夜って、あの、あの夜だよな。え、何をするんだ。どんな内容でもかならずって……そ、それは」

足弱も漠然と今世王と暮らしてきたわけではないようで、慎重な様子でき返してきた。

以降、やりとりがあって、足弱は内容を知らないまま「最大限、ラフォスエヌはレシェイヌの願いを叶えるために努力する」という約束をしてくれた。今世王は同行できない以上、ここが攻めどころとばかりに足弱の承諾をもぎ取った。

ゆえに、今世王は「二十日待つ」ことになった。

第十話　出発前準備

　今世王がすること。兄が二十日間も離れる、その出発前にすること。

　それは別れを惜しむこと。

　足弱が薬湯を吐き、話し合いをした翌朝。王族ふたりでだした考えを家臣たちに伝え、その準備を始めるよう伝えた。

　今世王はその命令をくだしたあと、畑に行く足弱を見送った。足弱が去った堂に戻り、外務大臣カミウルや近衛将軍、〈水明〉を呼んで出立は早くて五日後という計画を立てた。

　王都へ送る報せの内容についても検討した。

　夕刻になると兄の迎えも兼ねて今世王は馬車で畑に向かい、オマエ草の種に「豊かに繁るよう」足弱といっしょに唱えた。

「ありがとう、レシェイヌ」

「なんの造作もないことです。オマエ草がたくさん生えれば、それだけ兄上が楽になるかとおもえばこそです」

「楽になるのは、おれじゃなくて、病で苦しんでいる人だろう。こうやって大きな畑でオマエ草を育てられるのも、おまえや、畑を手伝ってくれる人たちや、ここまで連れてきてくれた人たちや、みなさんのお蔭で、できることだよな」

　土を耕し新たに蒔いた面と、種を収穫するために薬草を残した面のある広大な畑を見渡しながら足弱はいった。夕暮れがもうそこまできている。黒い髪を風が緩やかに揺らしている。

　気負うことなくぽつぽつと話す足弱の声を、今世王は気持ちよくきいた。

　兄のしたいことを叶えることのなんと心地いいことだろう。

　静かな足弱の横顔に満足感、充実感がみてとれる。大地に両足をおろし、手に土をつけ、草の香りのなかで素の姿で立っている。

（――わたしの荷物。ラフォスエヌが荷物なら、だれにも譲りたくない荷物だ。持ち上げているのかどうかわからないほど軽い荷より、重いほうがいい。そのほうが断然いい。手ごたえがあるほうが嬉しい。ああ、いまわたしは大好きでたまらない荷物を抱えているんだなって感じられるから、そっちのほうがいい）

足弱を眺めているうちに、昨夜沸騰《ふっとう》した感情がぶり返してきた今世王は、近づいて予告なく兄をよこ抱きにして持ち上げた。

「え、な、なんだ、レシェ、どうした⁉」

「やっぱり重いほど実感できていいですね。兄上、愛しています。ずっとずっと抱き上げて離しませんからね」

「急にどうしたんだ」

目を丸くする足弱に微笑み、今世王はそのまま馬車に向かって歩き出した。

今世王は別れを惜しむまえに済ませるべきことを日中に済ませると、夕餉のあとに足弱を湯殿に運び寝室に連れ込んだ。

日は暮れ、幕に囲われた寝台のなか。

時も場所も問題なく、足弱も予測はしていたのか「日数！」とはいいださず、寝巻きの紐をほどかれても抵抗しなかった。そればかりか湯で洗い上がったばかりの足を開くよういわれて素直に従った。

「兄上、いい香りがしますね」

「こ、香油のだろ」

「まだ蓋を開けていません。兄上の肌の香りですよ」

今世王は引き締まった足弱の腹から胸、首筋へと鼻を近づけた。

「嗅《か》ぐなよ」

「では、味も確かめますね」

胸の突起をぺろっと舐めた。

「あっ」

ひるんで逃げた体を両手で押さえ、何度も舐める。しまいには吸いついた。

「あ、あ……んぁ、ああっ」

周りの肉ごと寄せ集めて胸を強く吸うと、足弱が両足をばたつかせて高い声をだした。すっかり感じる箇所になって今世王は胸のうちで満足気にうなずく。今夜もたっぷり可愛がる予定だ。胸どころか体のどこもかしこも隅々まで。なぜなら足弱は明日以降の畑仕事は休みだからだ。本人はまだそのことを知らない。

吸いついていた口を離すと、胸の片方の乳首だけ赤くなっていた。足弱は腫《は》れた胸を守るように体をひねって、今世王に背後をみせて這って逃げた。

紐のほどかれた白い寝巻きは足弱の動きに合わせて乱れ、両腕の上腕にくしゃっとまとわりついているだけとなり体を隠す役目を失っている。

すっきり伸びた背中も、日に焼けない形のいい臀部《でんぶ》から太腿もすっかり露わになっていた。

今世王は本能のままの素早さで逃げる獲物を押さえつけ、左足を付け根からぐいっと力を入れて開脚させた。両足が閉じないよう、慎重に力加減しながら膝を乗せて阻止し、片手に握ったままだった硝子瓶の蓋を親指で弾いた。

小瓶の中身は王室御用達であるアラスイの香油だ。王室のためにだけ栽培されている紫の花を絞ってつくった香油は琥珀色をしている。ふたりが体を繫げるために欠かせない逸品で、侍従たちが切らすことなく補充しつづけてくれている。

「ぅ、う」

香油で濡れた指を一本入れ、柔らかさを確かめていく。足弱の膝裏に乗せた膝をどかしたものの、両足は広げたままを維持して指を増やしていく。黄色がかった白い尻が上下し、太腿がぶるぶると震える。

「う、ぅう、んっ、んん」

胸をかばったばかりに今世王に尻を差し出す体勢に持ち込まれた足弱は、耐える声をこぼして敷布にしがみついていた。

「兄上と二旬も離れるかとおもうと取り乱しそうです。離れているあいだ、本来なら兄上を四回は抱くことができるのですよ？　同意したとはいえ、酷い話です」

「レ、レシェ……っ」

「ええ、いまさら反対はしませんけれど、切ないです」

　溜息をついたり嘆いたりしながらも今世王は香油を足して、滑りを念入りによくしていく。

　人道の観点からすれば足弱の行いは称賛されるべきことだが、その身を一心に愛する者としては『なにもわざわざ』とおもってしまうのは狭量《きょうりょう》というものだろうか。

　指三本を音を立てて出し入れする。足弱の尻はその指を飲み込み、指に合わせるようにびくびくと動く。入口とするべくほぐされている隘路《あいろ》は香油で照り、どんどん準備を進められていく。

「レシェ……。あ、あ」

「兄上、どうでしょう。もうすっかりほぐれたとおもいませんか」

　弟にいいようにされている兄の股の欲望が反応しているのがはっきりとわかる。今世王のものはとっくに漲《みなぎ》って、ひたすら理性で抑えつけていた。

「う、うう、ぐ、ぅ」

「兄上のなかに入りたいのですが、いいですか。このなか、気持ちいいでしょうね」

　今世王は唾を飲み込み、かすれた声で囁いた。香油の糸を引く濡れた指を抜き、枕を腰のしたに敷く。持ち上がった尻に両手をかけ左右に引っ張った。みるからに滑りは申し分ない。熱くて気持ちよさそうだ。

　すぐに突き入れたいのを我慢して、今世王は先端が濡れているわが身を隘路に沿わせるようにして圧しつけ、動かした。

「く、ぅ……」

　美味しそうな兄をまえにあえて自分を焦らすというのは、高尚な趣味といえるだろうか。

「ああっ！」

　まだ入れていないというのに、足弱は体を大きく跳ねさせ声をだした。

　期待させているとおもうとぞくぞくした。

　全身に汗が噴き出て、兄の洗い上がった体がふたたび濡れたように照り輝く。ほぐされた窄《すぼ》みが琥珀色の香油をこぼし、丸みある曲線を伝って太腿から膝まで落ちていく。とろりとした蜜が、今世王を誘っている。

早く入れろ。ここだ。早く。

今世王は荒くなる息を整え、唾を飲み込み、濡れて重たくなった金髪を首をよこに振って払う。

それでももう一度、今度は太腿に垂れた香油を掬い取るようにして熱い欲望を押し当て、突き入れるのではなく溝《みぞ》に沿うように上下させる。

「うわ、あぁ……っ」

「ん、くぅっ」

今世王のほうが振動と熱と感触だけで気をやってしまいそうになり、歯を食いしばる。足弱はどうしていいのかわからぬように、両膝で敷布を叩き、尻を揺らし、背を反らせた。くねりの入った腰から背にかけての線が、芸術家の入れた一筆のように美しい。

足弱を求める気持ちが奥底から湧き上がってきて、そのままの力で貫きそうになり、今世王は深呼吸を二回して、努めて慎重に太い先端を差し込んだ。

「あ……っ、ああー！」

ついに欲望をねじ込まれた足弱は、息を吸い込み、声を発して嫌々をするように両手で敷布を掻いた。足弱の動きに連動するようになかも蠢《うごめ》き、内に引き入れるように強く締め付けてくる。

「兄上っ、息をして、ください、ね……っ」

差し出されている尻を両手でつかみ、半ばまで剛直を突き入れ、力任せに出る寸前まで引き戻す。

「ん、んあっ、……ひぃっ、あああっ」

つぎには腰をしっかりと支え、すっかり埋め込んでしまうつもりで貫く。

「あ、あー！　あああああ」

欲望のすべてを持っていかれそうな凄絶な快感が押し寄せる。

ラフォスエヌという名のこの春三十九歳になった男を押し潰す勢いでのしかかり、抱きしめ、腰を揺する。

「ん、ん、あ、あ！」

足弱が両手を使って逃げようとしても、今世王はすぐに引き戻し、叱るように腰を打ちつける。

「あ、あ。あああ、レシェ、レシエ、あ、ぅ、ああ」

激しく腰を使われて、足弱も嬌声《きょうせい》をあげるしかなくなる。今世王に背後から組み敷かれ、弟を全身で受け入れて、足弱が敷布のうえで乱れる。

膝からしたが湾曲した右足も、栄養のいき届いた伸びやかな四肢も、張りのある肌も、年相応の顔貌も、濡れた黒髪と、涙の浮いた黒い目も、すべて愛しい今世王の荷物だった。

「兄上、やっぱり兄上がいいです。この、抱き、ごたえのある、体、大好き、ですよ」

「ん、んぅあ、あ、ああ」

涎《よだれ》を垂らし、足弱はよれた敷布を集めるようにしがみつき自分の背後から与えられる振動に耐えていた。

郡城のしっかりとした寝台も、ふたりの激しい動きに、ぎしー、ぎしーと音をあげる。

今世王が何度も深く貫き、好きなだけ揺すり、さらに奥にねじ込もうと尻肉を引っ張ると、足弱は必死な様子で首をよこに振った。

「兄上」

「レ、レシェ、もう、もう、出して、お、終わって、くれ……っ」

「もう、お腹に出してほしいのですか」

「あ、あ、ううっ、だ、出せ、は、早く、あ、あ、もう、だめ、だ」

「一回目を終えてもいいですけれど、このあとで、兄上の胸、いっぱい吸いますよ」

「あ、あ、胸、は、あ、あ」

無意識にか胸に手をやろうとする足弱の仕草がしどけなくみえて、今世王はおもわず前後させている腰に力が入った。香油がたっぷりの狭くて濡れた熱い道を、力強く貫く。かなり深く入った。

「あ、あー！」

腰の動きは止まらず何度も滾ったもので押し開く。今世王の太くて大きなものをずぶずぶと深く咥え込むたび、足弱は首筋を真っ赤にして身悶えた。

「ぐぅ……っ、あ、あぅ、あ、あ。ひ、ひぃ、ぁ」

「うんと舐めて、吸ってあげますから、ね、兄上」

「あー！　あ、ああ、あああっ」

今世王は求められたので足弱の奥に白濁をたっぷり注ぎ込んだ。一息ついたら、中途で止めていた胸を可愛がる行為を再開しよう。両方の胸を平等に存分に可

愛がる予定だ。それから今夜の二回目、三回目も待っている。足弱の体力を見定めながら兄を喜ばせこちらも堪能する手順を的確に進めていかなくてはならない。

出発する前日まで、もちろん兄を寝台から出すつもりはない。

やや寝不足の顔で寝室から這い出してきた今世王は食堂で朝食をとり、奇跡とおぼしき報告を〈水明〉からきいた。

すでに皿はさげられ、食後の茶だけが置かれている。

「沼地ができたことが奇跡か？」

「ここ数日雨も降っておりませんし、泉が湧き出た報告もございませんゆえ王族の奇跡だとおもわれます。民は沼地に集った食用の蛙や蛇を捕らえて喜んでおります」

表情の乏しい平静な副官の顔を眺めながら、今世王はちょっと微妙な気持ちになっていた。

「余のこの、複雑な胸中をあらわしたものかな」

「さて」

ここ三日、足弱を寝台から出さずに体を求めつづけてきた。その充足感と、別れの近づく寂寥感《せきりょうかん》が、微妙な奇跡となってあらわれた可能性は否定できない。

ずぶずぶと沈む気持ち。

「それで、兄上のお供《とも》をする随員は決まったか」

「はっ、こちらに」

〈水明〉が捧げてきた紙を、〈一進〉がうけとって今世王に差し出す。

足弱の随行者。

足弱付き侍従全員、セイセツ国側との交渉役として〈水明〉、近衛からは佐将〈光臨《こうりん》〉、元近衛将軍〈朝霧《あさぎり》〉、精鋭の剣士〈眺望《ちょうぼう》〉など。御殿医からも数名。

国境待機組。

今世王付き侍従全員、近衛からは将軍〈青嵐〉、筆頭護衛〈黎明《れいめい》〉など。

「そなたの名前が随員に連なっているな、〈水明〉」

「国外に参られる兄上さまの身のまわりを警戒させて

いただきたく」

「もっともだといいたいところだが……」

ラセイヌの役人も随行する。どうしても必要かどうかとなると判断がいる。

「セイセツ国側が調子に乗って要求を増やしてきたときなど、防波堤となりとうございます」

随行を却下されるとおもったのか、〈水明〉は片膝をついた姿勢から両膝をついて頭をさげた。

「どうか、陛下」

しゃがれた声に必死さがうかがえた。

〈水明〉は、現在、王都の緑園殿に控えている長官〈灰色狼〉が後継にと目を付けている逸材だ。今世王もつぎの〈灰色狼〉としてみていた。

「……そなたには、血族と離された王族の有様をみせるせっかくの機会ともおもうのだが、どうだ？」

問いかければ、〈水明〉が顔をあげた。周囲も息を呑んだように静かになった。

木製の食卓に朝日が差して眩《まぶ》しく光っている。

右頬の目立つ痣。しゃがれた声の三十代の灰色狼は、動かぬ表情をぴくっとさせた。

「陛下のお苦しみ、これからいや増すであろうお苦しみを、このわたしめにみろと仰せであれば御意にございます」

王族が血族から離されるといかに辛いか。

愛する存在が遠ざかることは、生きる糧《かて》が遠ざかることでもある。

遠くで生きているとわかっているだけで我慢できるが、長い期間我慢しつづけられるものでもない。

『王室病』の対策で、一族絶滅を危惧し、王族を離して王国数か所で暮らそうという案もあったという。

そして実際、いくつかの集団となって別れて暮らしたらしいが一年も継続できなかったそうだ。

『命を惜しんで、淋しさで死ねというのか』

『後世、愚かな一族といわれても構わぬよ』

灰色狼たちは、当時の王族たちのことばを書き残している。

それを読んだ今世王は、しみじみとわが一族は愚かで正直で、どうしようもなく血族が命綱であったのだなどとおもった。

（ここまで血が変容しては、『王室病』を待たずしてわが一族は断絶したのではないか。同族しか愛せない。分散して命を残せない。血、血だ。われわれは血のことしか考えられない。異能で奇跡を起こす血は、袋小路の濃密な血ゆえに起こせるものなのだろうか）

過去から現在を俯瞰《ふかん》して、今世王はそんな感慨を抱くのだ。

後世どのようにおもわれようと、血の縛りがありながら、国土を緑に変えてきたわが一族。とんだ悲劇をもってして、一国を大国へと押し上げ豊かにしたというのなら、さまざまに愚かな所業があろうとも、じつにあっぱれではないだろうか、と。

せめてその血の末裔《まつえい》であるわが身ぐらい、そう擁護《ようご》してもいいようにおもう。

「われら一族の歴史書を読めば、余の苦しみなどつぶさにわかろうというものだな。そなたの申す通りだ、余が望むのは兄上の安全であり、兄上のご意思が果たされることだ。

〈水明〉そなたは、ラフォスエヌが望むことを優先して行えるように計らえ。もちろんセイセツ国の動向にも気を配るように。兄上のお供を許す」

「ははっ！　ありがたき幸せ。身命を捨ててご下命に従います」

ふたたび頭をさげた〈水明〉の身にまとった灰色の背を、移動した日差しが照らした。細かく舞う塵《ちり》が、痣のある男の全身から溢れた生気のようにみえた。

第二章　セイセツ王国

第十一話　段差のある国境

　ついにこの日がきた、と足弱は風を頬に受けながらおもった。

　みあげた空は丸くて広い。雲の行き先は、立ち並ぶ矩形《くけい》の旗が横にたなびく向こう。

　上半分が空をあらわす青、下半分が大地をあらわす緑、そしてその中心にある白い丸が太陽をあらわすラセイヌの国旗。

　近衛軍が掲げる国旗のなかでもひときわ豪華な旗がある。国旗の色に加えて稀事告鳥《マレゴトツゲル》の白銀色の羽根に縁どられ、十個の太陽が中央の白い太陽を囲んでいる、今世王の滞陣を示す竜旗。

　この竜旗に剣や矢を向ける者、それはつまり今世王に害意を持っていることと同義で、敵対行為とみなされる。近衛兵は警告なしにその者を切り捨ててよいこととなる。

『われらが大地』の旗が風に揺れている。


　場所はラセイヌ王国北西、セイセツ王国との国境。

　国と国の境は、わかりやすく川を選んだり、柵をつくって線を引いて明確にする場合が多い。

　ラセイヌ王国とセイセツ王国の明確な印は断裂したような地面の断面をみせる、段差だった。

　北から南に走る地面の高低は、東のラセイヌ側が隆起して『上段』に、西のセイセツ側の地面が東側に飲み込まれるように『下段』となっていた。

　自然が生んだ長い縦の線をみおろすように、木造二階建ての砦《とりで》がラセイヌ側に建っている。

　足弱は国境まで今世王とともに乗ってきた馬車をおり、別に用意されている馬車に乗り換えてセイセツ国へ出発することになっていた。

　足弱のセイセツ国への見舞い一行を案内するために先行するのは、セイセツ国国王の乗る馬車だ。

　出発する直前に初めて会ったが、王冠をのせた頭をさげていたため顔がわからなかった。髪は黒から灰色になっている。冠は銀細工で宝石は控えめだった。衣装も黒に茶色と銀糸の地味なものだ。

いつもなら侍従が「面《おもて》をあげよ」と声をかけるのに、待ってもその声はかからない。

足弱のよこに並んだ今世王がいいわたす。

「兄上の直接の慈悲を賜るのはこれっきりだ。このたび与える薬草園で育つ薬草から種を採取して、継続して栽培することは許すが、それを他国へ融通する場合はわが国の許しを得ること」

「はは！」

血判での誓いがその場で行われた。

(そうか。セイセツ国で種を蒔いて芽を出した薬草は、種ができるから……。そういう気遣いも必要だったんだな)

流行り病で倒れ伏す人たちを助けることしか眼中になかった。

弟の打つ手、打つ手に、自分の抜かりや大ごとに発展していく物事への想像力のなさに気づかされる。

足弱は二旬離れる弟に心を残しながら、のろのろと進みセイセツ国へ向かう馬車に近づいた。

東と西の高低差は成人男性の腰の高さほどある。馬車で乗り越えるには無理な段差だ。そのため、足弱が乗る馬車はその段差を超えて『下段』のセイセツ国側におろされて準備されていた。

二頭引きの箱型馬車に乗り込むまえ、足弱は振り返って『上段』に立っている黄色の王衣冠をまとった弟をみあげた。旗を掲げる灰色の近衛軍を背景に、燦然《さんぜん》と輝くラセイヌの王が立って兄を見送っている。

遠目でも白い整った顔に表情はない。

春早朝の清涼な空気のなか、泰然としたその姿をじっとみあげた。

一昨日まで数日間寝台から離してもらえず、二旬の別れを惜しまれた。

もう体もことばも重ね尽くした。

かならず帰ってくる。

足弱は大きく手を振り、介助されて馬車に乗り込んだ。

動き出した馬車のなか、冠をはずしてもらい、話し相手として同乗している〈命〉に足弱は尋ねた。

「国境には砦があって兵が見張っていると書物で読んだことがあるのですが、ここの砦は新しいものでしたね」

「セイセツ国で『病』が発生してからは砦を増築して見張りを強化したそうです。通常、国境には砦が建てられておりますが、わが国に入朝している国々からの往来は、警戒が緩められて国境にある県城や郡城が検問所のような仕事を担っており、通行手形等を発行して対応しているところが多いのです」

「どの国境の砦も見張りが厳しいわけじゃない……？」

「食に困った部族が豊かなラセイヌの畑を略奪にくる地域などが特別厳しいようです」

「では、豊かなラセイヌに他国の人が入ってきて住み着いたりしませんか？」

「そういう者たちは税を払わぬ無国籍者ですので、みつけしだい取り調べを受けます。そののち、元の国とわが国とで、その者たちの処遇を決めます」


へえ、と足弱は感心した声を漏らした。

足弱はその後も、セイセツ国の王都へ着くまで目についたもの、気になった事柄を〈命〉に問うた。老いた侍従長は初めての国外への旅であちこちに興味が移る主人に、変わらぬ柔和《にゅうわ》さで答えつづけた。

しいて残してきた弟のことを考えないようにしている主人の本当の気持ちに寄り添っているようだった。

「道は広くて、でこぼこしていませんね」

「セイセツ国の国道でございますので、整っておりますね」

「国道って、ラセイヌにもありますね」

「はい。ラセイヌをまねてつくった道でございます。ラセイヌに入朝している国々は、ラセイヌの施政をまねることが多いのです」

「ラセイヌは大きな国ですもんね」

「さようですね。大きくて豊かで強い国でいられるのも、陛下と兄上さまのお蔭でございます」

「大きくしたのも、豊かなのも、強いのも、ご先祖さまたちのお蔭であって、いまそれを継続しているのはレシェを始めとしたみなさんのお蔭で、おれは……」

足弱は隙間を空けて外を覗いていた窓をみた。

緑の山と荒れた田畑の景色が入国してからつづいている。

(おれがやるべきことって、ひとりで旅に出ることじゃなくて、国を維持しているレシェのそばにいることじゃないのかな。でも、オマエ草をもっとも速く育てることができるのも、いまおれだけができることでもある……)

このまま馬車をラセイヌに戻しても後悔が残るだろう。

弟からもぎ取った「二旬」だけは、このまま進もうと足弱はおもい直した。


次の日の朝、遠くで雷鳴が轟《とどろ》き、鳥が鳴いた。

用意されていた旅舎の近くの森は黒々とした木をゆっくり揺らしている。

湿った風。濡れた空気。

(レシェと交渉した二十日間のもう二日目だ。この雨で王都に着くのが遅れたら畑仕事の開始予定もずれ込んでしまうな……。そういや、雨で遅れた場合はどうするか話し合ってなかったな。手紙を書くか)

窓際で腕をだして空を眺めていた足弱は、屋内をみまわした。

「何かお探しですか、兄上さま」

足弱の視線に気づいて〈温もり〉が声をかけてくる。

「レシェに手紙を書こうかと」

「こちらにご用意いたしますね」

「ありがとうございます」

〈温もり〉が脚の長い卓に紙と硯《すずり》を並べている様子を目で追いながら、足弱は声をかけた。

「こちらの国は、まだ種蒔きをしていないんですね」

段差のある国境を越えてから、国土の色は白っぽくなった。あれは乾いているのだろう。春となり草木の息吹は強くなっているはずなのに、地面の緑はまばらで、森はどこにも出入り口がないように密集し暗いようだった。ぽつんぽつんとある農家に人影はなく、拓いただろう田畑も放置されていた。

（まるで、初めて都にのぼったときのようだったな。あの『兄上探し』の旅でみたラセイヌ）

豊かな緑が広がる箇所が途切れ、川底は干され、食べる草がなくて牛は痩せ、畑は枯れていた。

「セイセツ国では田を耕す者がいないようですね」

つとめて感情のこもらない声で〈温もり〉が答える。

「兄上さまのお祭しの通りかと。しかし、わが国が貯蓄している食料を、セイセツ国へ送っているときおよんでおります。わが国は去年も一昨年も豊作でございました。府庫には十年の蓄えがあり、ラセイヌの民が飢える心配はございませんので、他国へ施すことができます」

「それは、よかった」

流行り病で耕し手がいなくなったであろう畑をみて暗くなった気持ちが少し軽くなって、足弱は窓際の席から手紙を書く用意の整った席へ移った。

弟への文を綴《つづ》っていると、遠くで雷鳴と人のざわめきがきこえた。自然の響きと人語の起こすさざ波が、旅舎の奥にいる足弱の耳にまで届く。

墨をふくませていた筆を置いて顔をあげると、侍従のひとりが部屋の外にでていく。

耳を澄ませると、やはりただ雷鳴を伴う雨の音だけではない音が混じっている。

（旅の途中というと……賊とか？　まさかな。兵士がたくさんいるのに、来るわけない）

以前旅の途中で山賊に出会ったことをおもいだした。足弱が今世王との結婚を承知して、何か欲しいものがないかときかれて叶えてもらった西への旅だった。今世王は「婚約記念旅行ですね」と口にしていた。その旅行中、川岸で休憩していたら矢を射られたのだ。

川岸の岩の上で黒い帽子に黒い紗を垂らしてかぶっていた今世王の姿をおもいだす。笛をふたりで吹いた。今世王は落ち込んでいた足弱の気持ちを明るくしようと、わざと滑稽《こっけい》な楽を演奏して笑わせてくれた。

そうやって足弱が回想をしていると、部屋の外にでていた侍従が戻ってきた。報告を受けた〈命〉が足弱に近づいてきて片膝をついた。

「兄上さま」

「はい。何かありましたか」

「セイセツ国の民が薬草が欲しいという陳情を持ち、詰めかけてきて、それをセイセツ国の兵士が追い払って騒ぎを起こしていたそうです。もうすでに民たちは追い払い終えたとのことです」

「よく、ここに薬草があるって……ああ、ラセイヌの旗があるからかな？」

「さようでございますね。ラセイヌから荷馬車が何乗も列をなして進んでくるのを、この国道沿いの民は存じておりましょう。その荷のなかに流行り病の薬草があることを察する民もいるかと」

「コグレ郡で収穫したオマエ草を次々に馬車で送り出しているはずですが、まだそんなに騒ぎになるほど足りていないのかな」

「セイセツ国の王都ケッサに一旦集めてから国内に配分するようですから、量の足りない箇所もございましょう」


足弱は黙って考えた。

（大規模な栽培でオマエ草を大量に送っている気でいたけど、現地じゃ配分が追いついていないところもあるんだな。量が足りないのか、手配が追いつかないのかわからないけれど）

話はそこで一旦終った。

足弱は今世王への手紙を書き終え、侍従に託した。

雨戸に垂らされていた簾《すだれ》を揺らす風の強さが弱まり、葉を叩いていた雨音もしなくなった。

「ちょっと外に行きたいです。もうでても平気かな」

「はい」

雨のおかげで乾いていた土も水をふくみ、むっとする湿った匂いが一帯に立ち込めていた。ここだけ南部の情景を切り取ったようだと足弱は一瞬おもった。

昼前の早い時刻に雷雨が通り過ぎたので、一行は午後には出発できるかもしれない。ラセイヌ一行は足弱が帰国するまでの往復日数をふくめて許されている期間が「二旬」だけだと知っている。さらに足弱に薬草をできるだけ育てたいという気持ちがあることも知っている。ゆえに遅滞はできるだけ避けたいという方針でまとまっていた。

旅舎の近くにある森の浅いあたりまで散歩にきた足弱は、頬に雨粒をうけた。

葉に落ちた雨滴《うてき》が、ぽつぽつと下を歩く者に降り注ぐ。それを避けるでもなく、足弱は黒漆の杖を汚さないように抱えながら異国の植物を観察していた。馬車に乗り込むまえの冠衣装から、冠なし、沓を木靴に替えていた。

「兄上さま。杖をお使いになりませんと、杖を贈られた陛下が残念におもわれます」

みかねたのか〈星〉がいってきた。

「この土だと杖が汚れてしまうから」

「汚れたらすぐに洗います。どうぞ、お使いくださいませ。兄上さまのおみ足を守ってこその杖です」

「うーん」

生返事をしながら、足弱はしっとりとした幹に手をついた。

見慣れない草木に興味を引かれるまま、足弱は、右にふらふら左にふらふら歩く。

「兄上さま、そろそろ戻りましょう。お昼を食べ、着替える頃合いには出発のお時間かと」

「そうですか……」

〈星〉の説得に、侍従補佐の〈円〉に指さした草を根ごと採取してもらっていた足弱は顔をあげた。

「何奴、さがれッ！」

鋭い誰何《すいか》する声が水滴の着地する音だけがする森に響いた。

足弱と、侍従の〈星〉と〈円〉、護衛たちが振り返ったさきで、灰色鎧の近衛兵ふたりが、生成りの衣服に黒の具足を身に着けた男に両膝をつかせていた。

「あ、兄上さま……！」

「おい、応援を呼べ」

近衛兵ふたりは足弱たちに気づいて、片一方が指笛を吹いた。

その指笛をきいたのだろう周囲から草をかき分ける音とともに近衛兵たちがあらわれる。その場の人数は急に倍に膨らんだ。

足弱と不審な人物のあいだには、侍従ふたり、専任身辺護衛兵三人、近衛兵六人が立ち塞がった。

「娘が……！　幼い娘が『死斑病』を患っているのです。どう、かっ、どうか、殿下。秘薬を……！」

人垣の向こうから、薬を請う声がした。森の奥から鳥が一斉に羽ばたいた音がつづく。周りの木々の枝からも受け止めていた雫が揃えたように落ちてくる。

「ひゃぁ」

それが襟元にでも入り込んだのか、〈円〉が小さな声をあげた。そのおかげで、足弱の止まっていた頭が働きだした。

「兄上さま、こちらに」

護衛の〈道〉にうながされ、足弱は杖をあいかわらず抱えたまま背を向けた。その背に会話の声が届く。

「黙らぬか」

「兄上さまに直接話しかけるとは無礼な」

「ラセイヌが分け与えた薬草は、セイセツ国がうけとっておるのだ。訴えるのなら国の役人にいえ！」

「セイセツ国側の兵士は、われらの警護についているはずが、立場を利用して抜け駆けするとはどういうことだ」

「さっさと連れていけ！」

「殿下、お慈悲を……！　娘をお助けください。む、娘が……！」

「おい、行くぞ」

声はどんどん小さくなっていく。

足弱は杖を抱えていた片手を腰にまわした。常日頃からオマエ草を竹筒に詰めて巾着に入れて持ち歩いている。その巾着を腰に結んでいる紐を片手でほどく。

「〈円〉」

十代半ばの侍従補佐たちのことを足弱は呼び捨てにしていた。他と同じようにさん付けして呼んでいたはずが、若いふたりを身近でみているうちに微笑ましくなって、気がついたら親しみを込めて呼び捨てていた。改めて丁寧に呼ぼうとおもうのだが、なんだか年少者を見守るという立場に自分の意識がすっかり腰をおろしてしまったみたいで修正できなくなっていた。

「はい、兄上さま」

「さっきの近衛兵士たちのもとにいって、この薬草をあの男の人に与えるようにいってきてほしい」

〈円〉は地面に片膝をつき、両手で巾着ごと竹筒をうけとった。

「兄上さま。このことが表にでますと、他にも薬草をせがむ者たちが警護をすり抜け、いえ、今回はそのセイセツ国側の警護担当の兵士が役目を利用して願い出てきたのです。同じようなことをする者が押し寄せてくるかもしれません」

「じゃあ、表にでないようにいいふくめてほしいと、伝えてほしい」

「あの兵士の訴えを信じるのですね」

〈星〉は感心しないという表情ながら、朴訥《ぼくとつ》な顔の口の端に笑みを浮かべている。

「顔はみていないけれど、声の必死さは本当のようにきこえた。あれは親の声だとおもう。親から幼い子供が奪われるのは、気の毒だと、そうおもう。一度くらい、おれの分の薬草をあげてもいいのじゃないかな。おれ用のオマエ草は他にも持ってきたし」


脳裏に南部のハラハラン郡にある母の墓をおもい浮かべた。幼いころに生き別れて、面影すらおもいだすことができない。それでも母が行方不明のわが子を死ぬまで忘れず探し求めたことを知っている。

もうそれ以上〈星〉も口を挟んでこなかったので、足弱は〈円〉にふたたび「与えるとき、兵士には口外しないようにいいふくめること」と念押しして近衛兵のもとに走らせた。

第十二話　王都ケッサ

道中、雨に降られたのはあの日だけだった。

セイセツ国国王の乗る馬車が先頭を切るという、小国の王がとりえる最高礼でもってラセイヌ一行は阻む者なく順調に国道を進み、国境をあとにして四日後の昼過ぎ、王都ケッサにある宮殿に到着した。

ラセイヌ一行を守るように前後に展開しているセイセツの国軍兵士のひとりに、所持していたオマエ草を分けた足弱は、その後、一行が休憩するたびに薬草を請われるという騒動もなく目的地にたどり着いて胸の内で安堵していた。

あの兵士は口止めした通り周囲に黙っていてくれたらしい。

春の陽光だけが明るく降り注ぐ異国の王都は、異様なほど静かだった。

国民は開門した正門に誘われるようにふらふらと寄ってくるが、兵士たちに追い払われると群がることなく散っていく。郊外の国道沿いの住民たちのほうが元気であったろう。

国内で病が広がっているのだから陽気なはずもないが、王都ケッサは緊張に包まれているようだった。

歓声もないままに、セイセツ国王を先頭とする馬車は城門をくぐり、セイセツ国の兵士をここに置いて、宮殿へはラセイヌ一行と近衛軍五百人が進み、さらにその奥へはラセイヌ一行と近衛軍五十人だけが入っていった。

足弱がセイセツ国に来て驚いたことのひとつに、宮殿と呼ばれる建物と敷地が小規模なことがあった。

政《まつりごと》をする朝廷の奥に王の住まう住居があり、正殿の他に東西南北に宮をつけて呼ばれていた。

石材を中心に造形された建築物。屋根の色はくすんだ赤。粗削りな石の彫刻が多く目についた。

ラセイヌ一行と近衛軍が案内されたのは西宮《せいきゅう》で、足弱が栽培することになっている薬草園にもっとも近い宮殿とのことだった。

西宮に短期間とはいえ住居を定めると、足弱がやりたいことに集中できるよう、身辺警護については近衛軍佐将〈光臨〉が、セイセツ国側との折衝《せっしょう》には緑園殿副官〈水明〉が、王族の身のまわりの世話には侍従長〈命〉が、ことにあたった。

到着直後の場が落ち着くと、西宮で出迎えてくれていた、先に派遣していたラセイヌ奥医師たちの報告があった。

「例年と違うのは、ここ一、二年、蚊が大量に発生していたことのようです」

「訊《き》いてまわったところ、夏秋に刺された患者が多いのです」

「しかもたくさん刺された者ほど、すでに亡くなっています」

「この国の紅斑は、『王室病』の紅斑とは異なるものでしょう」

「体力のない者から亡くなっていく点は同じです」

ラセイヌ王族のために用意された部屋のうち一室を引見の間にして、足弱ひとりが宝座に座り、医師たち役人たちが御前に並んで膝をつき言上した。

冠衣服を改めた足弱が真面目な顔でうなずくだけで、先遣の者たちは日焼けした顔を赤くし、満足の滲む様子で頬を緩めた。

朗報があった。

「他の薬草と比べて兄上さまの薬草は効果があります。比較的軽度の者は、紅斑の出始めなら塗るだけでよいようです。それでは症状がおさまらずに広がってくると、塗るだけではなく飲むほうがいい」

そこで医師たちがなんとなく「飲ませるの大変」という空気をただよわせた。

「――おれの薬草に……効果がありましたか。そうですか」

ラセイヌにいるときに効果ありの報告は受けていたが、現地に派遣された医師の口から改めてきくと、深い喜びが胸を満たしていくようだった。

「……そうか、なんだ、よかった。あとはひたすら薬草を育てればいいだけだ。そうでしょう？」

そういって、足弱は正面の派遣された医師たちや、左右の者たちをみた。

「ようございました。兄上さま」

足弱が一番ききたかったことばを真っ先にいってくれたのは〈命〉だった。

「はい」

冠の飾りを揺らして足弱がうなずくと、他からも賛同する声があがった。

「調査はその都度、陛下とセイセツ国とに知らせております」

「そうですか。この結果に、レシェイヌもセイセツ国側も喜ぶでしょう」

明るい顔で一同が話し合っていると、足弱に随行してきた御殿医団の代表である〈露草《つゆくさ》〉が冷静に提案した。

「もし、ラセイヌ一行のなかで症状がでてきた者があれば、速やかに医師に申し出るよう徹底させたいとおもいます。一行の者たち用にと下賜された分がございますので、それにてただちに治療を開始できるでしょう」

セイセツ国に滞在する者たちが流行り病に罹患した場合の対処方法が早々に決まって、それぞれの部署の責任者たちは心持ちほっとした顔をみせた。

派遣されていた者たちは引見の間から退出していった。かれらはラセイヌへ戻って報告する者たち、残って足弱一行を助ける者と分かれることになる。

その場に、足弱と王族に忠誠を誓う一族の者たちだけが残った。

「これは、そうなるとすべての患者にいきわたるようにしなくちゃなりませんな。なんといっても兄上さまの薬草があれば助かるのですから」

めでたい！　というように、部屋の隅にて見届けていた〈朝霧〉が、明るく大きな声でいった。

この病に襲われた国での未来の展望が明るく開いたことを全員に行きわたらせ、兵士の士気を盛り上げるような絶妙な掛け声だった。

「兄上さまの薬草が効かないわけがない……！」

「わたしもそうおもっていた」

王族の異能を信じている者たちの声や、

「あの薬草が……」

「飲むほど悪化するまえに気づくことが肝心だ」

味を知る者たちの危機感ある声が飛び交う。

「蚊の介在の可能性が高いということか？」

「そんなことがあるのだな」

「蚊遣りの草を国から大量に送らせよう」

調査を踏まえ対策を練る者たちもいる。

「求める者が多くなりますね。国境にある大規模な薬草畑は正解でございました。兄上さまは種を蒔くだけにして、あとは他の者が世話するのがよろしいかと」

〈星〉が首を少し傾げて、考えつついった。

「兄上さま、〈星〉のいう通り、全部をひとりでしなくってもいいんですよ。ここを切り上げたら、ラセイヌで盛大に薬草づくりをやりましょう。引退したわれわれにも仕事をください。人手が足りなきゃ、暇なやつや手の空いているやつはおれがみつけてきますから」

元近衛軍将軍にして、老兵である〈朝霧〉が頼もしいことをいう。

「今回の病は蚊が絡む可能性が高いようですね。セイセツ国の病が『王室病』でなかった点は幸いでした。ですが、違う病であったとしても、罹患する危険をおかして当地にお見舞いへ向かうのは、いかがなものだったでしょうか。オマエ草が効くとはっきりわかったのです。セイセツ国正妃殿下への見舞いのことばだけを告げ、このままラセイヌへ戻ってもよろしいのではないでしょうか」

侍従長〈命〉のよこに立っていた〈温もり〉が片膝をついて、迷いのない目で足弱をみあげた。

「そうです。〈温もり〉のいう通りかと存じます。薬草を他に譲るセイセツ国正妃殿下は立派ですが、兄上さまが現地で手ずから育てずとも。そもそも兄上さまが、ご無理されては、薬草そのものが供給できなくなります」

〈温もり〉のよこにいた〈星〉も同様に片膝をついた。

側近の〈温もり〉と〈星〉ふたりから、言いにくかったであろうことをずばりいわれ、足弱は顔を強張らせた。図星を指され胸が痛い。一瞬息が詰まる。

そんな足弱の顔をみて、侍従ふたりは「差し出がましいことを申しました」と両膝をついて頭を床にすりつけた。

その場にいた他の侍従も医師も近衛兵たちも黙り、片膝をついて控えた。引見の間は静まり返った。

そんななか、すっと上体を起こして発言した男がいた。右頰に黒い大きな痣のある灰色狼だ。

「兄上さまの御身が最優先であるべきという侍従の主張に、わたしも賛成いたします。ただ、薬草の供給者であるラセイヌの王族が直接現地にいるという、そのこと自体に大きな意味があります。

流行り病でセイセツ国が他国から見捨てられたわけではない、という点。しかも大国ラセイヌが関心を持ち、援助しているという点。『死斑病』とまで現地で名付けられて恐れられている病に効く薬草を、今後も供給する意思があるという事実。それらは、王族ラフォスエヌ殿下である兄上さまが、ここまで足を運んだことで、とても説得力が増しました。

そのことで、この疲弊した国の民の心が安んじたことも事実ではないでしょうか。

どうぞ批判や反省ばかりではなく、その効果や成果もご記憶ください」

足弱は、はぁっと息を吐き、宝座の肘置きを握ってうなずいた。

やがて、〈命〉が足弱の正面に進み出て、両膝をついた。始終変わらない穏やかな顔と声で部屋の空気を和《やわ》らげるように言上した。

「側仕えが申しますことは、それすべて御身を大事になさってくださいという一念からのみに発しますことばです。われわれにとれば、何事であろうと、何者であろうと、兄上さまと陛下以上に大切な存在はございません。しかし、兄上さまは、兄上さまがなさりたいことを優先してくださいませ。王族のなさりたいことを支え、御身をお守りするのがわが一族の使命なのです」

足弱は背もたれに体をあずけ、眼底が湿ってくるのを感じた。何かいおうとした下唇が震え、ぐっと口を閉じる。

「兄上さまが望まれることをなさるうえでの、われわれへのお気遣いなど無用でございます。されど、ただただ、兄上さまのお体とお命に関する献言にだけは、耳を傾けてくださいませ」

侍従長が深く頭をさげると、残りの者たちも同じように頭をさげた。


到着したその日と次の日は、セイセツ国の王族と上卿たちからの挨拶を受ける必要があった。

通常ならセイセツ国国王が座る堂の玉座に足弱が腰掛けて挨拶を受ける運びになる手筈だったらしいが、両国の代表が折衝して、西宮の引見の間にて、セイセツ国側の人数を絞り込んで行うことになった。

ラセイヌ側の代表は〈水明〉が立ち、取り仕切り、足弱が挨拶を受ける際も直答しなくていいように取り計らってくれた。

足弱は侍従たちが着せてくれた黄色の衣装と宝石が多くあしらわれた冠をかぶって、宝座に座っているだけでよかった。

挨拶を受けるまえに黒い紗を垂らした笠をかぶるか、御簾《みす》を設置するかと討議された。

「もともと、顔を隠したのはおれがラヌカンで出歩けるようにっていうレシェの気遣いからだったので、どうかな、ここでも隠したほうがいいのかな」

「貴人の顔を凝視するような無礼を犯す者はいないと存じますが、ご身分から顔や姿を隠したとしても問題はありません」

判断に迷う足弱に〈水明〉が助言してくれる。

「他国では身分の高い女性は御簾を置いて相対することも多いです」

ラセイヌの王族女性たちは、そもそも宮殿から出て堅苦しい場所にくることが稀だったらしい。演奏や遊びで出てきた際にはとくに姿を隠すことはしなかったとか。

つぎつぎに、なぜか女性ばかりだが他国と自国の例を教えてもらう。

（直接会うより、布や御簾一枚挟まれたほうが気が楽

だけれど、どうなんだろうなあ）

冠衣装姿の自分と、宮殿の外にくりだしたときの姿の自分を、同一とみる者がいるだろうか。夏の一件以来、商家の裕福な庶民姿をとるようになったとはいえ、こうして一国の王や上卿からかしこまられる身の上と一商人が同一だなどと発想できるだろうか。

気後れと礼儀の狭間《はざま》で揺れたものの、足弱は今回顔を隠さないことにした。

（あるていどの敬意は、払うべきだよな）

会うのが一握りの人だけという点と、脳裏の、礼を貴ぶ老人の叱責に腹をくくった。

「ラフォスエヌ殿下は、セイセツ王国正妃にとくに秘薬を下賜し、病に襲われ倒れた民草が立ち上がる助力をするよう望んでおられます。そのご厚情を無下にせぬよう、この薬草は正妃以外の者が飲むことを禁じる」

白木の台に盛ったオマエ草をまえに、主人の意向を〈水明〉が伝える。

ここにきてようやく、足弱はこの国の王の顔をみた。髪は灰色で肌黒く、皺は目立たず、小柄だが精力的にみえた。壮年の終わりごろだろうか。足弱をみあげた国王は、恐れ多いとばかりにすぐに王冠の乗っている頭をさげた。

寝台に伏している正妃のもとへ行くことも、正妃を病床から起床させて会うはずもなく、足弱はただ、セイセツ国王に見舞いのことばだけを伝えた。

灰色狼たちとの打ち合わせではそれだけで終わる予定であったが、足弱は左手をあげ、ことばをつづけた。どうしても一言念押ししておきたかった。

「セイセツ国王陛下。薬草をどうか、苦しんでいる患者たちにちゃんと届くよう……公平に届くようお願いしたい」

「は……ははっ！　格別なるご厚情を賜り、誠に恐悦至極に存じます」

強い視線を感じていた方向に目をやると、右頬に大きな痣のある男と目があった。咎めている目ではなく、足弱を見守る静かな感情だけが伝わってくる。

それ以降、足弱は〈水明〉に場を任せた。

後続の上卿たちもラセイヌの禁色を身に着けた王族

の庶子をみあげ、目を見張り、ただ叩頭《こうとう》することだけが許された。

異国の偉い人たちが続々と拝跪していく。足弱は自分にたいしてではなく、自分に付属された「大国ラセイヌ」の「王族」、「今世王」の「庶兄」、「婚約者」という身分と力関係に、頭をさげているのだということを承知して眺めていた。

周辺国より平均身長の高いラセイヌ国民のなかでも背の高い足弱からすると、セイセツ国の国王も上卿たちも揃って小柄にみえた。国の状況ゆえか身に着けている衣服の色合いも暗い色合いのものが多い。

もしかしたらこちらから声をかければ会話が成り立つのかもしれないが、足弱はしいて友好的に振る舞いたい気持ちでもなかった。そうするとまた事がややこしくなりそうな予感もあって控えた。さきほど少し逸《いっ》脱《だつ》してしまったが、せっかく〈水明〉が代弁してくれているのだ。かれの意を汲みたい。

（明日には畑に行けるのかな。もうレシェと別れて六日も経っている。畑、種、水やり、急がないと。来る途中で雨に降られたから、滞在日数増やしてくれって手紙を送ったけど、だめだって返事だったし。本当、畑がしたいよなあ）

身分あればこそ安全を確保しつつ異国に来られた。その身分のためになかなか目的に取りかかれない。決められた期限に焦りが募る。宝座に腰掛けていてもそればかりが気がかりだった。

第十三話　石壁の薬草園

念願の薬草園に案内されたのは、滞在三日目の早朝だった。

滞在二日目の挨拶の合間に、よこに立って引見を捌《さば》いていた〈水明〉に早く畑仕事を始めたいと希望を伝えておいたら翌朝に叶えられていた。

「ご準備が整わず、お待たせして申し訳ありませんでした」

手早く朝食を済ませると、なぜか〈水明〉が膝をついて謝ってきた。

「いえいえ、〈水明〉さんのせいじゃないでしょう？　おれは、畑をしにきたから、もう、それを早くしたくって。今日で七日です。残り十三日。帰る四日を引くと、ここで薬草を育てることができるのは九日ですよ。急ぎましょう。すぐ案内してください」

ついに目的に着手できる。足弱は〈水明〉に立つよううながし、作業着に着替えたいと侍従にいって、周囲を急《せ》かした。

季節は春。

薄っすらと明るくなる空のした、気持ち足早に進む足弱は肌寒さは感じなかった。

西宮から馬車で四半刻（三十分）以内の距離にある薬草園は、宮殿の敷地内にあった。成人男性ふたり分の高さがある石壁に四方を囲われていた。木製の両開きの扉をくぐると、右端に井戸と小屋があり、中央から左端まで耕された畑があった。

小屋のまえには積み上がった木箱と鋤《すき》や鍬《くわ》が幾本も束にして荷台に載っていた。

薬草園には細い木が数本あるだけだ。東からゆっくり昇る太陽を受けて、長くて冷たい影が畑を覆っている。

（広さは十坪ってところかな）

国境近くの大規模畑を経験した身では、正直、小さく感じた。

「人夫にはよくいいきかせておりますので、何なりとお命じください」

ツェンという慇懃《いんぎん》な中年の男が、護衛の後ろから声をかけてきた。ラセイヌと同じような、黒い服を着ているので官吏だろうかと足弱は推察している。ツェンは薬草栽培でセイセツ国側の手配をする役らしい。

「もっと大きな畑はなかったのですか。薬草は多いほうがいいですよね？」

発言してから、足弱はあっとおもった。

ラセイヌにいて、灰色狼をそばに置いて話す場合はここまで用心することもないが、病が流行しているような混乱している他国では、用心のうえにも用心したほうがいいという判断から、言質《げんち》を取られるようなことは避けるため、事前に〈水明〉や〈命〉にセイセツ国側の者と直接話さないほうがいいといわれていたことをおもいだしたからだ。

逸《はや》る心のまま到着した畑をまえにして、足弱はすっかり忘れていた。

「――でん」

「兄上さまは、もっと大きな畑を用意できなかったかとご下問されている」

ツェンの直答をさえぎるように、〈温もり〉が声を張った。

「は、はい……！　殿下の安全のため、石壁を巡らした畑が最適であろうとこちらをご用意してお待ちしておりました。殿下の秘薬をわが国へ賜らんとするお慈悲を損じ、申し訳ございません。すぐにでもさらに大きな畑をご用意させていただきます！」

小柄なツェンがまえにでてこようとしたが、護衛が通さなかったので、その場で両膝をついて返答した。

「せっかくいまから用意していただいても、兄上さまの滞在日数は決まっておりますから、間に合わないかと存じます」

足弱と侍従と護衛の一行に同行していた〈水明〉がいう。

「それに、新しい別の畑の安全を確保するにも間に合わないでしょう。今回は兄上さまのお気持ちをお収めになるのがよろしいのでは」

薬草園の内と外を警護する近衛軍にくっついていた〈朝霧〉も近づいて来ていう。元近衛将軍の後ろにいる〈光臨〉もうなずいていた。

「そうですか」

そういわれてみればそうだな、と足弱は心のなかで決着をつけ、さて種蒔きをしようと荷台の箱に目をやった。

「兄上さまは、この薬草園だけで構わないとの仰せである」

種を入れた箱に近づく足弱の背で、〈水明〉がツェンに返事をしている。しゃがれた声をしているのですぐわかる。

「されど、殿下のお慈悲を損じるなどわが国にとって耐えがたいことでございますれば、ぜひにも他に畑をご用意いたしたく存じます……！」

「重ねていうが、不要である」

「石壁は間に合いませんが、畑だけなら二日でご用意させていただきます。ご滞在中にもしもお寄りいただける隙間がございますれば、それだけ、薬草に救われる民が増えます」

「安全の確保ができない場所に、ラセイヌ王国王族ラフォスエヌ殿下をご案内する気か？」

「いいえ！　けしてそのような。精鋭を集めた兵士たちを石壁代わりに四方に並べてでも御身をお守りいたします」

すぐに終わるかとおもった〈水明〉とツェンの会話は、足弱が種の入った箱の蓋を開けてもらって覗き、手で掬い上げて種を親指で転がすあいだもつづいていた。

「……おれが不用意なことといったから……」

目で呼びよせた〈命〉に、声を潜めていうと、

「セイセツ国側も、兄上さまの同情や好意が頼りでございますので、どんな小さなことでもああして飛びついて参ります。あの件は副官が話をつけます。副官はそのために随行者となったのです。お任せして大丈夫です。さあ、兄上さまご待望の畑仕事でございますね」

小さな声で答えていた〈命〉は、最後を明るい声でいいはなった。

畑仕事が始まって二日目、滞在五日目。

本日は種を蒔いた畑に水をやり、雑草を抜いた。セイセツ国側が用意した人夫たちが率先して作業をしたが、足弱自身も土に膝をついて世話をした。

そして、足弱が手をかけたかかけていないかの差は、一日で出ていた。足弱がその手で蒔いて、軽く土をかけ、水をあげ、二日間面倒をみた畑は早くも芽を出していた。

「さすが、兄上さまへの忠義に篤《あつ》い薬草ですね」

足弱を手伝っていた侍従たちが感想をこぼしていたよこで、その薬草の主人はじっと考え、その日の夕方、主な随員を集めて宣言した。

「この薬草園の小屋で寝起きして薬草を育てたいです。そうじゃないと、日数が……。レシェには何度も手紙で延長をお願いしているけれど、絶対だめだという返事しかこなくって。だったら、畑いじりをする時間をもっと増やしたいので、宮殿には戻りません」

それは、足弱が考えた以上に灰色狼たちを震撼させ、セイセツ国側をも慄《おのの》かせた。

「そ、そこまでなさらずとも……!?」

反対意見を言上しようとした数人は、

「兄上さまの望まれるように。小屋をさっそく掃除しましょう」

という、〈命〉の意見におもいとどまり、主人の意を汲もうと掘っ立て小屋に飛びつくようにして群がった。

それを端できいていたツェンは目を剝いてしばらく硬直し、ふらふらと薬草園をでていった。

その日のうちにセイセツ国王から〈水明〉に、「御身に障《さわ》るといけない」「お慈悲にひたすら叩頭するばかり」等、遠回しに辞めるよう懇願する手紙がまわってきていた。

「どうなさいますか」

「てっきりセイセツ側から賛成されるとおもっていました。どうしてだろう」

畑仕事初日に、別に大きな畑を用意するかどうかで揉めていたはずだ。

「大国の王族に汗をかかせようというのです。小国の王ならば恐れ入って止めにくるものでございます。本意は別にしても」

「止めているのは建前ということですか？　うーん、そこまで考えるとわからなくなってくるなあ。でも、ここに来たのは薬草のためだし、レシェを置いてまで来たんだから、セイセツ国王のことはよこに置いて、やはりここで寝泊まりしたいです。宮殿と薬草園の行ったり来たりと、着替えとか挨拶とか面倒が多いので、そういうのを避けたい」

〈水明〉から尋ねられ、足弱は正直な所見を述べた。畑に集中したかったのだ。

「承りました」

右頬に痣の残る男は、唇の端に笑みを小さく浮かべ、頭をさげた。

＊
ツェンの報告は、セイセツ王国朝廷を揺らした。

もしかしたら、さらにラセイヌの秘薬を得る機会が増えるのではないかと希望を抱く一派は、セイセツ国王のこれまでの行為を称えた。

「大国の王族とは、これほど慈悲深いものなのか」

「この地に足を運んでくださったというだけでこの安心感はどうだ」

「わが王がラヌカンに通い詰め、陛下と殿下への陳情をつづけてくださったお蔭だ」

「わが王の悲嘆がついに天に届いた……！」

「なんとかして殿下のお慈悲を賜れる機会を増やしたいが、これがいいきっかけとなるだろうか」

「人夫と畑を耕す道具を集めるだけ集めよう。土地をどこにするかいますぐ会議に入ろうではないか」

「田畑ができてしまえば、一目だけでも覗いてやろうというお気持ちになるかもしれん」

「足を運んでくださったら、その場で全員で願い出よう」

「そうしよう」

南原の共通言語であるラセイヌ語訛りのことばで、上卿たち、貴族たち、役人たちはそれぞれ集まって話し合った。

白と灰色の混ざる石柱の陰で声に熱がこもる三人がいる。

「これぞまさに天佑《てんゆう》ではないか。ラセイヌの天人の血を引くお方がいれば、どれほど病に襲われようとわが国は安全だ」

「それはしかり。されども殿下はあと数日でお帰りになられる」

「この国を殿下に捧げてはいかぬのか？」

「かの黄金の王から殿下を奪うつもりか？」

「違う。そんな愚かなことをするわけがない。しかし、おふたりの結婚祝いとしてわが国を殿下の領地として献上するのも手ではないか。……もはや属国として存続する価値もなかろう」

「そなたはいまの属国の上卿としての地位を捨てると？」

「蚊のもたらす死病の蔓延《まんえん》した国の上卿など……それもこれも君《きみ》の統治が道をはずれたせいよ」

そこで三人は気まずい視線を交わし合う。主人の過誤は支える臣下たちの過誤でもあるからだ。

そうかとおもえば、人影のない部屋でふたりがひそひそと囁き合う。

「薬草が全然手に入らぬ」

「病に倒れた者の多い南部にまわしているそうではないか」

「なぜ国を動かしているわれらの手に入らぬのか。それを問うているのよ」

「急に王の犬の見張りが増えて、融通しにくくなったそうだ」

「それでも抜け穴くらいあろう？　いくら必要だ」

「一皿一金でも譲らないそうだぞ」

「――守銭奴どもめ……！」

たかだか十坪の薬草園で栽培をする者があらわれたことにより、国の存亡、己の立ち位置、欲望と希望がないまぜとなって朝廷を不安定に揺らしていった。

第十四話　去りゆく人々

　薬草園の小屋で足弱が寝起きするようになって、その世話に侍従が交替ではべることになった。

　随行者たちは西宮と畑で半分に分かれたが、足弱の身のまわりの世話が仕事の侍従たちは全員薬草園に留まった。しかし小屋に全員が入ることができないため、小屋のよこに天幕を張った。

　春とはいえ、朝晩はまだまだ寒いセイセツ国の気候を考え、老人ふたり、侍従長〈命〉と元近衛将軍〈朝霧〉が、夜は天幕ではなく小屋で寝ることになった。〈朝霧〉は侍従ではないのだが、夜の無聊《ぶりょう》をお慰めする話し相手として、いつの間にかちゃっかり潜《もぐ》り込んでいた。そんなわけで、夜は侍従のまねごとをして枕の位置をちょっと直してはご満悦な〈朝霧〉をみて、足弱はなごんでいた。

（しかし、呆れたな……おれが山の家に帰った際にも運んでたもんな、当たり前か……）

　薬草の世話をするあいだだけの小屋住まいに、ラセイヌから運んできた品々が据えられている。灰色狼たちの執念には毎度恐れ入る。

　しかもあれは途中から馬車も馬も使えない山登りでの運搬だった。テンホの山奥のことをおもえば、セイセツ国へ運び込むほうが楽かもしれない。


　あとは寝るだけ、という夜。

　小屋の板間には組み立て式の寝台が壁側に設置されて、ラセイヌから届いた布団一式が敷かれている。その寝台は三方を衝立《ついたて》で囲まれ、空いた板間に老人ふたりの布団が並んでいる。

　このところずっと部屋の隅で蚊遣りが焚《た》かれている。まだ蚊の発生する季節ではないが、流行り病の原因視されている蚊の詳細もわからないため、予防として燻《くゆ》らせているとのことだった。

　まだまだ調査は足りず、現在確かだとされていることとは、ラセイヌ王族がもたらした薬草が効く、という事実だけだ。

足弱は寝台に腰掛けて、夜寝るまえに〈朝霧〉の昔語りをきいていた。〈朝霧〉と〈命〉は寝巻き姿ではないものの、灰色の着物一枚を巻いただけの姿で、布団のうえに座っている。〈朝霧〉は胡坐《あぐら》をかき、〈命〉は正座をしていた。ふたりとも巾《きん》と呼ばれる頭頂にまとめた髪を覆う布は巻いたままだった。

「陛下と兄上さまのご成婚をもって、若い狼に場所を譲るため里に帰ることを考えていましたが、まさか異国までお供できるとは。いいおもいでになりそうです」

どこに行くにも連れてきていた老いた従卒を王都に置いてきたという〈朝霧〉が、話の終わりにぽつりとこぼした。

脚の長い明かり皿に灯された火が揺れるたびに、〈朝霧〉の筋肉の張った小柄な形の影も揺れる。

王族の結婚を機に、灰色狼の若い男女が何組も結婚すること。

そして、灰色狼の年配者たちが引退を考えていること。

足弱は老人ふたりを交互にみて、不安を覚える。

「おれとレシェの結婚が、区切りになってしまうんですね……。おふた方とも、緑園殿からいなくなってしまうのですか」

「若い者に場所を空けるのも大切なことですから」

皺深い〈命〉のことばが、夜の静寂を破って、足弱の胸の奥に突き刺さる。息を吸い込み、どういう顔をしていいのか、何をいっていいのかわからなくなった足弱は「もう寝ます」といった。

火を消し、三人とも布団のなかに入る。

足弱は暗い天井をみあげて、いまだつづく胸に受けた衝撃を体中に感じていた。

王都にのぼって宮殿に連れ込まれた一年目。宮殿での日々の始まりからそばに控えていた穏やかな風貌の老いた侍従が、灰色狼の里から植林作業の手伝いを率いてあらわれた溌剌《はつらつ》とした頼りになる古兵が、この秋を境に身を引くという。

――去っていく。人は去っていく。

一目会うこともなく父は死に、母とは生き別れた。

養い親で師でもあった老人を看取り、足弱はひとり残された。見慣れた山に飽き、空は広く、気持ちの持っていきように何年も迷いつづけた。

王都にのぼって唯一の身内と出会い、数々の縁が生まれた。その者たちも後進に道を譲って去っていく。

＊

夜も更け主人が衝立の向こうで寝返りを繰り返し、ようやく静かになった。その様子を〈命〉は布団のなかで仰向けになりながら耳を澄ませてきいていた。

同じ屋根のしたでの就寝を許された老人ふたりは板間に布団を並べて敷いて寝ていた。そのうち、〈命〉はおもいがけないことばをきいた。

「なんだ〈命〉、もう里に帰るのか」

最初に自身の進退を足弱に告げた老元将軍が声をかけてきた。朗々とよく響く、号令しなれた声を低く低く抑えている。

「〈朝霧〉さまもそうなのでは？」

〈朝霧〉が近衛軍将軍職を〈青嵐〉に引き継いだように、〈命〉自身も兄付き侍従長という職を〈温もり〉に引き継ぐことが内定している。

その引き継ぐ時期は、〈命〉が〈温もり〉へ教えたいこと伝えたいことをすべて終え、体力の限界がきたとおもえたときと族長の〈灰色狼〉にはいわれている。

『アシ』と戸籍に記載された男が王都にのぼってきたのが三十六歳となっていた初夏。そしてこの春、三十九歳となって今世王と結婚する。〈命〉はおおざっぱにあしかけ三年、王族ラフォスエヌに仕えたことになる。

短くはないが長くもない期間だ。

不慣れな王族の躓《つまず》きやすい出だしの数年を、これまでの経験で支えきったとおもえばちょうどいい年数ともいえる。〈灰色狼〉が〈命〉を侍従長として抜擢《ばってき》したのも、この長い歴史のうえでも稀な境遇で育った王族に仕える侍従は若年では務まらないと判断したせいだ。

長命な王族には、侍従複数が引き継いでその人生に寄り添い支える。

〈命〉が〈温もり〉に伝え、託すように、いずれ〈温もり〉も次世代に繋いでいくだろう。引き継ぐ若手を用意しておくことは長寿のラセイヌ王族に仕える灰色狼にとって鉄則でもある。

「いや？　おれは一度引退して復帰した自由な身だからな、体が動くうちは兄上さまや軍の役に立てることはなんでもするぞ」

声を抑えているにもかかわらず、〈朝霧〉の諧謔《かいぎゃく》ある口調のなかにある誠を〈命〉はききとった。

「若い狼に場所を譲るために里に帰ると」

さきほどそう話していたはずだ。

「そんな考えもよぎったが、おれはもっと兄上さまが幸せな姿をみないことには死にきれん」

「下の者が詰まっておりますよ」

「兄上さまのあの顔をみると、身を引くのも考えものだと気づいたのさ。そうとなったらいつまでも間違った考えにしがみついているなど愚策というものだ。そうだろう？　席を譲ったからって、別の部屋に行くことないだろ。同じ部屋に邪魔にならないように控えていたらだめなのか。それに」

〈命〉自身も老人ふたりの引退の話に息を詰め、目を見開いて表情を硬くした足弱のことは心配だった。つぎの侍従長である〈温もり〉も二十代の半ばとなり、地位を譲るにはいい時期でもある。機会があるごとに〈温もり〉を表に立てて対処を任せてきたが、信頼に応えてくれる有能で情熱のある青年だ。さすが、今世王の侍従長を〈一進《いっしん》〉と競っただけのことはある逸材である。王付き侍従長が〈一進〉に決まったのは〈温もり〉に欠点があったわけではない。前任の侍従長〈群青《ぐんじょう》〉が〈一進〉を推したことが理由だった。

〈命〉は、三十三年間行方不明で王族なのに王族として育ってこなかった庶子を、ここまでいっしょに支えてきた〈温もり〉に託すことに異存はなかった。

兄付き侍従長交代の節として、王族ふたりの慶事はこれ以上ないほどふさわしいものだろう。

だがそれが、その肝心の主人を悲しませるのだとしたら？

「それに？」

「居座る理由は自分でつくればいい」

なるほど。すでにそうして居場所をつくった男のことばには説得力がある。

こうもからっと前言を撤回されてしまうと、〈命〉としても自分のおもう引退時期にこだわる気持ちが薄れていく。それと同時に、だれよりなによりも王族の希望を優先する〈朝霧〉のありように、共感を覚える。

（本当にこのかたは人を明るくする）

引退してもいまだ周囲から慕われ、その筆頭に現在の近衛軍将軍〈青嵐〉がいるというのもふしぎではないのかもしれない。

（ああ、わたしも兄上さまが大事だ）

胸の底から力が湧いてくるのを感じる。

「…………参考にさせていただきます」

老侍従はそっとつぶやいて返事をした。

＊

薬草園の小屋で主人と随行者たちのなかで高齢のふたりが眠りについているころ、西宮で代表者たちが集まり、会議が開かれていた。

議題はセイセツ国の蠢動と今後について。

ラセイヌに朝貢《ちょうこう》している周辺小国群にも灰色狼たちを忍び込ませている。今回の正妃への見舞い旅において、その潜伏者たちからの情報と、セイセツ国上卿や役人を買収して情報を得ていた。

「随分と都合のいいことを考えている一派が多いな」

旅の一行の警護を担う近衛軍をまとめる役にある佐将の〈光臨〉は、もたらされた情報が綴られた竹簡を読み終わって感想を述べた。もともとの吊り目が髪を頂にひっつめているため、さらに吊り上がってみえる。中背ながら武人らしい佇まいの男だ。

「藁《わら》にもすがるとはこのことでしょう。その相手がラセイヌの王族です。すがり甲斐がありそうですね」

面白くもなんともなさそうに、むしろ通常通りに無表情のまま緑園殿副官〈水明〉が返事をする。平凡な顔つきながら右頬に目立つ黒痣があり、表情もないことから一種異様な雰囲気を持つ男だった。

「この、兄上さまを留まらせようとする一派の勢力が拡大しすぎていませんか」

兄付き侍従長が小屋で主人にはべっているため、侍従代表として〈温もり〉が参加していた。利発さがうかがえる整った顔をしている。

西宮二階にある石壁の一室で、三人は二本の蠟燭を置いた卓を挟み、部屋の外には近衛を立たせていた。会議に出席している三人とも中肉中背で、〈水明〉と〈光臨〉は三十代、〈温もり〉は二十代であった。

「国境で陛下が兄上さまをお待ちである以上、めったなことはないとおもうが、現状、『死斑病』に有効な薬草がオマエ草だけだとすると、兄上さまにすがりたい気持ちは高まる一方だな。気持ちはわからぬでもないが、これに乗じてラセイヌの王族を戴こうなどけしからんことだ」

〈光臨〉が不快さを隠さずにいう。

今世王は兄を見送ったあとも国境際に留まり、コグレ郡の城には戻らなかった。その地で大天幕を張り陣を構えて待っている。

「『死斑病』といわれていますが、調べによるとそれほど死者はいないのでしょう?」

「最初に老人たちがばたばたっとつづけて亡くなったのと、赤い斑におおわれた遺体が恐怖を呼び起こしたのでしょう。ですがその後、速やかに兄上さまのオマエ草が運ばれたこと、わが国とこの国の医師団の尽力があり、流行が終息しつつあります。

とはいえ、病に罹《かか》る者がいる限り、人々は不安でしょうがないでしょう……。薬草の供給がラセイヌ頼みであることも不安の種でしょうね。

そういえば、近衛に何人か症状がでた者がいたとか」

〈温もり〉の疑問に返答していた〈水明〉が、今度は〈光臨〉に問う。

「ああ、さっそく奥医師たちが手当てをしてくれた。蚊に食われた痕もなく、『死斑病』の確証はなかった

らしいが、兄上さまがこの一行に与えてくださってい
たオマエ草の軟膏を患部に塗ると二日で赤い斑が消え
た。用心としてその後二日間薬湯を飲みもした。かわ
いそうだが、ありがたいことだ」
かわいそうとありがたいが同時に発生しているが、
仕方のないことであった。
「兄上さまによると、オマエ草は予防で飲んでも意味
がないのだそうですね」
「と、いうと？」
王族のことならなんでも知りたい〈光臨〉が侍従の
ことばにすぐに食いつく。
「山でお暮らしあそばされていた時分に、おみ足が痛
くなるまえに何度も服用されたそうですが、それによ
って痛みを防げたことがないそうです。実際に痛みの
予兆があって早目に飲むことは効果があるそうですが、
痛みがないとただの白湯だそうです。実際、緑園殿で
も陛下と褥《しとね》をともにするまえに飲んでも効果がないと
いうことは何度もありました」
「兄上さまを痛みから救う。それに特化しているのが
オマエ草か。そのおこぼれに与っているわれわれが、
予防で服用などと、僭越《せんえつ》であり、さらに意味も効果も
ないな」
〈温もり〉の説明に、〈光臨〉は背筋をまっすぐにし
たまま崩さず首を傾げた。
「その事実に即座に納得できるのは、ラセイヌの民で
あり、灰色狼であるわれわれくらいなものでしょう。
セイセツ国の死病だと恐れおののく者たちが冷静に受
け止められるわけがない。治療薬としてだけでなく、
予防やお守りとしても求める気持ちは止まらないでし
ょうね」
しゃがれ声でいう〈水明〉に同意するように、ふた
りはうなずいた。
自分たちを特別優秀だとはおもわないが、ラセイヌ
の王族に千年仕えてきた矜持《きょうじ》が灰色狼一族にはある。
さまざまに奇跡を起こす一族を見守ってきて、事実を
事実として受け止めなければ、異能など認められるわ
けもない。王族は異能を持ち、奇跡を起こす選ばれし
一族だ。その異能が示す現実だけが真実だ。希望で目

を眩《くら》ませていては、王族の生き方についていけない。置いていかれてしまう。

それはそれとして、人である以上、災禍に見舞われた国の民を悼む気持ちはあった。

「未知の病に罹ってしまったらと想像するとぞっといたします。この国の民がおびえるのは人として当然だろうとも感じます」

若い侍従がこぼす心情に、顎のあたりを掻いていた〈光臨〉も息を吐く。

「わたしも、家族や身内が罹患すれば動揺する。自分がそれこそ病に倒れれば絶望するな。役職を拝命している以上、自己を律しはするが、この身がどうなるのか一瞬でも考えて暗い気持ちになるだろう」

〈水明〉はふたりのことばに同意もしなければ、否定もしなかった。手元にあった竹簡の角を揃えて重ねる。

「朝廷が不穏だ。早急に出発することが、兄上さまをお守りできる第一の手段だ」

近衛軍佐将として〈光臨〉は場を仕切り直すように発言した。

「兄上さまはオマエ草をこの国にお与えになりたいというお慈悲を持ってこの国に来ました。発芽する数が増えるのをもっと見届けたいというお気持ちがあると存じます。まだ、陛下と交渉した期間中でもあります」

兄付き侍従を代表して〈温もり〉は発言した。

「出発が早くても遅くても、兄上さまの出発の際には引き留めやもっと強い妨害がある可能性が高い。その際にどうするかを改めて決めておくべきでしょう。セイセツ国のおびえが酷い分、当初考えていた予想よりも過激なものになりうる。その結果、われわれ随行者全員が死んだとしても、兄上さまおひとりが無事に陛下のもとにお戻りになればいい」

緑園殿副官は、灰色狼一族の総意を述べた。

「――確かに、その通りです。しかし兄上さまは、ご自分以外のだれかが亡くなったと知れば、大変にお悲しみになるでしょう。兄上さまのお命が最優先ではありますが、われわれ自身も命を捨てて本望とだけ考えるのではなく、生き残って仕えつづける道を探らねば不忠というものだと考えます」

三人の想いは副官のことばで一致したが、〈温もり〉はうつむき、小さな声でつぶやいた。

　無表情で淡々と採るべき手段を口にしていた〈水明〉が眉を少し動かした。

「それは、兄付き侍従がおっしゃる通り、ですね。足手まといはどうしたって置いていくことになりますが、無駄に抵抗するのはやめておくようにいいきかせておいたほうがいいかもしれません。兄上さまの無抵抗の家臣たちを殺すなどして、さらに大国の怒りを買いたいとまではセイセツ国も考えていないでしょう」

「兄上さまの出御を妨害することがすでに大国を怒らせる行為なのだが」

〈水明〉のことばに、〈光臨〉が目を丸くしていう。

「やっかいなことです」

〈水明〉の切り返しに、〈光臨〉はうつむいてふっと笑うと、口を閉じた。

　その後は、粛々とこの国を出発する際に起こるだろう動きを推察しながら三人は計画を話し合った。

第十五話　適度な距離と日数

足弱の畑仕事の日々はつづく。それはじつに静かな日々。天候はやや曇りがちな日が多い。

食事も随行したラセイヌ王室厨房の副料理人〈虹《にじ》〉が調理してくれているため舌が混乱することもない。みたことのない食材は現地からの献上品だということだった。

別に用意された歓迎式典とか宴は〈水明〉が断ってくれているという。警護についても近衛軍佐将〈光臨〉が毎朝報告しにきてくれる。とくに変化はないので連日の報告など不要だとおもうのだが、その際、国境から届く今世王の手紙を差し出してくれるのだ。

手紙は毎日早馬で届いている。

手紙だけではなくて、不自由していないかと贈り物を載せた馬車が四から六日ごとに往復している。

足弱が返事を書くまえに新しい手紙が届く。

縦に四つ折りされた文を開くと、薫《た》き込《こ》められた香がふわりと広がった。土と青臭い草の汁が染みつく足弱の指が、流麗な文字を一度撫でる。

『愛しいラフォスエヌへ。

いつも兄上からのお手紙、心躍る気持ちで拝読しています。どれほどことばを尽くして書いても、わたしが手紙を待つ想いを表現できる気がいたしません。

つきましては、兄上の不自由を少しでも減らすべく、おもいついた品を少々送りました。どうぞご笑納ください。不要であればセイセツ国へ下げ渡してくださいませ。お戻りになる際には、お気に召した物以外は残し置いてくださって結構です。どうぞどうぞ、兄上は足取り軽くわたしの胸のなかに戻ってきてほしいのです』

片道最速四日かかることから、一日ごとに別の使者と替え馬数頭を惜しみなく用立てていることになる。金持ち大国の物量作戦というわけらしい。

足弱が使わない贈り物や不要な品はセイセツ国へ下げ渡してよいと文に綴ってあるので、下賜することを前提としての援助なのかもしれない。

そこらへんの推察については、侍従たちが助言してくれたので足弱はそういうものかと納得した。だから手紙に『もう送ってこないでくれ。置き場所がない』と返事をするのはやめておいた。

静かに静かに土と触れ合っていると、雑然とした思考が整って、足弱の内側からこんこんと想いが湧き出《い》でてくる。

今世王への返事を書いていると、素直な心情を綴る自分がいる。

『おまえからの手紙を読んでいて、自分がおまえにたいし、何かもっとしたいと考えていたことに気づいた。

式が迫ってきて、ことさらに「夫婦」「伴侶」の形を考えていたせいもある。

――自分が見舞いに赴いて、薬草を栽培したのは、良心が助けに行けと命じたからもあるけれど、ほんのちょっとでも今回の件でラセイヌへの好意が他国で増せば、自分がいなくなったあともレシェイヌは安泰だと希望にすがる気持ちが、いまおもうとあったようだ。

こんな下心のある行為は善行とはいえない。でも、善行にみえたら嬉しいという、ふたつのおもいがある。

周辺国から称賛されるラセイヌ王朝が築き上げた、いままでの歴史の積み上げに比べれば微々たるおこないではあるだろう。それでも何もしないより、一滴でも好意を増しておきたかった。

こんなおれの不純なおこないを知れば、おまえは呆れるだろうか』

返事をしたため終わると、あとは折って侍従に渡すだけで弟の手元まで送ってくれる。

昼餉後の午睡と手紙の処理を済ますと、足弱は小屋をでた。

足弱自身が手掛けたほうが発芽が早いとこれほど歴然としては、人任せにばかりはできない。

（随分とおれの期待に応えてくれる）

種を蒔くときも砂をかけるときも水を撒くときも、ずっとオマエ草に心のなかで語りかけていた。

――頼むから早く育ってくれ。早く収穫させてくれ。この地の病から住人を助けてやってくれ。

灰色狼たち曰く『忠義な薬草』は、まずは期待に応えて芽を出した。

（まさか、この草とここまで付き合いが長くなるとはおもわなかったな）

――里におりて生活必需品を交換する老人にくっついて下山し、里には入らず木陰で待っていた幼い足弱の目に映った情景。大人の男と女、小さい自分以外の子供たち。家族ということすらよく知らなかった足弱は、その日の帰り、老人に根掘り葉掘りきいた。

その後、何度か下山するたび遠くに眺めているうちに、どうしてか自分でもわからないままに、無性にうらやましくなった。自分には教え導いてくれる博識な老人がいるけれど、同年代だろう少年に、父と母、同胞の兄弟姉妹がいることが、ただただうらやましくなった。

年少者が年上の少年のまねをして、自分のことを指して「おれ」「おれっち」「おれっちら」といっているのをきいた。

それまで足弱は老人から自称は「わたし」とだけ教わっていたが、新しいことを試したくておもいきっていってみた。

『おれっちは、水をくんできます』

すぐさま、血相変えた老人にしなる小枝で叩かれた。わざわざ里で訛りを拾ってきたといって叱責された。

『優れたる言葉遣いを自ら捨てるとはどういうことか！』

予想外の怒気に、足弱は恐れ、悲しみ、桶を捨てて逃げ出した。

『あああああああ』

ひたすら山のなかを走り、枝や草が顔や手足を打ち、傷つけようとも構わず、ことばにならない声を発してひたすら駆けた。行きたい場所など頭になく、老人に許されなかったことに憤《いきどお》り、里の少年が甘える両親が自分にいないことに苛立った。最後には息が切れて苦しさに涙がこぼれた。

『く……、はぁ、ここ、どこ、だ』

全力疾走の果てに両足ががくんと崩れ、叢《くさむら》に突っ込んで崖から落ちた。

生きていたものの、足弱は落下の際にあちこちぶつけてほとんど動けなくなった。結んでいた髪はほどけてぼさぼさ、服も破けてぼろぼろになっていた。それでもなんとか岩が屋根のように突き出した場所のしたに這っていった。空気に水気を感じて、雨が降ると勘でわかっていたからだ。

一昼夜が過ぎ、怒っていた老人が探しに来てくれるともおもえず、ひもじさと痛みで何度も気を失った。やがて、雨音がして目を覚ました。

その草はいま生えたかのように見事な緑色をしていた。目を奪われるような瑞々《みずみず》しい葉。空腹ゆえか、足弱はその葉をちぎって口に入れて噛んだ。食べられると判断すると、葉を食べ尽くした。

痛みと疲労と悲嘆から意識を失い、目が覚めるたびに新しい草が生えていた。痛みで動けぬ身で、食べ物は目の前の草しかない。足弱は目覚めるたびに食べた。やがて、体から痛みが減退し、消えていた。

そうこうするうちに、来てくれるはずがないと考えていた老人が足弱を探し出した。

『ろ、老人。来て、くれた……の、ですか。わ、わたし。わた……おれを』

涙を浮かべた足弱をひと睨みすると、根の付いている草を握っている養い子ごと、背負って小屋まで運んだ。

——足弱はオマエ草との出会いを回想しながら、畑のなかに座っていた。

（おれ、老人のこと嫌いになりきれないのって……こういうおもいでがあるからなのかな）

自分の人生にされた仕打ちをおもえば、唾棄《だき》すべき人物だろう。母のことばかりは胸が痛む。

それでも頑《かたく》なに自称を「わたし」に改めようとしない養い子を、渋々ながら許していた。それは、あの厳しい人格からだと考えられないくらいの甘さだったのだと、いま振り返るとおもう。

ぽつぽつと、目についた雑草を抜く。作業着に麦藁帽子をかぶって土をいじっていると、山で過ごした日々がつぎつぎに浮かんでくる。

陽気もぽかぽかとして気持ちがいい。

ひゅんっと飛んでくる叱責の小枝。

（あれは怖かったよな……）

髪も眉も髭も真っ白で、成長した足弱からみたら老人は小柄であったはずだが、姿勢がつねにぴんと張り、眼光も気概も鋭かった。とくにあの心底から信じているであろう信条の揺るがぬ目には畏敬の念を抱いていた。

薬草園の壁際にある細い木の枝が風で揺れている。目でみている一本の木が、回想のなかで森になる。老人と暮らしていたあの山小屋の空が冬空になり、いまにも雪が降りそうな重い雲が重なる。

『足弱でもラフォスエヌでも愛しています』

あのことば。

おもいだすたび、胸が切なくなる。

王都へいっしょに戻ることを頑として拒否した足弱にたいして、今世王も一歩も退かなかった。

足弱が老人と暮らした過去もふくめて、全部まとめて、愛しているといった。


その日の夜。日中の畑仕事で過去をおもいだすまま流れに身を任せていたせいか、最後に幸せな想いに浸った体は、布団のなかに収まった足弱をもじもじさせた。

『兄上、愛しています』

熱い告白と熱い体。白くてすんなりと伸びた腕で強く抱きしめられた記憶。その腕をしみじみと恋しくおもった――そのせいか、随分とひさしぶりに、じつにじつにひさしぶりに、足弱は催した。

（え、あれ？　ええ？）

暗闇のなかぱっちり目を開く。じわじわ顔が熱くなってくる。

足弱はゆっくりと仰向けから、右側を下にした体勢に変えた。ラセイヌの王都にある緑園殿で毎晩着替えていたように、寝巻きは白い布一枚。紐で二箇所を結んで留める仕立てだった。

肩までかぶった掛け布団から顔をだしている足弱は、目を閉じながらゆっくり腰の結びを解いた。下半身が簡単に無防備になる。

なんとなく、すぐにきざしたものには触らず、内股に指先を差し込む。すると予想外に指が硬く荒れていることに気づいた。それに、違和感がある。

(レシェイヌの手はすんなりしていて、こんなに硬くもごつごつもしてなかったな)

手の大きさは同じくらいで、めっぽう力強いのだが、素肌に触れられて引っかかるものを感じたことがない。指先が荒れているな、など感じたことがない。いつもきれいだった。

ごそっと布団のなかで両膝を曲げ、背を丸めていたことに自分で気づいた。両下肢は剝き出しで熱の中心にすぐにでも触れることができる。

(どうしよう。ここ、川がないぞ。どうする)

体はつかんでしごいてすっきりしたいという欲求でうずうずしている。

自分で出す方法は、山で暮らしていたころは川に下半身まで浸かって、水流と手でどうにかしていた。それが、西の果て、テンホ里の山奥から王都ラヌカンにのぼって弟と出会ってからは、足弱の吐精はすべてその弟にうながされていた。

こんなふうに夜に持て余すという余裕など、ほとんど覚えがない。

今世王が『王室病』に罹患して離れたときや、フウシャの城に囚われたときなど、ふたりが離れた期間があったものの、どちらの状況においても二旬以上離れていたというのに足弱の心身は性欲を訴えなかった。

(……ぐ、ぅ……レシェ、レシェ、出して、いいか? いいよな? いいに決まっているよな?)

頭のなかは雄の欲望を出す以外のことは考えられない。

畑仕事が始まって五日目、滞在八日目となっていた。片道四日も足すと、弟と離れて十二日になる。

セイセツ国へ旅立つ前々日まで連日で抱かれ、精も魂も尽き果てていたのに、足弱の体は今世王と接触しない距離と日数でいつの間にか飢えてしまったらしく、その結果が今夜の窮状だった。

大きく息を吐こうとして、寝るまえに挨拶した同じ屋根のしたに就寝している老人ふたりのことが脳裏をよぎった。ひっつかもうとしていた手が強張る。それと同時に泣きそうに顔を歪めた。我慢をしたせいかぶるっと体が震える。歯がぎりっと鳴りそうなほど食いしばり、波を乗り越えたあと静かに静かに息を吐く。意識して両足を伸ばしていく。

（あ、危なかった……。このますっきりして、出したものをどうする気だったんだろう、おれは。汚した寝巻きを洗たくにだすのか？　こっそりと？　そんなの、〈命〉さんにばれるに決まっているだろ。ふ、ふたりはそりゃ、からかったりしないだろうけど、でも……。いや、でも、レシェとああいうことをしているのは周知のことだし、い、いまさらおれがしたってそんなの）

足弱はいつの間にかうつ伏せになって下半身を敷布にこすりつけていた。はっとしてあわてて腰を浮かせる。すると、暗闇に慣れた目が枕元の近くにある布巾に止まった。口元が汚れたときに拭く用にといつも畳んで用意されている布巾だった。

それを、左腕を伸ばして荒々しくつかみ、すぐに布団のなかに拉致するように引きずり込む。

足弱はだれもみたことがないほど険しい顔をしてふたたび右側を下にした体勢となった。掛け布団のなかに顔も入れて潜り、両手を使って昂りに触れる。

甘美な刺激が広がり、両目を閉じてふうっと息を吐く。もう、指が勝手に動く。ほとんど自分で触ることがない、今世王が教えてくれた感じる箇所を探っていく。

腰にずんとくる甘い痺れ、じわっと濡れる先端。荒れた指先の腹がこれほど気持ちいいとは知らなかった。いつだって滑らかな指が絶妙に愛撫してくれている。

「く、ふ、ぅん……っ」

頭から布団をかぶり、体を丸めて声を殺す。荒くなる息を抑え、湧く唾を何度も飲み込む。

『もう、こんなに濡れてきましたね、兄上』

（仕方ないだろう。我慢できなかったんだ）

『気持ちいいようですね』

（もう、早く出したい。今夜はおれ、自分の手でしてているから、いつもみたいに焦らされないんだ。おまえはいつも自分ばかりさきにして。おれがどれだけ苦しいおもいをしているか、そこのところはもっと考えてくれないと）

『レシェがたくさんしてあげますからね』

（い、一回でいい。これだけ出せればいい。たくさんは、いらないんだ。と、とにかくこれを）

足弱は今世王がよくしてくるぐりぐりした動きを滾った雄に試し、痛みと驚きで暴発させた。

（わ！）

目の前に白い閃光がいくつも散り、数瞬意識が遠のき、布巾がどくどくと溢れた欲望を包み込んでいた。

布団のなかで生臭い空気を嗅ぎ、そっと顔をだして大きく静かに深呼吸する。肩でしていた息が落ち着いてくると、体は弛緩《しかん》し、どっと一気に眠気が襲いかかってきた。

汗ばんだ体を敷布にあずけ、両目を閉じる。

（少しだけ寝たら、布巾を洗って、それで）

無事に自分の欲望をひとりで処理した足弱は、そのあと片付けの計画を立てているうちに眠った。

翌朝。

「兄上さま、おはようございます。よい朝でございますよ。薬草がすぐにでも収穫できるほど伸びたそうです」

「——え？」

〈命〉の優しい声が発することばの内容に驚いて、足弱はすぐに目が覚めた。

「え、え？」

「朝餉の準備はできておりますが、一旦、畑をご覧になりますか？」

「はい」

「では、これを掛けてお出でくださいませ」

すでに隙のない灰色の侍従姿の〈命〉は、白い寝巻き一枚の足弱の肩に上着を乗せ、小屋に唯一ある雨戸を開けた。

「わあ……」

「見事ですなあ、兄上さま」

斜め後ろから〈朝霧〉の感嘆する声がする。

十坪の薬草畑は、昨日まで発育にばらつきがあった。それが一面どれも薄い黄色の花まで咲いて成長しきっている。青々した緑がみっちりもっさりと繁り、朝日を浴びて輝いていた。神秘の園の実りのようだ。

「はあ、すごいなあ。どうしたんだろう。こんなに一気に育つなんて。でも、今日中に収穫できそうですね。そうしたら、明日か明後日にはここを出発できるかな」

「おお、そうですか。それは朗報。ぜひ陛下にお手紙でお知らせくださいませ。お喜びになられますよ」

「そうですね。ずっと国境で待ってくれているから」

「朝餉が済んだらすぐにでも」

「じゃあ、そうしようかな」

〈朝霧〉に勧められて朝食後すぐに文を書くことに同意する。

「兄上さま、どうぞこちらに」

「はい」

うながされて衝立のなかに入って顔を拭く。若い侍従たちも小屋に入ってきて、作業着へと着替えを済ませ、そのまま誘導されて食卓についた。

温かい羹《あつもの》を一匙食べたところで、足弱は匙を卓に置いて振り返った。寝台のうえの布団はきっちりと畳まれ片付けられていた。

(寝巻きと布巾は!?)

腰を浮かせようとした視界の端で、〈命〉がいつも通りの柔和な顔で控えていた。

「い、〈命〉さん」

「兄上さま、温かいうちにどうぞお召し上がりください。陛下への文の支度はお任せください」

「はい。あの、〈命〉さん」

寝巻きと布巾は、どう考えたって王族に仕える熟年の侍従長が始末してくれたとしかおもえない。足弱は席に座り直し、熱い顔を羹の湯気にあてた。

「どうぞ、この〈命〉にお任せくださいませ」

「はい、ありがとうございます。いただきます」

足弱は匙を持ち、もう考えるのをやめた。

第十六話　朗報と凶報

今世王《こんせいおう》は兄を見送ってからも国境際での居留を継続していた。

片道四日の距離にいる足弱《あしよわ》に宛てて、毎日のように手紙を送る。足弱のほうも返事をくれる。

先日、兄の心情の詰まった、それこそ国宝級に今世王のなかで価値のある手紙をもらっていた。

足弱からの手紙すべてを保管している螺鈿《らでん》細工の箱とは別に、その手紙専用の宝石箱をつくらせねばならないだろうとさえ考えている。

『愛するラフォスエヌへ。

日々、オマエ草の栽培が順調とのこと喜ばしい限りです。そして、兄上のお心をこのレシェイヌに明かしてくださったこと、大変嬉しく、感激いたしました。

兄上からわたしへの愛をひしひしと感じて、喜びの涙が浮かびました。文字が滲《にじ》んでいたら、それはレシェイヌの抑えきれなかった落涙とご承知ください。兄上のこのたびの正妃への見舞いが、わたしへの深い気遣いからくるものと知り、そこまで気にかけていただいたわが身のありがたさに震えるおもいです。

兄上の行いが善行ではない、という解釈はいくらなんでもご自分に厳しいとおもいます。

わが一族だとて、このラセイヌに住まうようになったのは、同族に安全を与えたかったことが始まりです。貧窮していたその地の民を救いたいがための善行ではありませんでした。ですが結果として、民たちは富み、飢えから逃れることができました。わが一族も安全と安定ある暮らしを得ました。

兄上のどこに不純があるのか、レシェイヌにはわかりかねます。ぜひ知りたいので、お帰りになられたら、寝台で隅々まで探してみますのでご協力よろしくお願いいたします。

ラフォスエヌがいろいろと気遣ってくださるのは、自分の寿命が短く、わたしを置いていくためだという主旨が書いてありましたね。兄上、去年の秋の日をおもいだしてくださいますか。わたしの誕生日に、兄上がいますぐ結婚しようとおっしゃってくださったときのことを。寿命などなんということもない、と申しましたが、またその想いが湧き上がっています。寿命ばかりはどうしようもない、とおもう反面、やはり、たかが寿命の長短でしかないではないかとおもうのです。それもこれも、兄上がわたしの愛を受け入れてくれたからでしょうか。

愛しいラフォスエヌ。あなたがわたしを想ってしてくれたすべてのことは、わたしへの愛です。わたしはそれを嬉しく愛しく残さず抱きしめます。そして、わたしが兄上を想ってする行いのすべても、またラフォスエヌへの愛です。わたしは兄上を責めはしません。責める道理も呆れる理由もない。なぜならわたしのほうこそ兄上よりよっぽど向こう見ずで喧嘩っ早くて計算高いからです。兄上の優しさを当てにして行動しているからです。

兄上の素直さに引きずられて、わたしもおもわず自分を明かしてしまいました。大好きです兄上。だれよりラフォスエヌを愛するレシェイヌより』

寿命が違うことは、お互いの胸に刺さった棘《とげ》だろう。しかし、だからこそよりいっそう、お互いを気遣い労り合っていけるともおもう。実際、足弱は沈思しておもわぬ行動までとった。少しでも残される今世王のためになればいいと、進んで善行を積もうとしている。

目の前にいて、ただ手を握って『好きだ』『愛している』といってくれるだけで容易《たやす》く弟を幸せに導けるというのに、他国からの一滴の好意を増しておくために種を蒔《ま》きに行く。

兄のこういった行動における印象をことばにするならば、遠い夜空の果てで輝く星を、ことさら眩《まぶ》しく美しいと想う気持ち、といったところだろうか。

遠くにある光を強引に引き寄せでもしたら、かき消してしまうかもしれない。

(よくみておかなければ。兄上のくださる優しさをこぼさず全部、拾って、胸にしまっておかなければ)

胸の奥の特別な宝物箱に、自分に示してくれるみえづらく、わかりにくく、うっかり見落としてしまうような兄からの愛情を、優しさを、大切にしまい込んでおきたい。

昨夜書いた返事を読み返し、丁寧に畳み直した。今日の早馬便に乗せて送り届ける予定だ。

そんな今世王にさらなる朗報がもたらされた。


兄と離れて十四日の朝になる。

今世王は喜色《きしょく》を浮かべ、足弱からの手紙を二度読み返した。

客観的にみれば上手とはいえない字だが、筆に慣れて読みやすく、それでいて足弱の頑固さと朴訥《ぼくとつ》さがうかがえる味わいのある字体となっている。

しかしなんといっても、胸が躍るほど楽しくおもうのは綴《つづ》られる文章だ。いったいだれがこれほど一国の王にたいしてあけすけに、ぶっきらぼうに書いてよこしてくれるだろうか。

『レシェイヌへ。いつも手紙をありがとう。贈り物もありがとう。でも、もう品物はいらない。薬草畑が、なぜだか今朝、すべて育ちきったからだ。一日かけて収穫し、種とそれ以外を分けて干す手前まで進める予定だ。あとはセイセツ国の人に任せる段取りをつける。それで、明日か明後日にはここを出発できるとおもう。レシェイヌと約束した期間より早いだろう。

〈命〉さんがいうには、セイセツ国からは他にも用意した畑があるのでご覧くださいといわれているらしい。だけど、みたら種を蒔きたくなるし、蒔いたら世話をして芽が出るまで待ちたくなるから、それは辞退する予定だ。そんなことをしていたら、おまえとの約束の期間を、それこそ破ってしまいそうだからだ。期間が短い場合、おまえは喜んでくれるだろうが、長いと喜ばないだろう？　それくらいのことは、おれでもわかっている。

いつも、優しい手紙をありがとう。おまえはいつも優しいな。そういうのを読むと、なんだかおれは、おまえといっしょに下山してよかったとつくづくおもうんだ。おまえは年下だけれど、頼りがいがあって、そういうところは見習わないといけないなとおもう。

国境に戻ったら、コグレ郡の薬草畑をもっと拡大しないといけないとおもう。また、おまえの力を頼ってもいいだろうか。ラヌカンに戻るまえに種をたくさん確保しておきたい。また相談に乗ってくれ。

つぎは直接会うだろうから、もう手紙は書かない。

敬具』

兄は弟が優しいと書いているが、今世王の優しさを自分が引き出しているという自覚はないらしい。

（そうか、兄上がもうこちらに向かうということは、書き上げたばかりの手紙をお送りすることは控えたほうがいいのだな。兄上とのお便りの交換も楽しいものであったが、本人と話すことができるのも格別に嬉しい。この、書き上げたばかりの手紙は、直接渡して目の前で読んでもらおう。そして、改めて口でいうのもいいだろう）

文机のうえの準備万端、送るだけの状態の手紙を眺めて、今世王はそう決めた。

今世王が寝起きしている大天幕は、寝台や敷物、卓や椅子だけでなく、棚や長持ちなども備えられていた。

その大天幕をでて、別の大天幕へ移動する。午前の聴政が始まる。

そこは今世王へ拝謁《はいえつ》を求める者が訪れる政《まつりごと》の場だ。王都ラヌカンから日々さまざまな便りが届く。王都にいる宰相アジャンが捌《さば》いてくれているので、政務が滞ってはいないが、いまだ王の裁可が必要なことは多い。緑園殿《りょくえんでん》を任せている長官〈灰色狼《はいいろおおかみ》〉からの報告もある。駐軍しているコグレ郡やその近郊から目通りを望む太守も多いし、この機会に拝謁を賜りたい者は途切れることがない。

聴政を終えると、今世王は近衛軍将軍〈青嵐《せいらん》〉と、外務大臣カミウルの両名を呼んだ。

「お呼びにて参上いたしました」と〈青嵐〉。

四十歳になったらしいが、いよいよ男の盛りで、この辺境の地でも黄色い声をあちこちで浴びているらしい。六尺（約百八十一・八センチ）以上もある長身で姿のいい武人だった。

「ただいま御前《ごぜん》に」とカミウル。

黒鬣《くろたてがみ》と謳われる豊かな長髪に日焼けした肌と端整

な顔立ち、どこを切り取っても目立つ〈青嵐〉とは対照的に、カミウルは色白で肥えた中背の中年だ。だが、それがかえって穏やかで接しやすい円満な風格を醸し出している上級貴族だった。

「今朝、兄上から朗報が届いた。今日、明日にでも、兄上はセイセツ国の王都を離れてこちらに向かわれる」

「おお！　それはおめでとうございます」

「誠、喜ばしいお知らせでございますな」

片膝をついたふたりが顔をあげて祝ってくれる。

「ああ、それで余は、兄上を迎えに行きたいと考えている。この点、どうおもうか。とくに、軍を連れて余が国境を越えることについてだ」

今世王はうなずき、ふたりに下問した。

「陛下が兄上さまをお出迎えあそばされるのであれば、われら近衛が付き従うのは当然かと。王がただひとり行くなど考えられないことです。セイセツ国も陛下が軍を帯同するのは当然とおもいましょう。問題ないのではないでしょうか」

〈青嵐〉は、さっさと行きましょうとでもいいたげに口の端をあげた。

「基本的に、他国の国境を軍が越える際には、その国からの許しが必要であります。ですが、セイセツ国はわが国ラセイヌに入朝しているので、ことばは悪いですが押し入る形となりましても、力関係から非難はされません」

外務大臣として外交全般を担っているカミウルは、内容とは裏腹な穏やかな口調でつづけた。

「懇請されて庶兄殿下が赴いているのですから、すでにセイセツ国が入国を了承しているといっても過言ではありません。セイセツ国の王都に迎えに行くとの一報をだしておいて、報《しら》せがあちらに届くまえにわが軍が国境を越えていたとしても問題ないでしょう。何かあればわたくしが対応いたします」

カミウルは王の意を心得たように返事をした。今世王は会心の笑みをみせた。

「迎えの一報をだせ。〈青嵐〉、軍を進めるぞ。カミウル、おまえも軍を率いて余の供《とも》をせよ」

今世王だけが兄の迎えに行くのなら近衛軍だけを連れていけばいいが、カミウルに所々の対応をさせるのなら国軍を率いらせておけば、別行動もとりやすい。今世王は兄を迎え入れたら、さっさとふたりでラセイヌに帰ってしまいたかった。あとのことは外務大臣のカミウルに任せておけばいい。カミウルの護衛として国軍もいれば、なおさら憂いなく残していけるというものだった。

「は！　ただちに」

「仰せの通りに」

将軍と大臣は深く頭をさげた。

近衛軍二千、国軍五百を率いて、次の日の早朝、今世王は国境を越えた。

ラセイヌ国とセイセツ国との国境である、南北に走る地の段差を越え、ラセイヌ国軍と近衛軍は二日分進んだ。今世王はそのあいだ、セイセツ王国国境警備兵から誰何《すいか》を受けたが、カミウルが返事をしたとだけ報告を受けた。

行軍を止める者はだれもいない。

今世王は薄青色の筒袖に騎乗するとき用の袴《はかま》、黄色に染め上げた胸当と腿当に、黒色の長靴、腰に剣帯を巻いて剣を吊るしていた。

『兄のお迎え』と掲げた行軍であり、戦いに赴くわけではないので今世王が軍装になる必要はない。また、王冠に黄金の衣装のままである必要もない。ただ、去年の秋の誕生日に、主賓である弟を馬車に乗せて自ら御者をした足弱をみて、今世王はふと、兄に鎧《よろい》を贈る案をおもいついていた。

この日、今世王が身に着けていた簡易な革鎧は、その試作品であった。

(兄上のものはもっと軽いほうがよいな。黄色に緑の装飾か、深い緑に、違う色で装飾を入れるのもいいか。外套の色と合わせねばならないな)

今世王と足弱は背丈がほぼいっしょで、体格も似ているのでこうして注文主が試作品を実体験してさらに工夫を命じていた。

いい機会だからと身に着けて試すくらい今世王にとっては気軽な行軍であった。そうではあるものの、セイセツ国の朝廷における派閥争いの報告も受けてはいたので、黄金の鱗《うろこ》で装飾されている王の鎧も持参はしていた。

幌《ほろ》のついている馬車に乗り込んで、気軽に外を眺めて、他国の国土の様子に眉を寄せた。その傍《かたわ》らには六尺以上ある将軍〈青嵐〉より大柄な筆頭護衛である〈黎明《れいめい》〉が立っていた。

「〈黎明〉、みよ。わが国とは色の違う景色だな」

「はっ」

「為政者と民と国土の繋がりというのは、案外と目でみえるときがあるな」

「はっ」

とくに今世王が会話を望んでいるわけではないと察しているせいか、〈黎明〉は短く返事をするだけだ。

「ラセイヌが緑で満たされているのであれば、余の一族が民と結んだ約束も果たされている。余が生きているあいだ一族を代表して背負っているのはその約束のみだ。あとは好きで抱えている兄上だけ」

もうほとんど〈黎明〉に話しかけているという意識もなく、今世王はただつぶやいていた。ふふ、と小さく笑い声を漏らす。

「ああ、背負っても抱えてもおらぬが、灰色の狼がいたな。つねに足下にいて、自身の力で付いてきおる」

灰色の鎧の筆頭護衛兵は、短い返事の代わりに頭をさげた。

今世王の早く兄に会いたいという希望もあり、速く、速くと近衛軍が進む速度を上げる一方、近衛軍ほど練度の高くない国軍は遅れがちであった。

その遅れている国軍を待つための小休止をとっているときに、王都ケッサから駆けてきた早馬の報せが、楽しい出迎え一行の空気を一変させた。

――兄上さまはセイセツ国側から邪魔されて出立できない状況におります。

今世王は馬車から出て、灰色の軽装鎧姿の使者を呼び寄せた。

御前に片膝をついた兵士のことばは、するっと耳に入った。それが第一報だった。

「採めているのなら余が迎えに行くのは適切であったな。このままケッサに近づけばセイセツ国側も兄上を留め置くことなど無理だとわかるだろう。それとは別に、なぜ兄上を出立させないか詰問《きつもん》する使者を出そう」

今世王は不快ではあったが、まだ小休止を切り上げていますぐに出発するという判断ではなかった。使者をねぎらったあとは一旦馬車のなかに戻った。

「カミウルが到着次第、余のもとへ来るよう伝達させろ。詰問の使者をケッサに向かわせるよう命じたい」

「はっ」

〈一進《いっしん》〉にしたいことや、これからの段取りをいっておけば、あとはそのようになる。

今世王のそばで早馬の第一報をともにきいていた〈青嵐〉が、部下に指示する声がきこえる。

「食事は手早く終わらせるように。出発の用意を急ぐよう伝えろ」

周囲にざわめきが広がっていく。将軍が命じると、兵士たちはひとつの生き物のように蠢《うごめ》く。

（兄上の滞在二旬は、往復の日数もふくむということはセイセツ国側にも伝えているはずだが、土壇場になっていいように解釈でもしたか。それとも欲望の馬脚をあらわしたか、はたまた小心ゆえの愚かさか）

馬車のなかの今世王は静かに腰掛けた。両足をゆっくりと伸ばす。侍従が長靴を脱がすかと仕草で問いかけてくるが、反応しないでいると不要であると伝わって控える。

カミウルが率いる国軍が追いついてきたため、しばし人の行き来が激しくなった。

王付き侍従から伝えられた今世王からの呼び出しに、カミウルが膝行して近づいてくる。国軍の将といってもカミウルは鎧をつけていない。いつもの冠衣装のままだ。移動も馬車でしかできない。

今世王は馬車からおろした椅子に腰掛けていた。

「野外である。立礼《りつれい》でよい。近くに寄れ」

そういうと、ようやく立ち上がり小走りしてきたものの、やはり手前で両膝をついて頭をさげた。

生まれてからずっと、そして即位してからは始終周囲が跪《ひざまず》くので、いまさら今世王に苛立ちはない。ラセイヌという王国を統治するために必要な身分差をあらわす行為だ。

「陛下をお待たせして申し訳ございません」

「予定通りの到着だ。そなたを待つあいだ、セイセツ国側が兄上の出立を邪魔しているという一報が入っている。来てすぐではあるが、カミウルは詰問の使者をケッサに送る手配を速やかにいたせ」

「はい、ただちに」

そんな会話を、そばに〈青嵐〉も立たせてしている と、早馬の続報が届いた。その使者は第一報の使者より余裕がない様子で、肩で息をし、何度か唾を飲んで声を張った。

「申し上げます！　王都ケッサにて兄上さまをお守りする近衛軍とセイセツ国軍が衝突。その場から脱出した兄上さまを国軍が追いかけてきております！」

視界が白く焼けた。


言語化できないような憤怒が稲光のように体内を走り抜けていった。

今世王は気がつくと椅子から立ち上がっていた。

「〈青嵐〉、騎馬だけ集めて先行させるため軍を編成しろ。その騎馬隊はそなたが率いろ」

「は！」

「〈一進〉、着替えるぞ」

「はっ」

「カミウル、詰問の使者は不要となった。そなたは残りの軍を掌握しろ」

「はい。……陛下も〈青嵐〉将軍とともに先行されるのでしょうか」

その問いには答えず、今世王は馬車に飛び乗って両手を広げた。左右から侍従が装備をはずしていく。

「鎧だけ替える」

侍従たちが揃えた黄金の鱗鎧一式中、兜は断る。肩から足首まで流す外套の外は白、内は真紅。軽く体を動かすと、着替えるまえより重く感じる。

（この鎧のほうが目立つから、兄上にわたしをみつけ

てもらいやすいだろう）

それに着替えるまえに身に着けていた鎧は兄への贈り物だ。改良前のものとはいえ、目に触れさせてばらすこともない。

「これでよい」

侍従たちがさがり、今世王はふたたび馬車の外にでた。

また軽く体を動かす。足首をまわし、膝を片方ずつ上げた。

馬、も考えはしたが、乗ると潰してしまうだろう。この暴虐に荒れ狂う胸のうちを馬の脚に託したとして折る結果にしかならない。馬は兄が心惹かれている動物だ。殺してしまうとわかっていて乗るのも気が引ける。それに、発散できねば激昂が制御しがたいものとなる。

ふうと息を吐いた。

とんとんとその場で跳ねると、ばさっと外套がひるがえる。

「陛下」

白いぽちゃぽちゃした一見愚鈍そうな容姿のカミウルの声がする。

そうだ、返事をしていなかった。仮にも外務大臣だ。行き先は告げておこう。なんといってもこれからの後始末はすべてこの男がする。

「……カミウル」

時が経つほど胸のなかが激流で渦巻《うずま》き、声を発するのに少し努力が必要だった。

――セイセツめ。わが兄を獲物のように追いまわすのか。

――種を蒔く行為ひとつとっても善行ではない、下心があるのだと反省し恥じらう兄を、捕らえようというのか。

その短い時のあいだも、歩を進めていく。きれいに縫い合わされた黄金の鱗が、さわさわと滑らかに動く。動作を損なわない優れた鎧だった。

兵士たちが、休憩の陣を張った際につくった竈《かまど》を壊して、出発の準備をしていた。ひるがえる旗。並ぶ国旗。灰色革鎧の近衛兵士たちは、すぐに今世王に気づいて居住まいを正す。

「は、はっ」

歩く今世王に付いていくため足を急がす太った外務大臣はすでに息が乱れていた。

「余は先に行く」

「先に、とは？」

今世王は歩幅を広げた。脹脛《ふくらはぎ》に力を入れただけで、鎧の重さなど感じなくなった。正午前の光に溢れた時刻、視界は良好だ。

灰色が左右に割れていく。縫って歩かずとも、前方を遮る者などいない。

「陛下？　お待ちください」

「陛下」

周囲からいぶかしむ声、制止の声、どんどんざわめきが大きくなる。

「陛下、どちらへ⁉」

「将軍をお呼びしろ！」

軍の陣から離れたが、抜けてきたはずの灰色の兵士たちが、わらわらと近づいてくる。

その声に頓着せず、小休止のためはずれた国道に入って、今世王はついに走り出した。

（走るのは久々だな）

王ともなると歩きはするが、走りはしない。私的な空間である緑園殿のなかであれば兄のもとへ行きたくて気が急くままに足を速めもするが、全力で走るなど、あの樹海を走って以来ではないだろうか。

脚が軽い。体も軽い。これなら体内の荒れ狂う情動を『走る』という行動で多少は解消できるだろう。さらに兄のもとにも、より速く駆けつけることができるとなれば、一石二鳥。

「馬だ！」

〈黎明〉の日頃きかない大きな声がした。

「馬で追っていけっ」

「われわれの足では追いつかん！」

「陛下、お待ちください！」

「陛下ああああああ‼」

狼なら付いてこい。

第十七話　脱出行

出立の日の早朝、最後に薬草園に寄った足弱一行は一時そこに閉じ込められそうになった。

馬車に乗ったらはずしてもらう予定の冠をかぶり、赤色の上衣と黄色の飾り帯、総じて目に鮮やかな帰り支度の姿で杖を片手に、足弱はこの短期間の畑仕事の成果を眺めていた。

花まで咲いて育ちきったオマエ草を根まで収穫し、セイセツ国側の人手を集めて種を採り、またすぐに蒔く、という工程まで済ませていた。種以外は陰干ししている段階だ。今度はもう発芽まで見届ける時間はない。

（二旬のうちにやれるだけのことはやった。これで――）

バタン、ドン！

「ここにおられるのがどなたかを知ってのうえでの狼《ろう》藉《ぜき》か！」

首を巡らせると薬草園の木製の扉が閉まっていた。誰何《すいか》する声は訛《なま》りがないので近衛軍兵士のものだろう。

「殿下にはセイセツの病の流行が治まるまで、ご滞在いただきたい」

石壁越しによく通る声がきこえた。夜が明け、朝から快晴をうかがわせる空であるというのに不穏な一日の始まりである。

「大国ラセイヌの王族をなんと心得る。事前に期限は知らせていただろう」

あ、この声は〈光臨《こうりん》〉さんのものだと足弱はおもった。どうやらあの、よく通る声の人物と話し合っているようだ。近衛軍佐将〈光臨〉の主張は、〈温《ぬく》もり〉曰く『小国よ、身の程を知れ』ということらしい。

「兄上さまを足止めしようなどと、正気の沙汰ではありませんな」

修羅場《しゅらば》に慣れているのか、元近衛軍将軍〈朝霧《あさぎり》〉は平素の表情でいうと、兄付き侍従長〈命《いのち》〉とうなずき合っている。

「病に疲弊《ひへい》した小国には大国の救いの手が命綱」

「その命綱を離したくないのは世の常」

「お慈悲賜らん」

「闇に覆われたわが国を照らすには、ラセイヌ王族の光が必要だっ」

石壁の向こうからは、大仰《おおぎょう》なことばが発せられている。

足弱はぼんやりとした。

（これ全部、おれのことを指しているのかな）

中身がなく飾り立てたことばの数々。その話題の中心にいる自分の滑稽《こっけい》さに、実感が湧いてこない。

「兄上さま、失礼します」

「え……」

気づくと侍従長〈命〉に冠をはずされていた。

「兄上さま、こちらを御召しください」

「万が一に備えていたものですが、実際に必要になり、残念です」

周囲の近衛兵に背を向けて囲まれ、灰色の衝立《ついたて》のなかで厳しい表情の〈温もり〉と、しんみりしている〈吟声《ぎんせい》〉のふたりがかりで手早く着替えさせられることになった。

「え、なんです急に。ここで着替え？」

足弱と似た背格好の青年が、鮮やかな赤色の上衣と黄色の飾り帯をまとった。頭には位の高さを表す冠をかぶる。左手には黒い杖まで持っている。そのそばに侍従の〈星《ほし》〉と侍従補佐の〈円《えん》〉が付き従うように立っていた。

「……あ」

こんなのは知っている。以前経験したことがある。身代わりだ。捕まえようとする者たちの目をごまかすために、偽のラフォスエヌを仕立てたのだ。

灰色の囲いがはずれると、

「では、最後にこれを。兄上さま、ラヌカンでお会いいたしましょう」

緑園殿の馬場で遊ぶときには茶色の兜をかぶっていたが、侍従長が差し出して、そのまま足弱の頭にかぶせたのは、近衛軍兵士の灰色の兜だった。

灰色の兜に、近衛軍兵士の灰色の衣服、灰色の革鎧。足弱は近衛軍兵士の姿になっていた。慣れない革の重みが体も気持ちも沈めるようだった。ただ、腰に剣は吊るしておらず、片手にあるのはいつもの黒漆の杖だ。

顎《あご》のしたで紐を結ばれる。そのせいだけでなく足弱は少し息がしにくく感じた。背筋がぞっとしてくるのは、灰色狼たちが、事態を読み淡々と足弱の準備を進めていたことだ。

「陛下が兄上さまをお迎えに来てくださっています。国道をラセイヌへ進めば、お迎えの一行と合流できます。ケッサを出てしまえば、兄上さまの出発を邪魔だてする勢力の勢いも衰えるでしょう」

ケッサに滞在中、薬草園には顔をださず、主に交渉ごとをまとめていた緑園殿副官〈水明《すいめい》〉が今朝は同行していてそばに来て話す。

身代わりとなる青年に、その信憑性《しんぴょうせい》を増すために実際の兄付き侍従の二名がつく。扉に近づいて別行動をとる三人の姿を、足弱は目で追った。

「いまはセイセツ国軍とラセイヌ近衛軍が薬草園前で威嚇《いかく》し合っておりますが、しばらくしたら扉を開けます。囮役《おとり》は衆目を集めながら馬車へ向かいます。その隙に兄上さまと護衛の一団は馬でケッサを脱出していただきます。残る徒歩の者たちは馬車に付いてもらいます。アルセフォンは連れてこられませんでしたが馬具は揃っております」

この夏、足弱の愛馬であるアルセフォンの仔を宿す馬が出産予定のため、馬ではあるが父親であるしと、アルセフォンを緑園殿に置いてきたのだった。

「あ、あ、いや、おれはもう少し残って、畑くらい、しても。そ、それにレシェが迎えに来てくれるまで待ったら、無理に、ここを出発しなくても……？」

それで小競り合いが落ち着いて、今世王が到着すればその権威で抑え込めて平和にラセイヌに帰ることができるのなら、待つあいだケッサの滞在期間を延ばして畑仕事を継続したって構わない。

足弱より背の低い、ラセイヌ王国人としては中背の〈水明〉にどうか？　と問う。

「申し訳ございません、兄上さま。ここではわれわれはいささか少人数にて、留め置かれた場合、兄上さまと引き離される可能性が高いのです。王族を他国の者の手に、一日、半日、数刻であろうと渡すわけには参りません」

まっすぐ揺るぎのない澄んだ黒い瞳だった。

地位や身にまとう物こそ変わったが、下男としてコクと名乗っていた〈水明〉は、右頬の黒い痣の濃さも、表情のない平々凡々とした顔貌も、しゃがれた声も一切変わっていないようだった。その眼力にやはり圧倒される。

澄んだ黒い瞳に燃えるような意思がみえる。

硬い硬い岩石のような、永遠の水滴にさえ穿《うが》たれないような、動かせない意思。この意思を無視したり、ごまかしたり、捨てさせることなど、いったいだれにできるのだろうか。

足弱は口を開いたものの、何もいえなくなった。あまりに澄みきった忠誠に、『そこまでしなくていい』というおもいがよぎる。

「――――おれが……王族が、この地にこれ以上、残るのは、いやか……？」

緑園殿副官にたいしてだけでなく周囲にいる家臣全員に問うよう左右をみて問うた。足弱はやや茫洋《ぼうよう》とした顔つきになって、丁寧な言葉遣いも抜け落ちた。

〈水明〉の瞳のなかにみた硬い意思が、みまわす狼たちのどの瞳にも宿っている。

足弱の想いを汲んで病に倒れる人たちを救いに来ることには同意してきたが、王族の意思を無視して何かを強いる者や勢力にたいしての、はっきりとした拒絶を感じた。

あるいはそれは、王族に迫る危機を排除しようとする使命感だろうか。

光沢ある灰色の着物を着た侍従も、灰色の鎧を身に着けた兵士も、その場にいた灰色狼たちは片膝をつき深く頭をさげた。意思は示された。足弱は数回瞬きして表情を引き締め、少し息を吐いていった。

「そうか……。では、死人が出ないようにだけは注意してくれ。馬車に付いていく者たちも重々気をつけてほしい」

「はっ！」

乱れなく声が揃い、灰色狼たちが晴れやかな顔つきになった。機敏な動きで立ち上がり、各自配置につく。

灰色狼一族たちからのこれほどの忠義を、過去の王族たち、先祖たちは、いったいどうやって引き出したのだろうか。ラセイヌ建国神話では、千年王朝の始まりあたりに王族と主従の契約を結んだらしいが――。その千年をともに過ごしてきたがゆえの紐帯《ちゅうたい》なのかもしれない。

それにしたって、主人側の末裔として、灰色狼一族たちを制御するなどということは、自分ひとりだけでは到底無理だと、足弱はおもった。

バン！　とふいに大きな音が響き、足弱は軽く背中を押されて走り出した。灰色の濁流に流されながら薬草園の外にまろび出て、さまざまな色と声に頭が混乱する。早朝の爽やかさはとうにどこかへいった。

「殿下！」

「殿下、お待ちください！」

囮役に向かってだろう、セイセツ国側から声があがる。少なくとも足弱に向かっての声ではなかった。

灰色の着物と鎧、生成りの着物と黒の鎧が交錯する。前方の障害物がつぎつぎに除かれ、足弱はまっすぐ突進した。囮の者たちや、年配者たちの姿がみえない。セイセツ国軍兵士を釣り上げるようにして馬車のあるほうに向かったか、逃げたのかもしれない。

それは希望的観測だったと気づいたのは、視界の端に、侍従長の〈命〉が数名の狼たちといっしょに建物の壁に追い詰められている姿をとらえたときだ。

「〈命〉さん！」

左手に握っていた黒漆塗りの杖を右手に、しかも木剣の柄を握るように持ち替えて駆けていた。膝下から湾曲している右足など意に介さず走り寄る。長く走ったり、無茶をすればあとで痛むが、構ってはいられなかった。左右にいた近衛兵のあいだに肩を突き入れ、強引によこ入りする。

「兄上さま、いけません」

「そちらでは」

制止する声はきこえていたが、止まらなかった。

剣や槍で〈命〉たち文官数人を威嚇していた兵士のまえに踊り出て、背後にかばう。

「もともと出発を邪魔したそちらが悪いのだろう。武器をさげて出立を見送れ！」

足弱は槍の穂先を杖で薙《な》ぎ払い、叱責した。

ラセイヌ近衛軍兵士の叱責を敵兵士たちがどうみたか。先頭で剣を向けていた男が、足弱の顔と右下肢、黒い杖をみて顔色を変えた。一拍置いて、先頭にいたそのセイセツ国軍兵士がくるっと反転した。

足弱のまえに背中を向けて、それまで所属してた軍に剣を突き出した。

「──娘が命をとりとめました……！」

どこかできいた声は、そんなことをいい、躊躇《ちゅうちょ》なく剣を振るう。仲間から切っ先を向けられ、セイセツ国軍兵士たちの勢いが鈍る。

「どうしたんだ」

「なぜ、こっちに剣を向ける!?」

足弱の薬草で娘の命が助かった兵士が仲間の兵士を押し返す。だが、セイセツ国軍側も押されるだけでなく、押し返してくる。

「いけません兄上さま、どうぞお先に脱出してください」

背後にかばった〈命〉から、いつもより強い口調のことばが飛んできた。そのあいだも、近衛軍兵士が足弱の周りを固めるように集まってくる。この場で、灰色と生成りの押し合いが始まってしまう。混乱のなか、娘が助かった敵兵の背中もみえなくなる。

「殿下はいずこか」

「こっちだ、殿下はこっちだ……！」

ついにはそんな声が飛び交うようになると、居所を発した兵士めがけてだろう、少人数の錐《きり》のような突撃が行われ、たちまち口が封じられた。

背の高い足弱が灰色の兜と兜のあいだから覗くと、そこに立つのはちょろっとした口髭の小柄な近衛軍兵士。

「わあ！」

「ひえぇっ」

「手練《てだ》れだあ！　さがれッ」

一振り、二振りでわかるものなのか、小柄な近衛軍兵士からセイセツ国軍兵士たちが逃げていく。

血振りをくれた剣をさげ、〈眺望《ちょうぼう》〉が足弱のもとに駆け寄ってくる。その背に三人の兵士がつづいている。四人の体格はさまざまだが、目つきは揃って鋭い。

精鋭のなかの精鋭だろう雰囲気がある。

「兄上さま、ご無事ですか。佐将が馬を引いてこちらに参ります」

〈眺望〉は、護衛の近衛軍兵士たちから抜け出て〈命〉たちを助けに行った足弱を責めるようなことばはひとつもいわなかった。ただ、足弱の全身を上から下までみただけだ。そして、〈命〉に視線を向ける。

小柄ながら剣の腕前際立つ〈眺望〉の合図を了解したのか、〈命〉は足弱の右手に武器として握られていた黒い杖をその手から離し、左手に持ち直させた。

「陛下からの杖を武器として振るわせて申し訳ございません。兄上さまの武器はわれわれです。どうぞわれわれをお使いください」

戦の場にいるためか、〈命〉は立ったまま頭をさげた。それは〈命〉が〈眺望〉たち近衛軍の気持ちを代弁したのだと足弱にはわかった。〈眺望〉は剣から手を離せない。だから侍従長に代わってもらったのだろうと。

「〈命〉さんたちはどうするんですか。馬車で？」

「われわれはどうとでもいたします。兄上さまおひとりがご無事であればわれわれの目的は達せられます。どうぞ、御身のことだけお考えください」

心配する足弱に、〈命〉があわてず騒がずいいふくめるように穏やかにいう。

その〈命〉のよこから、ひょっこり〈朝霧〉が顔をだした。右手に剣を握っているし、鎧も身につけている。しかし殺気立つことなく、いつも通り余裕のある態度だ。にっと笑顔をみせた。

「なあに、心配いりません。われらラセイヌ王国近衛軍。大陸最強の証をみせて帰国しますよ！」

老人や文官たちといっしょに〈朝霧〉も残るという。

「ほら、兄上さま、佐将が馬を連れてきましたよ。門を維持する時間もございます。急ぎご出立ください」

栗毛に乗った近衛軍佐将〈光臨〉が黒馬と騎馬多数と到着すると、人馬が入り乱れ、足弱は押し上げられて馬上の人となった。

セイセツ国の宮殿敷地内に残されていく人々をみおろせば、かれらは黒い巾や冠ののった頭を丁寧にさげていた。叩頭は表情を隠す。

置いていくのは足弱のほうだというのに、逆に足弱のほうが切り捨てられたような気持ちになった。おもわず目尻が熱くなり、唇がわななきそうになるがすぐにおさまる。

ぐっと唾を飲み込んでうなずいた。

(早く、レシェイヌと合流しよう。それで、残された者たちのことを伝えて、助けてもらおう。それが、一番早い方法だ。おれがここでぐずぐずするよりいいはずだ)

慣れた馬具に、初めての馬。黒馬なのはアルセフォンにちなんでだろうか。黒漆の杖は馬具に結んでもらい、足弱は手綱《たづな》を引いた。

「先導してくれ」

「は！」

佐将〈光臨〉の他に、精鋭の〈眺望〉たちも足弱を囲み、十数名が騎馬で同行した。馬と馬がぶつかりそうになりながら敷地を走り出すと、セイセツ国軍の槍も届かなくなる。

「殿下を留まらせるんだ！　さもないとまたわが国に病が降りかかるぞ！」

「殿下、お助けください、殿下」

どういった噂がふりまかれたのか、殿下と呼ぶ声は哀切な響きを帯びたものだった。

わらわらとでてくる兵士たちを避け、追い越し、引き離して長大な壁にくっついている門がみえてきた。

来訪したときに入った正門ではないようだ。

扉を閉じようとする兵士がいるかとおもえば、その兵士のなかから反転して行為を邪魔する者たちがつぎつぎにあらわれる。

足弱のいる騎馬の一行に投石しようとした兵士は、

背後にいた仲間の兵士に殴り倒される。

開門したまま維持された門をくぐった。

上下する黒馬の背のうえで、足弱は囮や侍従や文官や医師たち、おそらく潜伏《せんぷく》していただろう灰色狼たちすべてを置いて駆け抜けていった。

(みながこの国にこれ以上いてほしくないというなら、一直線に出ていこう。まっすぐレシェのもとへ行くんだ)

『死斑病《しはんびょう》』についてもオマエ草についても、今世王と合流してから考えればいい。セイセツ国上層部と国民へとでは対処もまた違うはずだ。

宮殿のある王都ケッサの居住区は整備されており、国内を横断する国道に似た幅広い道が敷かれていた。早朝からの騒音に都民たちは起床して家から外を覗いていたが、戦いだと察するのか姿をみせない。

足弱たち騎馬の一行は背後から馬蹄の音をききながら走り、都門の隙間を死守している近衛軍兵士に気づく。

「兄上さま……!」

一瞬、声がきこえた。

十数騎が駆け抜けると、重々しく何かが閉じる音が轟《とど》いた。

「追手を通すな」

「兄上さまを守れ!」

灰色の着衣は風をはらんではためいて胴体を打ちつづけており、背後から遠くきこえた声は、足弱の胸を打った。


ラセイヌ王族ラフォスエヌという身分に国外の王や上卿たちが頭をさげるように、その身分ゆえに事態はどんどん大きくなるように足弱は感じた。

朝日は騎馬の影を短くしながら昇っていく。

発汗する馬に馬具のうえからとはいえ、ずっとまたがっていると乗り手も暑くなってくる。

馬上で水の入った瓢《ひさご》を渡されて口をつける。

「替えの馬がある地点まで休まず進みます」

もし、この脱出行にアルセフォンを連れてきていたら、セイセツ国に愛馬をも置き去りにするところだったのだという考えが脳裏に浮かんだ。

あとで回収できたかもしれないが、名産地の馬だけにそのまま行方知れずとなる可能性もあっただろう。

(アルセフォンにまた会いたい)

山並みの向こうにみえる白い雲が馬の耳の形に似ていた。

セイセツ王国王都ケッサからのびる国道は、ラセイヌへの道。その国道を騎馬に囲まれて馬上運ばれていく足弱は、荒れた田畑を眺める余裕があった。

「国道というものはいいものです。自国でなくとも、こうして大きな目印となり、われわれと陛下をすれ違うことなく出会わせてくれます。もちろん、追ってくるセイセツの目安にもなっているのですが、この道をはずれるほどの不利益ではありません」

途中、馬の脚を休めるために速度を落とし、前後に偵察のため走らせた兵士の報告を受けた〈光臨〉が足弱の馬に並んでいった。

「逃げきれそうですか?」

「追手の妨害をしてくれている者がいるので、ケッサから軍が発するまで半日のときが稼げるでしょう」

「妨害というのは、〈眺望〉さんや〈水明〉さんがしてくれていたような……?」

近くにヤクと名乗って潜伏任務についていた〈眺望〉の小柄な背がある。

「さようです。セイセツ軍の馬具を壊したり、嘘の伝令を混ぜたりなど手を打ってくれているでしょう」

「国外にも、そういう任務のかたたちがいるんですね」

「病の件がわが国へ持ち込まれた時点で、何人か移動させたときいております。では、兄上さま、馬を替えますので」

国道から脇の道へ入り、小川がみえた。その川辺にある枝に白い布がさげられた家屋に近寄っていく。兵士のひとりが馬からおりて戸を叩くと、畑仕事にあけくれている風情の無精髭をはやした中年男と、頭巾をかぶった中年女がでてきた。

すぐに男は兵士を裏手に案内する。足弱が黒馬からおりたとき、男女ふたりは片膝をついて頭をさげていた。

「替えの馬を、ありがとうございます」

「とんでもございません。兄上さまのお役に立てて幸いでございます」

「どうぞご帰国まで油断なきよう」

このふたりが流行り病のある国にわざわざ潜入し、住民として滞在するという危険をおかしていることにいまさらながら心が揺れる。

「ありがとう。おふたりもラセイヌに戻ってきますか」

「はい、いずれ」

少し顔をあげたふたりは、揃って眩しそうに目を細めた。

今度の馬は栗毛だった。馬具と杖を移し替え、立ったまま水と軽食をとる。十二頭の馬たちは馬の行商人に扮する者たちが運ぶらしい。

ラセイヌ近衛軍佐将である〈光臨〉はその身分にふさわしい長い白い房を兜から垂らしていた。灰色の長い外套もひときわ立派だ。それらが目立つため兜から房をはずし、外套は丸めて馬具に載せて隠した。佐将格の灰色の兜も鎧も一般の近衛兵より多く装飾が施されているが、遠目ではわからないだろう。

灰色以外の色に着替える案もあったらしいが、早晩ラセイヌからの迎えと合流するので一目で仲間だとわかるほうがいいだろうという意見と、騎馬の集団で移動している以上、偽装しても目立つことは避けられないということで、着替える案は却下されたらしい。

効果の薄い目をごまかす着替えよりも速さを選ぶ、と。

灰色狼たちが事前にあれこれ思案して行動していることをきいて、足弱はもう、ただただうなずいていた。

新しい馬たちの脚は素晴らしかった。ぐいぐいと追いかけてくるだろうセイセツ国軍との距離が開く。しかし、中天にあった太陽が傾いたころ到達した王都ケッサと隣郡の境で、丸太や荷台で国道を塞がれていた。

さらに道の両脇から隠れていたらしい兵士たちが三十人ほど飛び出してきた。

「太守の私兵か!?」

剣を抜いて〈光臨〉が叫んだ。槍や剣を持った兵士たちは、セイセツ国軍兵士がつけていた鎧と色も形も違い、統一感のないばらばらなものだったが、指揮する者だけは鈍色《にびいろ》の艶の鎧に群青色の外套までつけていた。

「王都からの報せなく馬の集団で移動する怪しき者たちよ！　馬からおりて取り調べに従え！」

「ラセイヌへの早馬だ、邪魔をするな！」

「早馬にしては人数が多い、ラセイヌを騙《かた》る盗賊どもだろう、捕らえろ！」

「われらの前方を塞いだこと、後悔するぞ」

怒声と怒声で殴り合い、ついには声だけでなく武器同士がぶつかり合った。

技量と気迫が違いすぎるのだろう。馬の通れる隙間をつくると、その道を守るために近衛軍兵士が前後にそれぞれ立った。近寄ってくる太守の私兵を馬上から槍で一掃する。

「こちらに！」

「はい」

うながされるまま、足弱は遮蔽物《しゃへいぶつ》を避けながら走り抜けて国道を進む。

抜け道を守っていたふたりが後方に位置して私兵を捌いていく。

「先に行くぞ！」

〈光臨〉は部下にいいはなつと、騎馬一行は足弱を入れて十名となった。

「う、後ろのふたり、大丈夫、です、か……っ」

足弱は振り返り、よこに来た〈光臨〉に尋ねた。

「たかだか小国太守の私兵。精鋭中の精鋭であるわれらラセイヌ近衛軍兵士が遅れなどとりようもございません。あちらのほうが数が多いですので、何人か追いついてくるでしょうが、兄上さまには近づけさせませんん。どうぞご安心ください」

そう語る〈光臨〉は馬上でも背筋が伸びて、じつに頼もしい面構えをしている。ふてぶてしさは今世王の筆頭護衛である弟の〈黎明〉にも引けをとらない。

足弱はその物言いに安堵を覚えた。

さらには、前言通り後方から追いついてきた馬に乗った太守の私兵四人を、

「待っ、うは」

「あ……ぎゃはっ」

何かいうまえに、あっさり地面に叩き落とした。乗り手のいなくなった馬たちは国道をはずれて叢《くさむら》に向かった。

落下した私兵たちが小さくなり、振り返ってもみえなくなった。

「陛下のお迎えとは早ければ明日すぐにでも会えるはずです」

「そんなに早く、ですか」

「陛下が国境の陣地を出発されて二日。こちらの窮状をたずさえた使者は馬を替えながら一日で届けておりますので、われわれが一日分距離を稼げば、陛下のお迎えと明日には合流できる計算となります。きっと馬を走らせてこちらに向かってくださっているはずです。先遣部隊を送り出してくださっている可能性も高いです」

足弱と並走する〈光臨〉の推測に、足弱は励まされるおもいがした。

「早く会えればその分早く、ケッサで別れた者たちを助けてもらえますね」

「はい、兄上さま。気持ちは逸《はや》りますが、馬を労《いたわ》りながら確実に進みましょう」

「はい、〈光臨〉さん」

一行の主人である足弱が顔を明るくすると、かれを囲む面々にも気持ちが伝播《でんぱ》して肩から力が抜け、馬の歩みすら軽快になった。

足弱のそばから離れた〈光臨〉は、部下と馬を替える地点や休憩について話し合った。

✻

セイセツ王国の国道をひた走る人形《ひとがた》の影があった。

軽快と呼ぶには勢いがありすぎる驚異的な走行は、力強く地面を蹴ることのできる脚力からきていた。

体の前面から空気を裂き、風を流すようにして走っていく。前へ前へ前へ。もっと速く速く。

走り出したあと、疾走する時間が延びるごとに意識は研ぎ澄まされ、やがて、自身以外の焦燥感《しょうそうかん》に引っ張られるようにして混濁してきた。

(……ああ……兄上を、よくも……)

いますぐ行かないといけない。

なぜだろうか、すごく兄が怖がっているように感じる。焦りと恐怖と疲労に愛する者が苛《さいな》まれているように感じられて仕方がない。

(ラフォス、わたしのラフォス。すぐに、すぐに)

飛べないならば、飛ぶように走らないといけない。もっと力が必要だった。

眠らせていた力を起こす。逡巡は少しあった。しかし、必要なときに呼ぶべきものを呼ぶ。決断はするべきときにしなければ一生後悔するものだ。


「ぐ、ぅ……」

獣じみた声が漏れ出る。外套以外に、後方に引っ張られる力が増した。地面にたなびく影が、長い髪の分だけ増えた。

(まあ、あまり、美しくは、ない、なぁ……)

独楽《こま》のように意識がまわりつつ遠くなっていく、そんな隅でちらっとおもった。

同族たちが享楽に耽《ふけ》り、文化の花を咲かせ、怠惰に日々を送ることをよしとしてきたのも、こんな巨大な力など眠らせているに限るとわかっていたからだ。長い爪では愛撫もできず、鋭い牙では口づけもままならないからだ。

(あにうえ……)

地面のさらに奥へ落ちていくような冷酷な衝動。かというと、上空をかきまわすような苛立ちと憤怒《ふんぬ》。

全部この手のなかだ。

この異国の道をひた走る獣の手のなかにある。

それらの力を愛する者のために振るうことに、一片の躊躇は、もはやこの獣にはなかった。

第十八話　傾いた太陽

　中天にあった太陽がさらに傾いた。しかしまだ日はじゅうぶん高い。そんなとき、新たなる追手が斜め後方から近づいてきた。

　足弱は背に汗が流れていくのを感じた。

（もうちょっとだ。今日さえ無事に逃げきれれば、迎えと合流できる。〈命〉さんたちも助けに行ける。ここでおれが捕まったら話がややこしくなって……）

　おそらく、ケッサに残してきた者たちを人質にとられて脅され、大変困る事態になるだろう。しかしそれより、足弱の脳裏をよぎるのは、異母弟にして婚約者、さらには大国ラセイヌの王の感情だ。

（レシェイヌがきっと、すごく、怒る……）

　兄の気持ちを尊重し、さらに小国の苦しむ民にも同情を寄せて送り出してくれた弟の振る舞いを台無しにしてしまう。

　激怒した大国の王が小国へ悪感情を向ければどうなるだろう。その王が王朝を千年継続させる奇跡の一族の出身で、しかも異能の持ち主ならば？　兄には温顔しか向けない弟ではあるが、決断力や行動力がないわけではない。しかも国とは別に王族にだけ忠誠を誓う優秀な家臣を抱えているのだ。

　足弱としてはセイセツ国からの追手に捕まるのも怖いが、捕まってからのほうがよほど怖くなるのだった。汗で滑りそうになる手綱を、足弱は必死に握った。

　追手は遠目で六つの頭がみえた。黒い鎧に生成りの生地。セイセツ国軍の騎馬隊だ。

「あれだ！　ツェンのいっていた殿下だ」

「殿下、お待ちください！」

「どうか、わが国をお統《す》べください！」

「セイセツ国の国王となってください！」

　騎馬の男たちから薬草園でセイセツ国側の役人として紹介されたツェンの名前がでていた。その男たちは王都ケッサからの追手とは主張が違った。馬上の足弱は逃げながら内心首を傾げたが、同じ言をきいた灰色狼たちは殺気立った。

「ラセイヌの王族をどうこうできるとおもうな」

「意に染まぬことを王族に強制するな……ッ！」

抑えきれない憤怒が、手綱を握る近衛軍兵士たちから溢れ出る。目はぎらつき、機会があれば飛びついて黙らせたいとおもっていそうだった。

反対側からまた六騎が接近してきた。

馬術巧みな兵士なのだろう、一騎だけするすると馬を寄せてくる。右手には槍を持ち、灰色の騎馬の中心にいる足弱に狙いを定めてくるようだ。

足弱と敵兵とのあいだに、動揺も焦りもない小柄な〈眺望〉がすーっと入ってくる。左手に剣を持ち、右手で手綱を握って、左側にいる兵士に向かって振り抜いた。

「ぐあ！」

血飛沫は馬の速度に置いていかれて地面に散った。

敵兵は馬の首に上半身をもたれ離れていく。利き腕でもないのにあっさり追い払った〈眺望〉は、足弱の視線と目を合わせることなく後方に移動していった。

追手の騎馬隊たちとは半刻（一時間）以上も追い払ったり、追いかけられたりがつづいた。騎馬の数はこちらの倍、二十を越えている。

〈光臨〉は馬の脚を緩めてうるさい敵を一掃してから、馬を替える地点に向かう計画を馬上で立てた。倍いる敵でも勝てると踏んでいる。

足弱にたいしての主張が違う一派は、セイセツ国側の主な派閥とは違うらしく、いまいる騎馬たちを倒せば接近してくる追手は最後となるだろう、との予測だった。

（もう少ししたら、休める）

ふいに休みたい、下馬したいとおもった。それが、長時間の乗馬に疲弊してきた足弱の率直な欲求だった。

追手を振り払う切迫している状況なだけに、もちろんその欲求は口に出さずに飲み込む。

（もうちょっとだけ、がんばろう）

敵のど真ん中に足手まといになるからと進んで残った者たちのことを考えれば、がんばれるはずだった。

「兄上さま、大丈夫ですか」

右側を並走していた近衛兵に声をかけられる。どこかできいた声だ。

「え、ああ……」

大丈夫ではないが、大丈夫ではないことを伝えても この状況からすると一戦したあとでないと休めないこ とはわかりきっている。変に疲れていると伝えて近衛 兵たちを焦らせたくなかった。

「大丈夫、です」

舌を嚙まないよう短く返事をする。

そう、足弱は気力だけは大丈夫だった。

ラセイヌで宮殿内をアルセフォンで乗りまわしたと してもせいぜい一刻ほどだ。早朝のセイセツ国宮殿敷 地内での騒動から王都脱出、太陽が中天から傾くほど の長い時間の乗馬に、足弱は体力を削られ、それ以上 に右下肢が痺れてきていた。

足弱の体に合わせてつくられた馬具は、長時間の騎 乗を可能にはしてくれていたが、それにも限度があっ たようだった。

右足首から膝、太腿の付け根、腰、背中に、痺れと 痛みが這い上がってきて、右半身の感覚をいつしか奪 っていた。背中やこめかみを伝う汗は気がつくと、暑 さではなく冷や汗に変わっていた。

右足底の踏ん張りと、右手の手綱を握る実感が薄い。

「――あ……」

右手が手綱をつかみ損ね、右足が踏ん張りきれず、 足弱は右肩から馬にしがみつくようにして前のめりに 落ちていった。

「兄上さま!」

だれかが足弱に飛びついて、地面に頭から落下する のを防いでくれた。

ヒヒンッ! 嘶《いなな》きが響き、強靭《きょうじん》な馬の脚が入り乱 れ、土埃が高く立ちのぼった。

「踏むな!」「ぶつかるな!」「離れろ!」と警告と怒 号がいくつもあがる。

寸前に目を閉じ、どしんと落ちた振動に息を詰めた ものの、足弱には意識があった。体の右側に感覚がな くて怖くなる。自分を抱きしめるようにした兵士を下 敷きにして落ちた足弱は、耳のすぐそばで大きな声で 呼ばれ驚いた。

「兄上さま！」

「は、はい……！」

目を開ければ、そこには浅黒い肌に整った男臭い顔立ち。顔なじみの近衛軍兵士〈篝火《かがりび》〉の顔が間近にあった。険しかった眉が、足弱の反応を知るとやわらいだ。

「お怪我は⁉　立てますか」

足弱の乗っていた栗毛は近くにおらず、落下した足弱と近衛兵を、敵と味方が入り乱れて取り囲んでいる。

「殿下！」「兄上さま」「ご無事ですか」「〈篝火〉、よくやった！」「攻撃を控えよ」「ここで迎え討て！」喧《けん》噪《そう》と土埃のなか、うながされて立とうとしたが、足弱は右膝をついた。左手で右肩を押さえる。

「肩を打ちましたか」

足弱が退いて、ぎくしゃくと上半身を起こした〈篝火〉が尋ねてくる。実際は、下敷きとなった〈篝火〉のほうが打った範囲は広いはずだ。

右足に力が入らないのだと説明するまえに、足弱は落ちている槍に気づき、這っていって拾った。それを両手で持ち、左足と槍に力を入れて立ち上がる。振り返れば、〈篝火〉も右手に抜いた剣を杖にして片膝をついて立ち上がろうとしていた。

やけに周囲がよくみえることで、足弱はかぶっていた兜を落としたことに気づいた。

「兄上さま、こちらに」

「殿下！」

馬上にいた敵と味方が数人ずつおりて、足弱に向かってくる。

味方は足弱をかばおうと、敵は奪おうとして。

騎馬のままの者たちはすでに剣を抜いて、馬を操りながら威嚇し、武器を打ち合わせている。砂で汚れた足弱は、右足を引きずり、槍を杖にして近衛兵について行こうとした。

「ラフォスエヌ殿下、殿下さえ留まってくだされば兵士たちの助命をお約束いたします」

「黙れ下種《げす》ども！」

「われらの命をすべて奪ってからいえ」

「そら、仲間がどんどん減っていくぞ。助命嘆願は自分たちのほうだろう！」

近衛兵のいうように、技量の差は歴然としていた。倍ほどセイセツ国側の騎馬が多かったのに、同数になろうとしていた。

「殿下、お力をお貸しください。この疲弊した国をお救いください。わが国に王族を」

「勝手ないいぶんを叩くその口を、閉じてやる！」

「笑止！　くびり殺されたいか」

「許しなく王族に触れるな！」

混乱のなか複数の足音が、足弱の背後に近づいてきた。

「兄上さま、お逃げくださいっ」

片膝をついたままの〈篝火〉の叫びがきこえた。

槍にすがって立ちながら、足弱の頭のなかは冴えすぎるほど冴えているのに、目の前が白く焼けてチカチカしていた。

（こ、こんなときこそ剣を）

引退していた老兵〈歳月《さいげつ》〉までも引っ張りだして先生にして、願って剣術稽古を重ねてきたのは何のためだ。わが身を守るため。どうしようもない状況での一助にするはずではなかったか。

ただコクの背にかばわれていただけの自分から脱却するためではなかったか。

足弱は槍を杖としてではなく、せめて武器として構えようと、姿勢を揺らした。ここまでの逃避行でその肝心の剣を携帯していなかった。使える武器は手にしている槍しかない。

「で、殿下、こちらに……っ」

背後から荒々しく肩をつかまれたとき、何かとてつもなく速くて物騒なものがセイセツ軍兵士たちの真ん中に飛び込んできた。

ドゴォ……オォン！

巨大な何かが落下してきて地面をえぐったかのような大きな音がして、一拍後、ドサドサドサッっと土砂が足弱の背に飛び散ってきた。

「ぎゃあ!?」

「ぐあぁ」

何か重たいものが倒れる音や悲鳴がつづき、飛散する土塊《つちくれ》は馬が立ててのぼらせた土埃の比ではなく、太陽さえ隠すほどだった。

「兄上さまぁ！」

足弱と、足弱を助けようと正面に駆け寄ってきていた近衛兵は、天から降り注いだ土砂をかぶっていた。

「お、おれなら、無事です」

肩で息をしながら、砂の勢いに負けて片膝をついていた足弱は振り向いた。

その足弱の視界に飛び込んできたもの。

黄金色をしていて、足首まである外套をなびかせていた。

一度しゃがんで立ち上がった黄金色の人の形は、まだ立っている敵兵の列に跳びかかった。易々と薙ぎ倒す。

さらに息もつかせぬ早業で、馬で逃げた敵騎兵を追って走り抜けた人の形は、馬の尻に跳躍《ちょうやく》すると、枝から果実をむしりとるようにして乗り手を放り投げた。

「あああああっ」

「ぎゃあ！」

落下した敵兵が逆走して逃げてくると、それを追って、その黄金色の姿がよくみえるようになった。

中天から傾いた太陽の光を集めて、動くたびに全身が煌《きら》めいていた。兜も籠手《こて》もない黄金の鱗の鎧。腰に剣を帯び、表地が真っ白で、裏地が真っ赤な外套をまとっている。この場にいるはずのない長身の青年の姿。

国境で別れたときより髪が伸びていた。緩やかに波打つ金髪が、肩を越え、背中の半ばすら越えて腰近くまで流れている。足弱はこれほど髪の伸びた姿をみたことがなかった。

髪の長さは違う人物だが、その白い顔には見覚えがある。しかしその形相《ぎょうそう》はみたことがない。無表情ながら両目は吊り上がって、その瞳は息を呑むほど青く爛々《らんらん》としていた。動物が獲物を狙う、獰猛な輝きだ。

足弱も、近衛兵たちもことばをなくして立ち尽くした。

あきらかに、どうみたとしても——足弱にとっては異母弟であり、灰色狼にとっては主人である今世王だ。そうだと認識するのに、出現の唐突さと異様な雰囲気にことばがでない。

　足弱はことばがでないだけでなく両足がすくんでいた。

「陛下……！」

　どうにか〈光臨〉が声を絞り出した。それに釣られたように部下たちも声を発する。

「陛下」

「どうして」

「陛下、ご無事ですか。その御髪《おぐし》は……」

　走ったまま戻ってきた今世王は剣も抜かず、近衛兵たちの声に反応せず、長髪をなびかせ、咆哮《ほうこう》を上げた。周囲にある金具がガチガチガチッ！　と激しく鳴り、地面が小さく鳴動した。

　今世王はその勢いのまま、馬を失い地上で剣を構える十数人いるセイセツ兵士たちのなかに突入していく。まるで突風のような鋭く強い素早さで、後塵を拝した地では小さな竜巻すら起こった。

「わあああ！」

「なんだこいつは!?」

　敵兵たちもその人物の異様さに動揺の声をあげ、剣だけでなく小型の盾を拾い上げて構えた。数で囲んで迎え討とうとする。

　今世王は獣のような俊敏さで跳ね上がり、盾と兜ごと敵兵たちを蹴飛ばした。それだけでは足りぬとばかりに、倒れた敵兵の片足を片腕だけで持ち上げ、ゆっくりと振りまわし始めた。

「ひいい……！」

　セイセツ軍兵士は槍や剣を振るうが、握力と俊敏さが違う。まったく歯が立たない。

「に、逃げろ！」

「助けてくれ！」

　風が起こり、遠くの喬木《きょうぼく》がざわめく。照っていた天上からの陽光が弱くなった。戦場に目を奪われていた足弱は顔をあげた。

（……ああ……レシェイヌ……何する気だ）

　なぜだかそれが弟の仕業《しわざ》におもえた。空がどんどん曇ってくる。

　近衛兵たちは足弱を守るように下馬して集まり、今世王の驚異的な戦いをみていた。どう手出しをしていいのか佐将も判断がつかないようだった。

「……陛下がお怒りだ。御身をあれほど激憤させて」

「お体は大丈夫だろうか」

つぶやかれるのは主人を気遣うことばのみ。

「たったひとりだぞ」

「化け物だあああ」

「逃げるな！」

「それより殿下を」

意を決した数人が、逃げ腰の隊から突出してきて、足弱たちに迫ってくる。なんとか逃げていた騎馬三頭も、大回りして足弱たちの背後にまわろうとする動きをみせた。

足弱のそばにいた近衛兵たちがさっと体勢を整え、迎え撃つ構えをとる。

ビキ、ビキビキと、嫌な音が周辺に響いた。地の奥底から把握できないほど巨大な何かが動いている音がする。

ゴゴゴゴ……。

そうかとおもうと、地面に亀裂が走ってへこみ、接近してこようとしていた三頭の馬が倒れた。

もう、だれも声を発しなくなった。

強風が吹いた。地面に落ちた木製の武器が動く、足弱の前髪が巻き上がる。落ち葉と砂が宙を舞う。馬が暴れ、嘶く。

転変した自然に、その場にいる人々はまるで儚《はかな》い存在であるかのように立ち尽くした。追撃しようとしたセイセツ側の兵士の足も、足弱を守ろうとする近衛軍の足も止まる。

足弱は踏みしめた大地から大きな振動を感じた。足下をみれば、影が薄くなっている。振りあおいだ空にはさきほどより雲が集まっていた。

足弱に近づこうとした敵兵たちを睨みつけていた今世王は、何か重いものでも持ち上げようとするかのように、右手の指を獣の爪のように曲げて、ゆっくり、じりじりと低い位置から上昇させていた。

白と赤の外套がつぎつぎに色を入れ替えるようにせわしなくはためく。

今世王の力を溜めるかのような腰を落としたその体勢、その足下にだけ風が円を描き始めていた。何かを鷲掴みしているような右手の指は、爪が伸びているのか光っているようにもみえた。

風が真下から発生し、乱れた黄金色の前髪のあいだから覗く両の目が、絢爛《けんらん》とさえいえるほど青く鮮やかに光り、見る者の胸に畏怖《いふ》を抱かせる。

足弱は、その目をみて肌を粟立《あわだ》てた。両足は大地の振動で揺れるだけで、縫われたように動かない。

初めてではない。あの両目。みたことがある。

——本能に突き動かされているような、獣の目。理性がなくなり、貪り食らう。

足弱は、夜に沈む広大な宮殿で追いかけられ、閉じ込められて、囚われた。そのあとは、欲望のままに貫かれてその身を裂かれ、血を流した。

「兄上さま、頭を低く」

地面が揺れ、風が強くなり、近衛兵士たちも立っていられなくなり、足弱をかばうようにして伏せた。今世王の咆哮《ほうこう》と、鞭《むち》がしなるような強風の音と大地の地響きが同時に起こった。

真昼間に空が翳《かげ》り、地が揺れ、土埃と飛礫《つぶて》を舞い上げた風が荒れ狂う。

どれほどじっとしていただろうか。うわあ、ぎゃあ！　というセイセツ国の兵士があげたであろう声が遠い。伏せた体勢から状況を知りたくて顔だけをあげれば、国道に沿って大地に黒い底なしの染みができていた。

風の勢いが弱まると、その黒々とした帯の向こう側に、敵兵たちがいる。

その帯は、味方と敵のあいだを別《わか》つように横切っていた。巨大な筆に墨汁をたっぷりつけて線を引いたようだった。

「溝か……？　ごほっ」

「いや、亀裂のような」

「地が割れている。深そうだ」

むせたり、咳をする者もいたが、足弱と同じように様子をうかがう近衛兵たちが声を潜めて会話を交わす。

「亀裂は、ケッサの方向につづいているぞ」

「なんという御力だ。陛下はご無事か」

亀裂は足弱を挟んで近衛兵と敵兵が揉み合っていた地点から発して、四方八方に広がっているわけではなかった。ただ一本、国道中央を走るように王都ケッサの方向へ進んでいる。

微風となり、近衛兵たちは片膝を立て上体を起こした。右手にはしっかりと武器が握られている。足弱も天変地異が信じられず、両手をついて上半身をあげる。肩や腕から砂がこぼれ落ちていく。

手の平に感じた砂地は熱をもち、微弱ながらいまだ振動を感じた。それは、おさまることができない今世王の怒りのようにおもわれた。

第十九話　無言の再会

背後から馬蹄の音が近づいてくるのをききながら、足弱は鈍く反応した。敵か味方か。本来ならもっと俊敏に動かなければならない状況だが、目が前方から離れない。

「どうなっている⁉　〈光臨〉、報告せよ！」

よく通る、声まで男前だとわかる発声の主は近衛軍将軍〈青嵐〉らしかった。

「将軍、兄上さまはご無事です！　陛下はあちらに！」

茫洋とした境地から戻ってきていない足弱とは違い、さすがの佐将〈光臨〉がいい返している。

「陛下！」

「ああ、陛下」

「兄上さま」

すぐそばまできた馬蹄はやけに猛々しく、馬も人も複数だった。味方が到着したんだと、しかもそれは将軍〈青嵐〉で、頼もしい精鋭を引き連れているのだとわかるのだが、感覚が麻痺したかのように喜びも恐怖も感じられなかった。衝撃で感情が水底に沈んだかのように足弱は浮上できないでいた。

「陛下、どちらへ⁉」

足弱の視界に入ってきた大きな背中は、今世王の筆頭護衛を務める〈黎明〉だった。つねにない大きな声が、この場の緊迫感をあらわしているかのようだ。

刻まれた大地の亀裂と、引き裂かれた国道に沿うようにしてセイセツ国王都へ向かう今世王の遠ざかる背中。はためく白い外套がみえた。

進むさきには、逃げ遅れたセイセツ国軍の兵士たちがいた。あっとおもう間もなくふたたびそれらを蹴散らし、倒れ伏す敵兵たちが遠くに望める。

つぎに今世王は長髪をなびかせて深い亀裂の谷をひとっ飛びして対岸に移動した。足弱のそばにいた近衛兵たちはひゅっと息を呑んだ。

まったく危なげなかったが、常人であればああも楽々と飛び越えられる幅ではないだろう。成人男性の背丈ほど幅がある。あれを跳ぶには、助走と勇気が必要だ。

あちら側にいた敵兵たちは、亀裂を遠回りして足弱を攫《さら》う動きをみせていた者たちだ。今世王はいっそ無造作なほど敵兵士たちのなかに突入していく。

（ああ……。おれを、守って、くれている）

今世王の行動はそれに尽きる。兄の周囲からひとりも残さず徹底的に敵を排している。その力のまえでは、敵兵たちの振り上げた剣も槍も、ただの棒切れのように頼りない。

「ひいっ」

「うわあ！」

叩きのめされ、たったひとりに崩壊させられていく。

「お許しを！　もう殿下は諦めます！」

「お助けください」

「命令で、命令で仕方なく！」

まだ動ける敵兵士が声をあげ、武器を放って逃げていく。今世王が咆哮をあげると、地響きが起こる。ばらばらと亀裂の奥に砂塵が落ちていく。

敵を残らず叩き伏せていた今世王が、王都方向へ逃げようとする兵士ひとりに気づいて、助走もなくいきなり疾駆《しっく》していく。

それほど逃走距離が稼げていなかった兵士はあっけなく倒された。もはや立つ者はいない。

そこまで絵巻か何かのように傍観していた足弱の左右から、馬に乗った灰色の鎧を着た近衛兵たちが走り出していた。近衛軍騎馬隊は、今世王のまえにまわり込んで下馬し、しきりに声をかけた。

「陛下どうか、一度足を止めてください。もはやこの場に敵兵はいません。セイセツ国王都へご進軍であればそのようにご下命を」

「無礼なセイセツ国への天誅《てんちゅう》は、われら灰色狼にお任せください。われら一族は、そのための存在です」

今世王は疾走する足を緩め、敵を見定めるかのようにゆったり歩く。

主人のもとへ走った騎馬隊に釣られるように、足弱を囲んでいた近衛兵たちもじわりと歩を進めた。

足弱も周りに同調して膝と両手を地面につけた体勢から立ち上がろうとするも、ただ、手が空を泳いだだけだった。その両腕を両脇から支えられ、ぐいっと視界が上昇する。

「陛下のもとへ行かれますか」

右に佐将〈光臨〉がいて、左に凄腕剣士の〈眺望〉がいた。足弱はふたりに持ち上げてもらい、右足をずるずると前方にだすと、ようやく縮こまった体を進めることができるようになった。

「レ、シェ」

声を絞り出すが、今世王はゆっくりとだが歩みを止めず、足弱の足下はよたついていっこうに追いつけない。

「兄上さま、失礼いたします。おい、兄上さまを支えろ」

そういうと、〈光臨〉が足弱を背負う体勢になった。両脇、背中から補助があって足弱は背負われ、〈光臨〉は足早に目的地に駆けていく。

足弱は高くなった位置から改めて地面を見渡した。亀裂は国道上をまっすぐに王都ケッサへ進んでいる。その亀裂の始点となる縁沿いを右側にして今世王の背中を追う。大きく深く長い地面の傷痕。これをつくりだした今世王は、いまどんな状態なのか。

足弱は〈光臨〉に背負われながら、あの光る青い目をおもいだしてぞおっとした。後頸部から頭頂部あたりの髪が逆立つようだった。

「陛下、陛下！ 兄上さまはご無事です！」

追いついた〈光臨〉が声をかける。足弱ももう一度、必死に声をだした。

「レ、レ、シェ……！」

それでも今世王の足は止まらなかったし、ことばを発しなかった。なにより足弱を一瞥もしないことが不可解だった。

その事実に、ラセイヌ近衛軍騎馬隊は息を呑み、静まり返った。

「ああ、下種愚劣なセイセツ国め。兄上さまの薬草を分けてもらえるだけで、ありがたくおもっておけばいいものを。陛下をこれほど怒らせるとは……！ 陛下はこのままケッサを目指すのかもしれない。おひとりで行かせるわけにはいかない」

やがて、今世王を囲うようにして歩いている将軍〈青嵐〉が悔しそうに吐き捨てた。

「将軍、どうなさるおつもりですか」

足弱を背負っている佐将がいう。

「兄上さまがご無事ないま、まずは陛下に正常な状態に戻っていただくのが急と考えるが、どうだ？」

「はい。わたしもそのように考えます」

「〈光臨〉と〈眺望〉、〈破竹《はちく》〉〈野焼《のや》き〉〈篝火〉はそのまま兄上さまの警護だ。それ以外の者たちは――命令！　陛下の進行を邪魔し奉《たてまつ》る！」

「応！」

足弱は、本当ならここで自分がまずさきに今世王にもっと声をかけ、なだめるべきだとおもいながら、積極的に接することができなかった。

正直、言語を発しない今世王のいまの不気味さが、いよいよ獣じみているとおもわれて、怖くて体が無意識に硬直してしまっていた。身長は平均的ながら鍛えている〈光臨〉の背中にしがみついているのがやっとだ。

足弱が心身ともにすくんでいるあいだに、作戦は実行に移された。

まず、この場にいる近衛兵たちのなかで一番大きな筆頭護衛〈黎明〉が今世王に体当たりして、吹っ飛んだ。

つぎに丸形盾を構えた近衛軍兵士たちがつぎつぎに立ち塞がったものの、かれらも吹っ飛ばされていく。

「陛下」

「今世王陛下」

「われらが王よ」

けして剣を向けない近衛兵士たちが、押し返され、吹き飛ばされ、蹴倒されながら今世王を囲んだ。

かれらは何度も何度も地に投げ飛ばされ、転がされても立ち上がり、ケッサを目指す今世王のまえに立ち塞がった。亀裂に転がり落ちるような無様はさらさないものの、きれいな灰色の装備が、誉《ほま》れ高き近衛の鎧が薄汚れていく。

「陛下」

「危険です」

「このような国、われらだけで滅ぼしてみせます」

「陛下」

どれだけ砂まみれにされようと、今世王に訴えることばは切々としていた。

体をあずけている〈光臨〉の体も強張り、拳は固く握られて震えている。警護のために左右に残された近衛兵たちも、王の歩みを止めようとしている仲間を食い入るようにみている。

足弱は背後から〈光臨〉に抱きつきながら、涙ぐんでいた。

灰色狼の振る舞いに、フウシャの城で近衛軍がみせた忠誠や、日頃の穏やかで甘えた顔をする今世王をおもいだし目頭が熱くなっていく。

(もうだめだ。止めないと。こんなこと、おれが、止めないと)

そんな想いがぐんぐん湧いてきて、恐怖で委縮していた心身を突き動かしていく。もぞりと両足を動かした。

「兄上さま?」

「近づいてくれ」

かすれた声でそういえば、意味を汲みとって〈光臨〉が進む。

こちらの動きに気づいた将軍〈青嵐〉が、今世王の囲みを開けさせた。その今世王の背後まであと五歩と迫り、〈光臨〉の支えていた手が離れ、足裏に固い地面を感じた。倒され、転がされる同僚たちをただじっと見守ることしかできなかった護衛の精鋭たちが、足弱の行動を察して手を貸してくれる。

無骨な手を握り、足弱は大きく深呼吸した。近衛兵の盾を叩き割っていた今世王が本格的にふたたび走り出そうとしているようにみえた。それに気づいたとたん、足弱は支えの手を振りほどく勢いで、自力で今世王に走り寄った。

感覚のない右足が膝から地面に落ちようとするまえに、体を左側に無理に傾け、残り五歩を縮める。

見慣れない金色の長髪が、白い外套に波打ち流れ落ちている。

「レシェイヌ!」

今世王の背中に、はっきりとした声をかける。

前方を睨んでいたのだろうその鋭い視線が足弱を襲う。もう手が届きそうな距離で射竦められる。

「レ――」

重ねて呼ぼうとした名前は、舌が凍って止まった。

眼光の鋭さそのままに興奮冷めやらぬ様子で、呼応するように大地に小さな裂け目が走り、いま一度大きく風が吹いて、落ち葉が舞う。

美しい獣が目の前にいる。

青く鋭い苛烈《かれつ》な視線にまっすぐ見据えられて、足弱は全身が粟立った。

宮城で手を借りて階段をのぼりおりし、何をするにも侍従に世話をされている貴人とはおもわれない殺気。野生の生気に溢れ、凶暴さで研ぎ澄まされた剣のような、今世王の間違いなくある一面。あの夜の宮殿でみた一面。

「レシェイヌ」

目をみて、名前を呼んだ。

「ラセイヌに帰ろう」

ああラセイヌ、安寧の地よ。

わが大地、われらが大地よと、名付けられた国。

「迎えに来てくれて、ありがとう」

今世王はぴたりと足を止めた。ついに止めた。足弱を目に留め、他はもう映すまいとするかのように視線が動かなくなる。

王都ケッサの方向以外を目にして足を止めるという意思表示した今世王に、足弱はどっと脱力した。

(止まった――)

嬉しさと安堵とで、右足を左足で支えきれなくなり、足弱はついに右膝からがくりと姿勢を崩した。

目の前に金髪の長髪が広がり、両腕をそれぞれつかまれた。

「あ……」

黄金の鱗鎧を身に着けた、神々しく眩しい今世王が、足弱を正面から支えている。

吊り上がった目の険しさは完全には消えていない。青い瞳に苛烈な色が残る。宮殿に住まう麗しい美貌が、冷たいほど熱く冴え冴えとしていた。

「レシェ、おまえ……」

そんな状態でも、支えてくれるんだな。長い爪が足弱の腕に食い込まないよう加減までしてくれている。そのことに気づくと、足弱は泣き笑いのような表情を浮かべた。

王が足弱をみて、それ以上セイセツ王都へ向かわないとわかると、近衛兵たちの囲みは広がり、盾はおろされた。今世王の暴走を警戒してか、すぐそばに〈眺望〉と〈黎明〉が控える。

その輪の外で近衛軍将軍と佐将が段取りを相談しはじめる。

「倒れている敵を縛り、馬を使って大臣が率いてくる軍に連絡を送ることにしよう」

「この天変地異の影響で、ケッサからの追手が遅れるといいのですが」

「おふたりを休ませるか、馬に乗せてラセイヌに向かうほうがいいか」

「それはラセイヌに向かうほうが……」

近衛兵がひとり、馬に乗ってラセイヌ国軍が進んできているだろう方向へ送りだされていく。

「……レシェイヌ、支えてくれてありがとう。きこえているか。大丈夫か」

目の前の弟以外の気配や会話を意識の一部でとらえながら、足弱は呼びかけていた。今世王はおとなしくなったものの、いまだ両目は爛々として、人語を忘れたかのように口を開かない。

足弱を引き寄せ、腰に腕をまわしてくるが、強く抱きしめてくることもなければ、頬を擦り寄せてくることもない。

ずさずさ、どさ……。亀裂の側面から岸壁が剝がれ、大きな音を立てて落ちていった。場はしばらく静寂に包まれた。

その静けさを大きなざわめきが破った。

「おもったより早く追いついてきたな」

〈青嵐〉の声に、足弱はとっさにセイセツ国軍かと悪い想像を呼び起こされたが、音は背後から、ラセイヌへとつづく方向からきこえてくる。

「――味方だ」

逃避行は終わりを告げることとなった。

先行した今世王。その背を追った騎馬隊。部隊を追ったラセイヌ国軍と残された近衛軍の合同軍が、主人のもとに集結した。

陽光は勢いを弱め、影の長さばかりを稼いでいる。

急遽、大型の天幕をひとつ張り、王付き侍従たちの手を借りながら足弱はそのなかに今世王を誘導した。中央の椅子に座らせて残し、足弱はひとり外にでようとした。そのとたん、今世王は立ち上がって足弱を追ってきた。

「おまえはここで着替えて、伸びた髪と爪を切ってもらえ。湯できれいにしてもらって休め。おれもすぐ戻る。ちょっと外で話し合いたいだけなんだ」

そう語りかけふたたび椅子まで誘うと素直にいうことをきいてくれるのだが、天幕をでようとすると付いてこようとする。

そんなわけで、天幕内に衝立を並べて三分の二を今世王の湯浴みや身だしなみの場にあて、残り三分の一に椅子や敷物を置いて会談の場をつくった。

今世王が着替えるついでに足弱も着替えさせてもらう。後続の近衛軍内にいた御匙の〈巻雲《まきぐも》〉に右足の手当てをしてもらい、オマエ草を煎じて飲んだ。そして、どこからともなく木製の杖があらわれ、手渡された。なじみのない手触りが、手元にない黒漆の杖の喪失感を増加させる。

「馬に積まれたというお杖は探しておきますので、それまでこちらをご使用ください」

「ありがとう」

木製の杖を差し出してくれた王付き侍従の〈小鳥《ことり》〉に礼をいう。

入口と衝立のあいだに王の筆頭護衛〈黎明〉が立っていた。

「お待たせしました。何か動きはありましたか」

灰色の軍装から、若草色の上下と薄い黄色の上着に着替えた足弱が上座につくと、外務大臣カミウルと近衛軍将軍〈青嵐〉は膝をついて頭をさげた。

「いえ、動きはまだございません。それを探るケッサへの偵察隊は手配済みです。王都とセイセツ国軍の動き、残されている者たちの情報をつかみしだいつぎつぎ戻って参ります」

　答えたのは〈青嵐〉で、砂で汚れていた顔は足弱を待っているあいだに拭ったのかきれいになっていた。

「ケッサに残してきてしまった者たちをすぐに迎えに行きたいけれど、いまのレシェイヌを連れて行っていいのかどうか」

「それは……お止めになられたほうがよろしいかと存じます。国道に刻まれた陛下の爪痕。よほどの激情を爆発させたかと察せられます。いまだおことばを発することも叶わないのであれば、陛下のなかで激昂した余韻があるのやもしれません。その状態の陛下が、ケッサを眺めれば、鎮《しず》まるお気持ちも鎮まりませぬでしょう。ここは一旦セイセツ国をでて態勢を整えることを提案いたします。その一方で、わたくしが外務大臣としてセイセツ王都へ捕虜解放を命じる使者を正式に送ります」

　直接話したことはほとんどないカミウルの人の好さそうな丸みのある風貌をみつめながら、その語るところを、足弱はうなずきながらきいた。

「この地はケッサから一日もかからぬ距離にあります。こちらの兵士の数が増えたとしても襲撃を受ければ陛下と兄上さまを守りながらの戦いとなります。万が一のことがあってはなりません。できるだけ早くラセイヌに戻ることをわたしも提案いたします。随時セイセツ国の情報を集め、速やかにおふたりを安全な地へお運びしたい。陛下と兄上さまには馬車に乗っていただき、今夜は夜通し軍を走らせ、朝に少し長めに休憩をとり、またすぐに出発して、国境までこの調子で強行することを想定しております」

　大臣につづいて〈青嵐〉がセイセツ国の情報を仕入れながらまっすぐ帰還することを申し入れてくる。

「おふたりのおっしゃる通り、一旦帰国しましょう」

　足弱は同意した。ふたりの顔に安堵の色が浮かぶ。残してきた者たちの安否は心配だが、全体の采配をとるべき今世王があの状態で、どこまで決めていいのか判断に迷う。

今世王が決定をくだせない状態のいま、国政に関することはこの場でカミウルが権限を次点で持ち、王族の安全に関する権限は〈青嵐〉が次点で持っていた。そこに王族ラフォスエヌが賛同することによって、三者の意見がまとまって両軍を同じ方針で動かせることになった。

もしここで足弱が、ケッサに向かう救出隊をいますぐ編成せよと命じれば、近衛軍はまず逆らえない。近衛軍を組織している灰色狼一族の主人は王族であり、王族の族長である今世王が意思を明確にあらわせない現在、王族の残されたもうひとりである足弱の意思が優先される――と考えられる。

明らかに王族の命が危機にあるという場合をのぞけば、灰色狼一族は王族の命令を実行する。

実際、足弱から編成を命じられれば〈青嵐〉は熟考を余儀なくされただろう。

足弱は無茶な決断をできる身の上であったが、そんな発想は起こらず、ふたりの提案を道理だとおもい、未練を残しながら受け入れていた。


疾駆した黄金の王の身を心配して忙しなく行軍してきた兵士たちに休息を半刻(一時間)ほどとらせた。

今世王は髪も爪も以前の長さに戻り、黄金の鱗鎧姿から白い寝巻きに青緑の夜着を重ねた姿で衝立からでてきた。まだ青い瞳は鮮やかすぎるほど爛々とし、白《はく》皙《せき》の顔は表情が動かない。感情が抜け落ちているという風情でもないが、通常の状態には戻っていない。

会談後、おにぎりをほおばり羹《あつもの》をすすって腹ごしらえをして待ち構えていた足弱は出迎えた。

「レシェ、湯ですっきりしたか? 将軍と大臣と相談して、一旦ラセイヌに帰ろうって話になったんだ。おまえも賛同してくれるといいけれど、どうだ? 反対か?」

近づいて話しかけても、足弱の黒い瞳をみつめ返すだけで他に意思表示はない。

「……それじゃあ、レシェも一旦帰国に賛同しているって解釈しておくな。もし、違う考えや指示や命令があったら伝えてくれていいんだからな。腹空いているだろう？　おれたちは馬車に乗って帰るから、そのまえに何か食っておけよ」

足弱は今世王の腕を引いて、自分が腰掛けていた椅子に座らせる。王付き侍従たちが足弱も口にした羹を運んでくる。これから日が暮れてくるが、馬車に乗って移動することになる。

今世王の食事風景を、円卓の向かいに座って眺めていると、天幕の外からざわめきがきこえてきた。〈一進〉と目が合うと、王付き侍従長が部下の〈小鳥〉を外にやった。

それから事態はばたばたと進んだ。

〈小鳥〉はしばらくして近衛軍将軍〈青嵐〉と、ケッサからの脱出行で別れたきりの緑園殿副官〈水明〉、兄付き侍従〈温もり〉〈吟声〉といっしょに戻ってきた。三人の灰色衣装は黒色に替えたかのようにぐっしょり濡れていた。

「みなさん、無事でしたか!?」

〈水明〉と侍従たちは足弱に頭をさげたが、まずは足早に今世王の足下に控えた。

天幕に入ってきた面々は食事を終えて座っている今世王のまえに膝をついた。

「陛下、〈水明〉以下三名、御前に戻りました」

事前に今世王の状況を教えてもらっていたのか、三名は挨拶《あいさつ》だけして、今度は足弱のまえに膝をついた。

「兄上さまもご無事でなによりでございます」

代表して〈水明〉が喋った。いつものしゃがれた声が妙に懐かしい。

「戻ったのは、この三人だけですか」

「いまは、そうです。他にも遅参する者たちはいるでしょう。しかし多くは宮殿で捕らわれたかと」

「そうですか。みな……濡れていますね」

逃げてくる際に川にでも入ったのだろうか。

「脱出する直前に大雨が降ったのです。大変な勢いで、その雨のお蔭で逃げ出せました」

話に区切りをつけると、兄付き侍従のふたりが足弱の足下の床に頭をこすりつけた。

「ふたりとも、顔をあげてくれ」

「つねにおそばにおらねばならない側仕えですのに、離れてしまい申し訳ございません」

「兄上さま、ご不自由はされませんでしたでしょうか」

仰首した〈温もり〉が端整な顔を歪めて謝罪すれば、〈吟声〉はそれが心配だったとばかりに口にした。

まさに自分専任の側仕えが戻ってきてみると、足弱は全身から力が抜け倒れそうになった。疾駆した馬で敵から逃げ、異母弟が王族の異能で地を割って、いまだ元に戻らない――非日常に遭って、もはや日常と化していた見慣れた侍従たちの顔と、どことなく平和なことばに、足弱はかならずまた日常が戻るのだと信じられる気がした。

その後、カミウルも天幕に入ってきて、脱出してきた三名と将軍、足弱で情報の交換をした。円卓を挟んで、椅子に座る足弱の向かいに今世王もいたが、一度も口を挟まなかった。ときどき、目を閉じて耳を澄ませているような仕草をしたが、それだけだ。

けぶるような金色の睫毛《まつげ》が白皙の頬に影を落としていた。

第二十話　ひとり暑い

用意された馬車には、足弱と今世王のふたりだけが乗った。

これは今世王の居住用箱型の四頭引き馬車だった。布団が敷かれていて、王族が眠っているうちに近衛軍と国軍が松明《たいまつ》を掲げながら国境を目指して行進する予定だ。王付き侍従と兄付き侍従は、手分けして王族の馬車の御者台に便乗して控えているという。他の面々は、違う馬車に乗って付いてくるそうだ。

「兄上さま、何かございましたらお声をかけてくださ い」

〈一進〉に耳打ちされ、深くうなずく。手燭の明かりがひとつだけ枕元に置いてある。

寝巻きに着替えた足弱は、ふかふかの綿敷布団のうえにかぶせてあるさらさらの敷布に腰をおろして両足を伸ばしていた。とくに右下肢全体はオマエ草軟膏を塗った布を貼りつけてあるので曲げることができない。

「レシェイヌも布団に入れよ。疲れただろう。明かりを消すから、もう、寝よう」

時刻はいつもなら夕餉をとるころ、日はまだ沈みきったとはいえない。ラセイヌ軍は王族もふくめて軽く食事を済ませていた。

「陛下、兄上さま、出発します」

「お願いします」

馬車の外からの〈青嵐〉のことばに返事をすると、号令が全体に伝わり、王族の乗った馬車も動き出す。

今世王は足弱のすぐそばに胡坐《あぐら》をかいた。左手を伸ばし足弱の手のうえに手を重ねてきた。それは、まったく力の入っていない、羽根か何かのようだった。自身の力を恐れているかのような触れ方だった。

（何が、足りないんだろう……）

こうして寄り添えるほどなのに、どうして今世王は無言なのか。いつもの今世王はどうして戻ってこないのか。

足弱に勧められて今世王はよこになった。明かりを消し、足弱もよこになると、あっとおもう間もなく寝てしまった。馬車の揺れが止まっていると意識して目が開いた。

「あ？」

闇に慣れた目が、戸の隙間をみつける。隣には今世王が寝ているらしき塊《かたまり》がある。足弱は四つん這いになって戸口まで這っていった。

「だれかいますか」

「はい。〈見晴《みはらし》〉がおります」

「馬車、止まっていますよね」

「はい。小休止に入っております。出発からは一刻(二時間)経っております」

「そうでしたか」

それから戸口から外を覗き、茶を入れてもらった。日は暮れて、星々がみえる。

王付き侍従の〈見晴〉は、侍従長の〈一進〉より年上でよく姿をみるのに、普段はあまり話すことのない侍従だ。真面目でやや顎が長く、人の好さそうな顔つきをしている。

「ケッサからまた数人帰還しました。その者たちや偵察の報告では、現在も王都一帯では大雨だそうです」

ここでは星空がみえるというのに、王都ケッサでは違うのだという。

「え、まだ雨が……」

〈水明〉たちが脱出してきた際にも豪雨に遭ったという話だった。そうなると半日以上も延々と降りつづけていることになる。ならば、薬草園で最後に蒔いたオマエ草の種はどうなっただろう。

たくさん育てと願いつつ蒔いた種ならば、もしかして微《かす》かな希望にすがる。

「陛下が道に刻まれた亀裂も、ケッサの近くまで長く切れ目がつづいていたそうです」

「ああ……」

足弱は天を仰ぎ、声にならない声を夜空にこぼした。

亀裂には今世王の怒りの発露を、王都ケッサでの大雨にはその感情の余波を感じる。おそらくまだ、今世王は異能を継続して振るっているのだろう。

大国ラセイヌの国土に豊かな恵みをおよぼす力を持っているのだ。遠方にある都に集中して豪雨を降らせる、などということも信じられないが、できなくはないのだろう。

（だからまだ、戻らないのか）

ときを置けばいいなんて、楽観していていいのかどうか。

いまだって、いつもの今世王であれば足弱の起床に気づいて声をかけてきているはずだ。まだ、なのだ。今世王はまだ、怒りが燻《くすぶ》っている。

「〈見晴〉さん、明かり、つけてもらえますか」

「はい、ただちに」

侍従にお願いし、足弱は自分のなかで決意が固まっていくのを感じた。


明かりを点けた〈見晴〉が去り、馬車はふたたび動き出した。眠るまえに明かりは消す予定だが、眠気はすぐこない。足弱は、上掛けを肩までかぶり、こちらに背中をみせて右側をしたにして寝ている今世王を覗き込んだ。


「……明るくして起こしたか？」

閉じているだろうとおもっていた瞼は半ばまで開いていた。

「すまない。一度目が覚めてしまって……。すぐ明かりを消そう。それとも茶でも……」

身じろぎした今世王の肩から羽毛を詰めた軽い夏用の上掛けがずれたため、足弱は元に戻してやった。その左手首を白い大きな手がにゅっと伸びてきてつかんだ。

足弱は声もでないくらい驚いた。いきなりすぎて、胸が早鐘を打つ。

「び、びっくり、する、だろ……っ。なんだっ」

手首をつかむ力がさらに強まり、引っ張られ、足弱は今世王のうえに胸から倒れる形で乗り上げた。

「レ、レシェ」

そう名を呼ぶあいだに、今世王は仰向けになり、今度は両手で足弱の頬を鷲摑みした。

「あ、わっ」

真下から噛みつくように口づけされた。唇をおおわ

れ、吸われ、強い力で舌が押し入ってくる。そんなに焦らなくても口を開けるのに、と足弱はおもった。

歯列を強引に押し退け、痛いくらい舌を吸われた。ひとつひとつの動作が荒っぽい。

「んっ、う、ううん……！」

顔を傾け、ぐいぐいと舌が奥まで侵入し舐めていく。

「んぐ、ふ、ん、んんぅっ」

抵抗するつもりはないが、頭を固定され、息を奪われるように口内で暴れられては足弱もたまらず手足をばたつかせた。

今世王の両手を引き剝がすようにして、なんとか顔を離す。足弱は直後にごほごほと咳き込んだ。手近にあった布団で口を拭く。

息を整えうずくまった体勢から顔をあげると、今世王が燭台の明かりを背に体を起こしていた。上掛け布団のなかで片膝を立てていたのだろう姿勢だった。正面を向いている顔が影になってよくみえないのに、両目からの視線を強烈に感じた。明暗差に目が慣れてくると、青い瞳が、乱れた金髪の前髪のあいだから、じっと足弱を凝視していた。

足弱はのけぞって逃げたくなった。

今世王は無言だ。だが、獣が獲物を狙う本能の高まりが馬車の振動をまったく意識させないほど圧倒的に足弱に押し寄せてくる。

これほどの昂《たかぶ》りが身のなかにあっては、今世王は寝てなどいなかったに違いない。荒れ狂う情動が全然鎮まっていないのだ。天幕のなかでカミウルがいっていたように、発露された怒りの余韻がまだ今世王のなかに留まっている。

「お、おまえ、おまえが……寝るなら、それでいいなって考えても、いたけれど、そうして、起きているんなら、それ、なら……そ、そっちに行くから、だから」

おもいきって喋りだしたはいいものの、つづかなくなった。

(は、早く、しないと、レシェが動けば、一瞬だ)

このまま一方的に押し倒されたら、きっとだめだ。幸いまだ、今世王は足弱のいうことをきいてくれている。

足弱は迷いを振り切るように、敷布団の枕元近くに置いてある小箱に膝でにじり寄る。右足の痛みはひと眠りして軽減し、剝がれかかっているオマエ草軟膏を塗った布はそのまま剝がしてあった。小箱を開けた。なかには六本ずつ二列の小瓶が収まっていた。

三本つかんで、馬車の壁際まで離れ、そこにもたれるようにして座った。敷布団からはずれているせいか、板越しの振動に驚かされる。床に置いた小瓶もカチカチとぶつかり音を立てる。

足弱が両膝を立てると、白い寝巻きは太腿を露出してめくれた。そのしたはいつも通り、何も着ていない。硝子《ガラス》瓶の蓋をこするようにして開け、左の手の平に中身を傾ける。薄暗いせいか、琥珀色《こはくいろ》は濃く、重いような色をして落ちてきた。芳《かぐわ》しい花の香り。

ちらっと上目遣いで今世王の様子を探る。

足弱の意図がわかるのだろう、さきほどと同じ位置でひたすらこちらをみている。

ふたりのあいだは、成人男性がおもいっきり両手を広げたくらい空いていたが、足弱は息が苦しいくらいだった。

いまの今世王に足弱を配慮する余裕はそんなにない。力を制御しようとはしているようだが、荒っぽさは先刻の口づけだけでじゅうぶん理解した。

やはり、自分がこうしなければならない。自衛しなければならない。そうしないと、以前の繰り返しになる。

(おれは、まえの、何も知らないおれじゃない。レシェともう何回も、して、きた)

自分ひとりで準備を最後までしたことはないが、どうするかは、わかっている。

足弱は香油で濡れた左手の中指を股に伸ばし、窄《すぼ》まりに差し入れた。

「……あ……」

結構、簡単に入る。躊躇しなければ、あっさり入れられた。

指先が触れるなかの生々しい蠢《うごめ》きに、かっと両頰が熱くなり、顔を伏せた。かといって局部をみおろしたいわけではないので、湾曲している右足をみていることにした。オマエ草入り軟膏で手当てされ布が貼ってあった患部。その歪みは見慣れた現実で、足弱のこの三十九歳ともなる身の大事な一部だった。

ふうふうと息を吐いて、力を抜こうとする。己の目をそむけたくなる痴態に体は発汗し、頭髪から汗が流れ落ちていく。指を二本入れたいのに、柔らかくならない。すんなり入れた一本をぎりぎりと締め付けてくる。少し腰をあげるがすぐに床に落ちた。その拍子に尻肉が当たってぺたんとまぬけな音がした。足弱は泣きたいような笑いたいような気持ちに駆られた。

準備をしている勢いが少し落ち、覚悟の土台が揺れ、理性が戻ってきてしまう。

弟を受け入れる予定の尻は、二旬も休みをもらっていた。おまけにほぐそうとする主は初心者。香油任せの力業で二本の指を突き入れる。入口は固く、指をぎゅうっと痛いほど挟んで拒もうとする。

「ぐ、う……こんなの、どうやって」

顔を伏せたまま眉を寄せ、口を歪めた。

左手を差し入れて肩ごと丸めているせいか、足弱は壁にもたれていた体勢から、両膝を広げて床に這いつくばるようになった。尻に指を入れてほぐしているだけなのに、胸の先端がつっぱるような感覚があった。いじっている箇所が違うのに、こんなところが敏感になってきて羞恥心に苛まれていく。

「ぐうぅ……」

口の端から涎《よだれ》が垂れて、床に糸を引いて落ちた。

「ひ……ぃ、んぐ」

弱気になる自分を励まし、唾を飲み込むと目尻から涙が一粒こぼれた。汗もかき、ひとり暑い。

右手一本で上体を支え、左の指を増やそうとするも、尻が逃げるように腰が浮く。動くたび、体から床にぽたぽたと雫《しずく》が落下する。

「あ、あ、そうか」

考えなしだなと、自分で気づく。腰を固定しておかないと尻に指を入れたくともできないではないか。足弱の決意と行動とは裏腹に、いまの荒っぽい弟よりはましだろうと始めた行為も、なかなか粗雑だった。

「こ、香油を足して、もう一度……」

肩で息をし、汗まみれで赤い顔をした足弱は涙ぐみながら上体を起こした。白い寝巻きの袖で口と目元を拭く。新しい硝子瓶を握ると、体をどんっと壁に押し付けられた。その拍子に左の中指が抜けた。

音も気配もあったかもしれないが、足弱はまったく気づかなかった。目を丸くして、ほぼ存在を忘れかけていた男の秀麗な顔をみあげる。目に溜まっていた涙がぼろぼろっと伝い落ちた。だれのために何をしようとしていたか、あまりの艱難辛苦《かんなんしんく》に失念していた。

「レシェイヌ……？」

紐をほどいていない寝巻きを左右に引っ張られて破かれた。紙でも裂くかのように易々と。寝巻きはしゃっと音を立て、白い布になり果てた。

両腕で痛いくらいにかき抱かれ、ぶるぶると大きく震えが伝わってきた。腹には火傷《やけど》しそうな欲望。さらに壁に背中を押し付けられると、両膝裏に手がまわり持ち上げられ、今世王は立ち上がった。

「あ、ああ……っ」

香油で濡れた隘路《あいろ》に、腹に感じた硬い塊が押し当てられる。前戯などない。先端は濡れており、滑ってすぐに目的の窪みをとらえた。

ちゃんとほぐせたのか自信はない。だがもう待ってはくれないだろう。たぶん、これでも我慢できなくなるまで待ってくれていたに違いないのだ。

足弱は無意識に今世王の首に腕をまわし腰を浮かせた。吸いつくように密着していた濡れた熱の塊が一瞬だけ離れ、

「はぁ、あっ、あぁっ、あああああ！」

激情を解き放つことを許された怒張が、真下から突き上げて入ってきた。尻ごと腰から体が持ち上がり、背中は壁を滑っていく。両足は閉じるなんてことはできなくて、その隙間を脈打つ熱くて硬いものが、ことごとく埋めていく。狭い道は急激に押し広げられる。

「んっ、ぅ、い、たい、あぁ……っ」

真下からの衝動で上にあがった体は、あがりきると、さがってきた。今世王が立位な分、突き入れられる勢いが強い。足弱はさらに弟の太いものを咥《くわ》え込んだ。

「ああぁっ。……ひ、ぃ……」

上半身を壁に縫いつけられ、膝を屈伸させた動きで大きく上下に揺さぶられると、半ばで止まっていた剛直が、ずんっと差し込まれてきた。

「レシェえ、お、落ち着、け……ああ！」

二旬ぶりに弟の強暴な昂りを受け入れて、足弱は今世王の寝巻きに爪を立て声をあげた。

「こ、こんなにっ、お、大き、かった、か？　あ、あっ。揺らす、な、あ」

今世王に子供を抱っこするように、また上下に揺すり上げられ、ずずっ、ずずっと押し広げられ奥に侵入される。腰をよじれば、具合がよくなるだけで、目の前で火花が散った。

ふっと力が抜けた足弱を、今世王は抱え直し、両足をそれぞれ肩にかけ、ぐいっと腰を引き寄せた。

「……あ、ああ!?　なんだ、やめろ。ああ、んっ、んんー！」

足弱は、後頭部と両肩の裏とを壁に接しただけで全身を持ち上げられ、いよいよ力強く腰を使われた。貪られ、夢中になって揺すられる。足弱はもはや抵抗するほど力も湧かず、落ちないよう今世王の腕をつかむだけだ。

もとから拒む気はなく、抱かれる気でいた。できるだけ乱暴されず穏やかに情を交わせるかどうかは自分次第だとも覚悟していた。そうであっても、いざ始まってしまうとその怒涛の勢いと力強さに呑まれてしまう。

「あ、あ、あ、あ」

軽々と持ち上げられ、支えられ、拘束されたまま、体の奥に滾《たぎ》った雄根が入ってくる。なかを深く浅く犯されるたびに足弱は喘いだ。

「はぁ、あぁっ、あ、あ」

足弱の慣れない指を拒んでいた尻は、指よりよほど猛々しく大きい異母弟の欲望をなんとか咥え込んでいた。こうして男同士で情深く交わり、体に受け入れることはここ数年繰り返してきたことだ。中四日と決めて日数を調整しなくてはいけないほど頻繁だった。

「あ、あ、レシェえ、あ、あ」

汗の粒が目に入ってくる。それでもなんとか目を開けて、今世王の顔をみようとする。不安定で苦しい体勢のまま貫かれ、おもうさま揺さぶられ、快感と強張りが体のなかで入り交じる。

教えられたことは目を開けて、息を吸って、吐いて、力を抜いて、声をだす。

床か壁か、張り巡らされた板がぎしぎしと振動して鳴っている。だんだん激しくなってくる。ふたりの結合部からぼたぼたと雫が落ちる音も途切れがない。

「うああっ！　なか、に、あ、ああ……！」

ふいに濡れて狭い筒道を前後する動きが速くなり、足弱は喉元をさらしてのけぞった。体重と勢いのままかなり奥まで貫かれ、しかもその場所で一度は大量に、二度も多く、三度に分けて今世王が吐精した。

金髪を頬に貼りつけた今世王は、汗で照り上気した頬を足弱の上下する胸に押し付けて、立位で繋がったままだった体勢をさげていった。

「ふぁ、あ、ああ」

床におろされたとわかると、足弱は四肢を投げ出すようにして脱力した。自分がいつ逐情《ちくじょう》したか覚えがない。広げた腹に汚した痕があった。

今世王は足弱のなかに居座ったままだが、これもいつものことなのでもうそういうものだとおもっていた。肩で息をする。汗と白濁で濡れた体を撫でられ、乳首をなぜか丁寧に丁寧に舐められる。

「はあはあ、ん、は、あ、あ、ま、待て、息が」

固く細くした舌で胸をなぶられつづけ、荒い息が収まらない。この弟と関係をもって三年近くになる。つぎに要求されることは予想がつく。

足弱は息が落ち着いてくると、唾を飲み込み、

「布団……つぎは、布団で、しよう」

まだとか、休もうとかいわず、そう譲歩して囁いた。すると、今世王の少々力の強すぎる両手が、足弱の濡れた尻肉を鷲掴みしてきた。

第二十一話　刻まれた断絶

翌日。足弱は昼に目覚めた。柔らかく適度な温かさのなか、微かな振動を感じて馬車内にいることを自覚した。

「おはようございます、兄上。怖がらせて、申し訳ありませんでした」

そのとき、頭上から随分とひさしくきかなかったとすら感じる、低くてよく通る、外見は青年とはいえ秋には二十九歳となる男の声が降ってきた。

「あ、ああ……レシェイヌ……」

声をきいただけで、安堵と喜びが足弱の体中に広がっていく。布団のなかに寝そべったまま瞬きしながら仰首する。車内は雨戸を開けて明かりを取り入れている。薄明かりのなかに浮かび上がる弟の穏やかな顔をみた。珍しく、今世王はやや怠そうにしていた。

「おはよう。レシェ、おまえ、大丈夫か。辛そうだぞ」

「近年ないほど一度に力を発揮したせいでしょうね」

どこか他人事のように、今世王はいう。

「おれこそ、心配をかけた。おれが、薬草を……」

「ラセイヌの王族を自国で戴冠させようなどと、小国が抱いていい夢ではありませんでした。それだけは願っても行動してはいけなかった」

敷いていた布団に胡坐をかいていた今世王は、怠いからか、足弱と正面を向き合うように肘をついた手で頭を支えて横臥《おうが》した。

「兄上が与えていいとおっしゃるなら、病人のためオマエ草は今後も供給しましょう。農作業もままならないでしょうから食料の援助も継続していい。あくまでも、セイセツ国の民へ向けて。ですが、国交の継続だけはこれ以上は難しい」

流行《はや》り病怖さにラセイヌの王族にもっと長く滞在してほしい、いっそ王になってほしい！　と飛躍したのだろうが、それが今世王の逆鱗《げきりん》に触れた。

淡々と告げていた今世王は、ふいに笑みを浮かべた。

「兄上のお気持ちを手紙で知り、このレシェイヌ、涙が乾かぬほどに泣き、心震え、嬉しくおもいました」

あのお手紙の返事を書いたのですよ、という。

足弱の他国へ赴いての種蒔きは、善行ではない下心あっての行動だったのだと綴った文。

「………おまえのことが、心配なんだ」

つまるところは、それに尽きる。

足弱と今世王に残ったものは、足弱がよかれと行動した事実だけ。

先に逝く足弱が、残す弟のために増やしたかったラセイヌの黄金の王への好意。

「兄上、ラヌカンに戻ったら、朝いっしょに緑流《りょくりゅう》城《じょう》の最上階へ参りましょう。ともに瞑想してください。みせたいものがあるのです」

ずっと足弱を微笑んでみていた今世王は、そう誘った。

＊

足弱と同衾《どうきん》して激しく求め合った翌昼、起床して身支度した足弱といっしょに馬車からあらわれ、

「みな、大儀であった」

そうことばを発した今世王に、勢揃いしていた大臣将軍兵士たち一同は歓声をあげた。

「陛下万歳」

「万々歳」

「さすが兄上さま！」

「陛下、大慶至極に存じます」

まだ敵地にいるというのに、活気に満ち、疲労を忘れたように勇み立った。

「兄上さまと将軍と協議して帰国への道を進軍しておりましたが、いかがいたしましょうか」

馬車が止まっている近くの木陰に椅子が置かれ今世王が座った。全軍は昼休憩を継続中で、カミウルと〈青嵐〉、〈水明〉が御前に控えている。

足弱はやりとりの様子がわかる距離に卓と椅子を設置してもらい、干した果物を〈温もり〉にもらって齧《かじ》っていた。まだ頭から眠気が去らず、うとうとする。

今世王も怠そうだが、足弱も体が重く、甘味が身に沁みる。

木陰で腰掛けている、金糸刺繍の袖も裾も長く、輝く王冠をかぶった今世王は気だるげでありながら、その存在が際立っていた。眠そうな眼差《まなざ》しに艶があり、よりいっそう迫力がある。

片膝を地面につけている立派な大人三人の表情が、昨夕とは違い安らいでいるようにみえる。

（レシェがいると、違うんだなあ……）

王なのだなあとおもう。

そういう自分だとて、頭が働かないせいだけでなく、これからの物事は全部うまくいくのではないかという根拠のない確信があった。

こんな明るい気持ちを引っ張りだすというのは、それはやはり王という存在あればこそなのではないだろうか。拠りどころになっている、ともいう。

ましてや国政を支える大臣と、身命を捨てて王族に仕える一族の出身者の将軍と副官だ。かれらの今世王への忠誠心は、地上の太陽を推戴《すいたい》するかのようにみえた。

「カミウルが王都へ使者を出立させたというのなら、わが軍はこのまま帰国し国境で返事を待とう。冷静になれば、余に怒りを鎮めてくれるよう願い出にセイセツ国王がやってくるだろう」

行軍の方針としてはそのまま、ということになった。

「余もまだ疲れがとれぬ。帰りはずっと兄上と寝ているから、軍はそれぞれ大臣と将軍が率いるように」

「はい」

「はっ」

「偵察から戻った者の情報では、ケッサの大雨は止み、民の多くが安堵しているとか」

これは〈青嵐〉が報告した。

「潜伏している者たちからの情報です。兄上さま付き侍従長をはじめとした侍従たち、囮役の者や捕まった者たちは、複数箇所に分けられて閉じ込められているそうです」

こっちは〈水明〉が報告した。

「痛めつけられていたりはしないな？」

「セイセツ側はそんな余裕もないようです。しかし、食料が途切れがちだそうです。脱出させることもできる、とのことです」

「おそらく捕虜は返還を申し出てくるだろう。飢えぬよう、差し入れをするよう命じておけ」

「はっ」

ききたかった残された者たちのことがわかり、ほっと安堵した足弱は〈温もり〉に声をかけて馬車へ戻っていこうとした。すると、〈水明〉の報告に追加があった。

「セイセツ国の兵士でありながら、兄上さまのお命を守ろうと盾突《たてつ》いて捕まった兵士がひとりおります」

「ほう？」

「わが国の者たちと離れた牢屋に放り込まれているそうです。いかがいたしましょうか」

「レ、レシェイヌ、いいか？」

席を立ったまま卓に手をつき、背伸びするようにして足弱は今世王に声をかけた。

「お心当たりがありますか、兄上」

近衛軍将軍と外務大臣、緑園殿副官を控えさせたまま、今世王の顔がこちらを向く。

「できれば家族に会えるよう、助けてあげてほしい」

そこで、脱出の際に剣を仲間に向けて足弱を助けようとしたこと、娘について感謝を口にしていたことから、王都ケッサへ行く途中に娘のためにオマエ草を懇願してきた兵士だと推察できることを説明した。

「その兵士は、いずれ捕虜交換されるわが国の者たちと違い、軍規違反として処刑されそうですね。〈水明〉、その兵士を脱獄させて家族ともども国を出るよう手配させよ」

「はっ」

「ありがとう、レシェイヌ。〈水明〉さん、よろしくお願いします」

「は！」

話し合いの邪魔をしたことを詫びてから、足弱は卓を離れた。

みあげた空には白い雲と、澄んだ青が広がり、快晴の気持ちのいい午後だった。

＊

三日後、一行はラセイヌ国境に到着した。

国境にあるコグレ郡の郡城に王族ふたりが収まると、近衛軍と国軍の合同軍は解散となった。

その翌日、セイセツから全面降伏、捕虜解放を知らせる使者が到着。

今世王は、セイセツ国王の謝罪をきくだけはきいてやる——という態度で拝謁の場所に二国のあいだにある、隆起した地面が段差となった国境を指定した。

さらに六日後、セイセツ国王と大臣たちと捕虜たちが指定場所に到着した。

足弱は帰ってきた捕虜たちを出迎えたくて今世王の幌馬車に同乗していたが、途中で別の馬車に乗り換え、後方で待機することになった。

「あれの顔など、もうみたくはないでしょう」

というのが、今世王の言だった。

薬草園のその後や病のことなど、足弱は気になることはあったのだが、なにも謝罪に訪れた一国の王の窮状極まりない場で質問することでもない。郡城で待っていてくれといわれなかっただけよかったとおもって了承した。

「兄上さま、〈命〉さまや〈星《ほし》〉さん、〈円《えん》〉たちの無事な姿がありました……！　一同は医師の診察を受けるそうです」

帰還した捕虜の一団へ侍従補佐の〈吟声《ぎんせい》〉を走らせていた足弱は、待機している馬車の車内でそんな報告を受けた。

「そうか！」

おもわず笑みを浮かべると、足下に控えていた〈吟声〉も幼い頬を丸くして笑った。

足弱が後方にいてみていない前方の出来事は、灰色狼たちがつぎつぎに教えてくれた。

セイセツ国側が国境に到着したこのとき、セイセツ国の国王は諸肌を脱いで自ら後ろ手で縛られた姿で今世王の御前にでたそうだ。なんでも、これが王の最大限の恭順を示す姿だという。

今世王の返答は、足弱が事前にきいていた通りだった。

「許すことはできない。病が蔓延《まんえん》したことは災難であったが、それを利用してわが兄を自国の王にしようと謀《はか》るとは言語道断。ここでセイセツを許さば、周辺国に甘い想起をうながすことになり、今後に大禍《たいか》を残すであろう。よって、ラセイヌはセイセツと断交する」

悲嘆の声をあげたセイセツ王と側近たちは、セイセツ国側に追い払われた。捕らえていたセイセツ軍兵士も解放してあとを追わせた。――状況をきき終えた足弱は、後方まで戻ってくるだろう今世王を迎えようと、馬車からでた。〈温もり〉から郡城に置かれていた予備の杖をうけとり、ふと、頭上をみあげた。

足弱だけでなく、侍従たちも、近衛兵たちも、御者も、空を振り仰いだ。

風が吹き、空が翳っていく。

(これ……みたことがあるぞ)

胸騒ぎがする。

白い外套をひるがえし、黄金色に輝く鱗鎧を身にまとった男が怒りをたたえていたときだ。

「レシェイヌ。何をする気だ」

「兄上さま」

護衛と侍従たちを連れて、足弱は前方の国境を目指して足早に歩を進めた。今世王が乗っていた馬車や、警護の近衛軍のあいだを縫って走っていくと、今世王は筆頭護衛の〈黎明〉だけを供にまえにでて、両手を頭上より高く伸ばしていた。

景色は天候以外変わっていないようにみえた。

正面に広がるのは、数日前にあとにしてきたセイセツの大地だ。砂っぽく、緑色の貧しい国。追い払われた国の重鎮たちの影がちらほらとみえる。

沓《くつ》の底から、振動が伝わってきた。

ゴゴ、ゴゴ……ゴゴゴ……。

あれだけ「怠い」と口にしていた今世王がふたたび異能を発揮するとは予想していなかった。今世王が目の前で大地を揺らす奇跡のさまを初めてみる近衛軍兵士たちからざわめきが起こる。

「静かに！　ゆっくりと退避せよ」

事前に知っていたのか、将軍〈青嵐〉は冷静だった。

国境に建っている砦《とりで》からも兵士たちが転ぶ勢いで飛び出してくる。

馬が嘶き、近衛軍は少数を残してさがっていった。

ゴゴ……ゴゴゴ……。

半刻（一時間）以上時間をかけてゆっくりと、国境の段差が上下に広がっていく。ラセイヌ側が上がりつづけ、セイセツ側が下がりつづける。このときまでなかった隙間に亀裂が走り、それは底のみえない甚深《じんしん》な崖となった。

成人男性の腰高ほどだった段差が、一丈（約三メートル）ほどまで広がった。二国の隙間の幅は、成人男性の一歩ほどだが、亀裂の深さは底なしだった。

渡れないこともないが、越えるには苦労する国境の誕生である。

足弱は今世王が両腕をおろすまで邪魔をしないよう後ろ姿を見守った。

異様な迫力のある大地の変動であったが、陽気はぽかぽかとして、翳った空のあいだから光が差し込み、平穏さがどことなく残っていた。異能を発露させている今世王に怒りも殺気もないからだろう。

ただただ、神々しいともいえる。

命令で軍を国境から離した近衛兵たちは両膝をついて今世王を拝んでいた。

やりきった今世王はぐったりして、〈黎明〉に背負われて戻ってきた。

いっしょの馬車に乗り込んだ足弱は、敷かれた布団によこになった今世王の顔を覗き込み、状態を探った。人語を忘れて話せません、などということになっていたら嫌だったからだ。夜が大変すぎるのだ。

あの状態の今世王を鎮めて、通常の穏やかな弟を取り戻すのに、どれだけ羞恥心を犠牲にしたことか。

「レシェ」

王冠をはずし、上着を脱ぎ、帯を緩め、楽な服装となった今世王の青い瞳は、いつもより爛々としていたが理性は失われていないようだった。それよりも青白い顔色が目立つ。

帰国途中の「怠い」といっていたときよりも、さらにへばっている様子だった。強靭な王族がへとへとになっている。

「そんなに疲れて、大丈夫か？　それにしても、前回の件も合わせて、おまえが大地や天候を動かす力を使えるとは知らなかった」

今世王が甘えるように頭を寄せてきたので、膝枕をしてやった。

馬車は発進し、コグレ郡の城へ帰っていく。

「……あんな、荒っぽい使い方を、普段はしないだけです。国土を豊かにするためには、天候にも大地にも、いささか働きかけるのはいっしょでは、あります……」

頭の後ろで兄の膝を味わうように、ぐりぐりと動かしていた今世王は両目を閉じて、深く息を吐いた。

歴代の王朝臣民が、王族たちを緑園殿で遊ばせていた理由の一端がわかるような気がする。

「他の王族たちも、ああいった力は振るえたのか？」

「規模はさまざまですが、できたとおもいますよ。王族は生来穏便な性質なので、大変、稀でしょうね。よほど怒るか激情が伴わないと……疲れるってわかっていますし、しかもだいたいは灰色狼がこうなるまえに怒りを代行してきたでしょうから」

「ああ……」

王族の怒りとは灰色狼の怒りであり、王族の剣こそ近衛兵だから、振るわれるべきなのは異能ではなくて、忠誠なのだろう。

「壁をつくるなら、兵士に命じて国境に土を積み上げさせるべきでしたね。腹が立って自分でしてしまいました。鬱憤《うっぷん》を溜め込むのもよくないと〈狼〉からいわれておりますしね……。一度荒っぽく異能を振るうと、そのあともすぐなら力がだしやすいです。しかしもう、わたしにこの力を振るわせようとする国はでませんでしょう。こんな無茶をしたのも、ここ数百年では、わたしくらいかな」

体は疲労しているが頭は冴えているようで、今世王は饒舌《じょうぜつ》だった。だがそれでも、足弱にあれこれ喋るうちに寝てしまったのだった。

幕間　〈一進〉、陛下の爪を切る

今世王がただひとり先行して走っていったと知らされた〈一進〉は、にわかには信じられなかった。二十代半ばを過ぎた王付き侍従長は今世王を黄金色の鱗鎧に着替えさせたあと、呼ばれて席をはずしていた。手に今世王のおやつ一覧を持ったまま、動作が止まる。これから明後日のおやつを本決定する打ち合わせだ。異国の地でも主人には心身をくつろがせる甘味が必要だ。口淋しいおもいをさせてはいけない。

その知らせを持って走ってきた〈小鳥〉の童顔をみおろす。

「〈小鳥〉、ほらここに皺《しわ》が寄っている、はしたない」

まず目についた襟のことを注意した。

「は、はい。〈一進〉さま、しっかりなさってください。馬車にお乗りください」

臨機応変な対応が得意というわけでもない〈一進〉は、細い目をさらに細めたまま固まり、同僚たちに押されるようにして侍従用の馬車に押し上げられた。

「侍従長乗りました、出してください！」

「応！」

薄暗い車内に押し込められて、ようやく頭が回転しだす。

「陛下の馬車とお荷物を載せた馬車はどうなっている⁉」

「どちらも〈小鳥〉が采配している。任せておけばいい」

いっしょに乗り込んでいた王付き侍従のなかで最年長の〈見晴〉が答える。

〈一進〉は深く息を吐き、汗の流れてきた額を布巾で押さえた。

「——それで、陛下はどちらに？　いや、わかっている。兄上さまのもとへだな」

「そうだ」

「将軍はどのような対応を」

「騎馬隊を編成して出立されたそうだ。われわれは残りの騎馬と馬車と歩兵と同行する」

「ふむ、まあ、仕方がないな」

全力疾走しているだろう王族と、それを追尾している騎馬隊に、箱型馬車を連ねて追いつけるはずもない。

「だが、なるべく早く陛下のおそばに行かなければ。お食事と湯浴みと着替えと寝床を用意せねば。ご不便されているかとおもうとじっとしておれぬ」

布巾を懐《ふところ》にしまうと、〈一進〉は近くにあった木箱を整え、自身の灰色の衣服の皺を伸ばし、一筋乱れた髪を直した。

「ああ……。鱗の鎧に着替えるとおっしゃったので、助けに向かわれるのだとはおもったものの、おひとりで行かれるとはおもわなかった。悠長におやつの選定など……。陛下の侍従長でありながら、お心をお察しできず腑甲斐《ふがい》ない」

髪に右手を添えたまま、〈一進〉は震える声を吐き出した。

「自分を責めるな。お察しできなかったのはわれらも同じだ。王族が王族に惹かれてひた走る衝動をだれが止められようぞ」

三十代に入っている〈見晴〉は人柄のよさそうな外見そのままに、慰めた。

馬を休ませるあいだだけが人間の休憩時間だった。疾駆する人と騎馬隊を追いかけて、追いついたさきで王付き侍従たちは一部容姿の変わった今世王をみることになった。

「レシェはいま、話せないみたいです。髪と爪が伸びているでしょう？　切ってあげてくれませんか。靴のなかの爪はどうなっているのかな。そちらも伸びていたらお願いします。入浴させたら食事をさせて、あとは寝かせたいとおもっています」

近衛軍歩兵の灰色革鎧の姿に砂を頭からかぶった王族庶子がそう説明した。

近衛軍将軍〈青嵐〉により、急慮張られた大型天幕。そこに王族ふたりを休ませるよう指示された。〈一進〉たちに否応はない。ここからはわれわれの仕事だ。

庶子兄を抱き寄せて支えている今世王の黄金の緩く波打つ髪は、いつもは肩に届く丈だが、いまは腰まであった。繊細な金糸の髪に小さな枝が絡んでいる。

伸びた爪で傷つけるのを恐れるかのように指はまっすぐで、手は開かれた状態で兄を助けていた。

「陛下……！」

呼びかけた口を引き結び〈一進〉はふたりをみあげ、とくに今世王の白い、表情のない、呼びかけに反応のない顔に胸を突かれた。そしてみたこともないような、爛々とした野性味のある青い瞳。

（いや、これは以前……あの夜の）

心に一瞬だけひるみを覚えたものの、〈一進〉はすぐに片膝をついて頭をさげた。

「承知いたしました。ご指示通りに。どうぞ兄上さまも椅子に腰掛けてお待ちください。兄付き侍従の代わりに、お支度させていただきます」

「あ、ありがとうございます。レシェ、椅子、椅子に座らせてくれ」

兄に声をかけられたときだけ今世王は動き、そばにあった椅子に連れていった。こうして寄り添い合うふたりをみると、つねのままだ。だが、ふたりとも砂まみれで、とても王族にふさわしい装いとはいえない。それもこれもセイセツ国が悪い。

「〈見晴〉はおふたりの湯浴みと着替えの準備を頼む。〈高木《こうぼく》〉と〈小鳥〉は兄上さまのお世話をしてくれ。〈偲《しの》ぶ〉は衝立を運び、それが終わったら食事の準備に入れ」

「はっ」

「はい！」

侍従たちに指示を飛ばし、〈一進〉自身は化粧台から爪切り鋏をとりだす。

「髪はいつもの丈まで切ってくれ」

「はい、〈一進〉さま。しかし、その……」

「気持ちはわかる。いうな」

王付き髪結い係が眉をさげた。

なぜ切らないといけないのか。枝を除き、絡んだ髪をほどき洗って櫛《くし》を通して香油をつければいい。指通りも滑らかで、輝くような金髪に生まれ変わるだろう。

もとの長さにしなくったっていい……！

そう進言したくてたまらないのだが、さきほど何度も「陛下」と呼びかけたがいらえはなかった。視線すらよこしてもらえず、ただただあの青い、対象者を貫こうとするかのような強い目は血の繋がった同族だけをみていた。

そんな視線にさらされている異母兄は、居心地悪そうに身じろぎしながらも、異母弟を気遣い、侍従たちに世話を依頼した。

現在、王族ふたりのうち、意思をはっきり示してくれるのは兄のほうだけだ。

その兄の言をきいても、今世王は反論しない。つまりそれは、「是《ぜ》」としているからだと解釈できる。

もしあとになって、今世王が口を開く状態になったとしても髪をもとの丈にしたことを咎めることはないだろう。王付き侍従長としてそこは〈一進〉も断言できる。

「爪は御身を傷つけそうだからな、切るのは当然だろう。髪は……髪は……非常にもったいないが……」

ことばに詰まり、〈一進〉はそれ以上口にする気になれず、爪切り鋏を握ってまえに進んだ。足弱と対峙《たいじ》する席に座った今世王の足下に両膝をついて、左手をうやうやしく持ち上げる。汚れをぬぐった手は白さをとりもどし、男らしくも長い指に、凶器のような内側に湾曲した爪があった。

「爪を切ります。失礼いたします」

左の親指から切っていく。ぱちん、ぱちん。湯浴みのまえに爪と髪を切り、汚れを落としてから改めて髪は切り揃える。急ぐのであれば、切ったあとの爪の鑢《やすり》がけは後回しでいいだろう。食事と休息を優先してもいい。

向かい側に腰掛けている足弱は疲れた四十男の顔をして、二十代である童顔の〈小鳥〉に革鎧をはずしてもらっていた。他の手の空いている灰色狼もここぞとばかりに手伝っている。いつもは兄付き侍従たちが取り囲んでいるのだ。手を出す隙などない。

つねの面々の顔がみえないのは、〈一進〉としてもふしぎな感じがした。

老いてならばこその落ち着きと安心感のただよう兄付き侍従長〈命〉や、つぎの侍従長である俊英の〈温もり〉。ふたりにつづく〈星〉に、補佐たち。

兄付き侍従がいないいま、ふたりの王族の世話は〈一進〉が率先して引き受けていた。そもそも今世王が兄から離れないし、ふたりまとめて仕えるのになんの支障もない。

身動きするたび足弱からは、ぱらぱらと砂が落ちつづけている。

「兄上さま、このまま湯浴みに参りましょう」

「ありがとう、〈小鳥〉さん」

「擦り傷がございますね。湯が沁みるかと存じます。湯上がりに御匙が手当てできるよう呼んでおきます」

「体の右側が痺れていると、症状を伝えておいてくれますか」

「わかりました。立てますでしょうか」

足弱が首をよこに振ると、いつもは専属の侍従たちに遠慮して近づいてこない、専属のいない侍従たちがわらわらと寄ってきた。

「わたしが肩を」

「わたくしが」

「ぜひ、わたしに」

突然、ダン！　と音が鳴った。〈一進〉はみていた。今世王が右足で床を叩いたのだ。さらに目尻が吊り上がったようにみえる。

「そこな者たち、騒ぐな」

侍従たちの立候補合戦が、主人の気分を損じたことを感じとり、〈一進〉は代弁する。

「はっ」

「失礼いたしました」

「申し訳ございません」

十指の爪を切り終わり、鑢をかけていた〈一進〉は、添えるようにして持ち上げていた今世王の片手が浮いたのを感じた。

「へ、陛下」

髪を切っていた髪結い係の声がかかるも、今世王は立ち上がった。

「え、連れていってくれるのか……？」

今世王は腰掛けている兄の両脇に両腕を差し入れて持ち上げ、爪を切った手でしっかりと抱き寄せた。木靴と防具をはずして灰色の上下だけになった足弱を、衝立の奥に運んでいく。緩く波打つ黄金の髪はすでに肩に届くまで短くなっていた。

（短い夢だった）

麗しの長髪姿。今世王は即位するまえからいまの髪の長さがお気に入りで、即位後も丈の維持を命じられて伸ばす気が一切なかった。主人の意に従う侍従である以上、自分だけの願望で長髪を勧めることなど〈一進〉にはできない。良識ある侍従であればなおのことできないことだった。

（せめて、艶々に輝くまでお世話したかった。結《ゆ》い上げて、とびきり上等の髪飾りで装うお姿も神々しかっただろうに。せめて、もう少しでも）

切った爪や髪や、道具を片付けさせる。王族の爪や髪は盗まれたりしないよう処分方法が決まっている。今日切った分は王都ラヌカンまで持ち帰って、長官と侍従長と髪結い係立ち合いのもとで焼かれる。

つぎに湯浴みの場を覗くと、なぜか、桶のなかで洗われているのは足弱だけだった。今世王は近くで椅子に座ってそんな兄を眺めていた。

「〈見晴〉」

端に控えていた、湯浴みと着替えの準備を頼んだ同僚に声をかける。

「わたしにきかれても答えようがないのだが。桶を並べて同時に洗おうとしたら、陛下は椅子に腰掛けて見学の構えになってしまったのだ。そうしたら、兄上さまが『さきを譲ってくれるのか。ありがとう、レシェ』とおっしゃってな。まあ、そういうことになった。もう一度いうが、同時に洗えたぞ？」

「陛下のお望み通りに、だ」

「うむ」

王付き侍従をしていたらこういう場面にはたびたび出会う。今世王は庶子兄ラフォスエヌを愛している。そういうことだ。

湯殿係と〈小鳥〉の手で、擦り傷に触れないよう洗ってもらい、替えた湯で洗い流された足弱は大きな布で水滴を拭きとられた。腰巻きをした状態でひとつ隣の衝立に移動し、待機していた医師の治療を受ける。

「陛下」

〈一進〉が声をかけて黄金の鱗鎧に手をかける。拒否の様子がないので、ようやく鎧をはずすことができる。周囲の者たちの手を借りて、王者の輝く防具を持ち上げる。曇った鱗や傷がついた鱗がある。剣を帯ごとはずし、長靴を脱がせる。足指の爪は伸びていなかった。

全裸になった今世王は、兄のいる方向に顔を向けたまま、ようやく桶の中央に立ってくれた。この一糸まとわぬ姿で兄を追いかけてもらっては困るので、〈一進〉は声を張った。

「丁寧に、かつ手早く！」

「応！」

無事、手当てと着替えが終わり、軽く食事も済ませた足弱のまえまで、洗い上げ着替えさせた今世王を誘導することができた。

兄の勧めもあり、用意されていた食事も今世王は口にした。天幕のなかに安堵感が広がる。

大天幕を衝立で区切って場をつくり、足弱、大臣、将軍の三人でこれからの方針を話し合う。湯浴み後も今世王は一言も話さない。兄の近くに座って、ただみつめている。

（なるほど、兄上さまも立派な王族であらせられる）

今世王が王らしからぬとき、つねにその庇護《ひご》下《か》にある庶兄が王族として立派に振る舞っていた。

（王族とはその立場になれば、優秀さを発揮するものだ）

王族のこういう点を眩しくおもう。


ラセイヌ軍の夜更けの行軍。セイセツ国内から庶子兄を回収し、ラセイヌへ向けて引き返していた。

出発してから一刻（二時間）が経過したころ、全体で小休止をとった。夜番の交代のために〈一進〉は、侍従用の馬車から下車して今世王の居住馬車に向かう。〈一進〉に気づいた〈見晴〉が御者と並んで座っていた台からおりてきた。

「交代しよう。よく休んでくれ」

「ありがとう。休憩のあいだに兄上さまが目覚められ、明かりを所望された」

「では、戸の隙間から明かりに気をつけておこう」

注意事項を伝達して入れ替わる。

〈一進〉は馬車と馬で並走する護衛兵たちに手をあげて合図してから、御者台の内側に座った。この位置のほうが戸口の隙間から明かりをかろうじてみてとれる。

全軍が再度出発してしばらくしてから、馬車のなかからぼそぼそと話し声がした。

（兄上さまも陛下も目覚められたのかな）

移動中で湯は用意できないが、瓶に詰めた水や果実汁ならある。

そんな算段をしていると、ふわりと花の香りがただよってきた。王付き侍従長としては嗅ぎ慣れた香りだ。

（婚約者同士の王族ふたりが再会したのだから当然だな）

そうおもっていると案の定、車内から振動が伝わり、声がきこえ始めた。

ドン！

「……あ、ぁぁ！　ぃ、ぁ、あ……っ、ん……」

ガタ、ガタガタガタガタッ。

（ま、まあ、そうなるな。激しいな。兄上さまは助けを求めておられないよな？）

心持ち耳を澄ませたのは、侍従としての務めだ。兄付き侍従たちが控えていれば、心配のあまりおもわず戸に耳をつけて確かめるほどのなかの勢いだ。あいにく、王都ケッサから決死の脱出行をしてあとから追いついた兄付き侍従〈温もり〉と〈吟声〉は、現在心身ともに疲れ果てて寝ている。

今世王からは初夜の一件以来、兄上をわれを忘れて襲うようなことがあれば寝室に遠慮なく押し入り、余を殴ってでも止めろと厳命されていた。

「ぁ、あ！　……んぁ、あ！」

ギッシ、ギッシ、ギーシッ。

午後の日の傾いた景色のなか兄の窮地を救うため疾走した今世王は、地を裂き、自身の言語能力を一時失うほどの野性をあらわにしていた。あの、猛々しい熱を秘めた瞳。

(兄上さまも陛下のご様子がおいたわしくて、お誘いくださったのだな。こうして仲睦まじく歓合なされて。よかったよかった。二旬も離れて辛抱された陛下も報われた)

〈一進〉はいつしか口の端を上げ、細面の神経質な顔に笑みを広げていた。そんな侍従長の耳に、走行する車輪のごつごつした音と、車体のきしみ、途切れ途切れの声が届く。

「……レ……シェ、ぁ、ん……あぁ……」

ギシギシ、ギシギシギシギシ。

大きな音を立ててまぐわうのも主人たちが元気な証だとおもって、喜びが沸き起こる。

(湯と医師は馬車が止まらないと無理だな。寝具の敷布と寝巻きの予備はある。アラスイの香油もこっちの馬車にあと五箱ある。護衛兵に合図して将軍に早めの休憩をまたとってもらうのもいいだろう。いや、この行軍はおふたりの安全のためなのだから、今回ばかりは休憩は先延ばしがいいかもしれない。できれば早く湯でおふたりを清めて差し上げたいが)

両手を胸のまえで組みながら、〈一進〉はもんもんとこのさきの手配のことを考えていた。

「——あ……あっ！　なか、……あ、ああ……！」

ひときわ悩ましい声が響いて、車内の奥で折り重なるように倒れる音がした。

もはや息を詰めていた〈一進〉は、額の汗を手の甲で拭きながら息を吐いた。全身から力が抜けていく。こちらに背を向けている御者の背中も弛緩したようにみえる。

いつもなら王付き侍従だけでなく兄付き侍従も控えているので、こうして侍従としてただひとり戸口のまえにいることがなんだかまた、ちょっとふしぎな気持ちになる。

(みなは無事だろうか)

だからだろうか、足手まといになるからと王都ケッサに残った面々を脳裏に描いた。

松明を掲げての夜中の行軍は、止まることなくつづいている。国道が敷かれていることで行く道に迷わないため全体に速度が上がっている。国境に近づいていくごとに夜空にあった雲も晴れ、漆黒に白い星が散りばめられた宝石のように輝いてみえた。

（ああ、早く、おふたりをわれらが国にお運びしたい。まずはコグレ郡の城の湯殿で洗い清めて、新しい敷布の寝台でおふたりを休ませたい）

そんなことを夜空に願っていると、ごそごそ移動する気配と、車内から熱が感じられた。

「――え？」

おもわず飛び出した声に驚いて口を手で押さえる。

察するに、二回目が始まるらしい。

（この調子だと、つぎの全体小休止まで湯のご所望はないかもしれないな）

王付き侍従長は心を静め、目についた灰色の裾の皺を伸ばした。

第三章　秋《とき》はきた

第二十二話　秋きたらば

夏の盛りを残しているラヌカンに主人ふたりが帰還して、住居である緑園殿を守っていた長官〈灰色狼〉はにわかに忙しくなった。

それまで留守番をしていた〈灰色狼〉が暇だったわけではない。

今世王たちが緑園殿に戻っても、結婚式が目前だとして準備不足にあわてる――ということはなかった。なぜなら緑園殿長官〈灰色狼〉が王都で采配をつづけていたからであった。

国境にあるコグレ郡との手紙のやりとりも頻繁であったので、今世王からの指示も途切れなかった。

この豊かな、ラセイヌの全郡全県全郷全里から一握ほどの土を集める、一年がかりの事業もすでに完了。あとはそれこそ、主役である王族ふたりが帰ってくれればそれでいい、という状況まで整えて、王都の面々は主人たちを待っていた。

ラセイヌ王国の北西の地から王都ラヌカンへ帰還するまでに季節がひとつ終わろうとしている。雪が残っていた行きよりも、帰りは季節にも恵まれて王族ふたりと、そのふたりを警護する近衛軍の御幸巡行《みゆきじゅんこう》は滞りなく終わった。

他国へ足を伸ばした足弱の動向、薬草園やセイセツ国朝廷の動き、今世王の出迎え、その際の出来事と今回の顚末《てんまつ》等、灰色狼一族の長のもとにはさまざまな報告が寄せられた。

考慮すべき事柄や気を配るたくさんの項目のなかでも、最優先されるものは当然、主人である王族の心身の安全と健康だ。

帰還の翌日、まずは挨拶しに、昼過ぎに公務のない足弱のもとへ向かった。

足弱は枯草色の渋い色合いの衣装を着て、居間にいた。兄付き侍従長〈命〉が差し出している開いた冊子を覗き込んで首を傾げていた。

〈灰色狼〉は房室の戸口に片膝をついた。

「兄上さま、緑園殿長官が参りました」

「通してください」

　侍従長にうながされ、足弱の御前まで進んで、長身を折り、両膝をついて頭をさげた。

　面をあげることと、発言を許される。

「お帰りなさいませ、兄上さま。お慈悲をかけられて災難に遭われたとのこと、残念でございました。ですがまずは、こうしてご無事な兄上さまを拝見し、安堵いたしました」

「無事に帰国できたのは、みなさんのお蔭です。話をきいてほしいので席に座ってください」

「はい」

　短い黒髪もさっぱりと、足弱は疲労の様子もなく元気にみえた。この緑園殿に連れ込まれたときは年齢より老けていた王族も、献身的な家臣たちの手によって磨かれ、どうにか年相応にみられるようになってきていた。三十六歳のときに老けていたのだから、三十九歳の現在では、他からみればたいした変化とは感じられないかもしれないが、灰色狼たちからしたらまったく違った。

　明らかに足弱の肌は滑らかになったし、四肢にあった細かい傷も減り、硬い手や足底も柔らかくなった。皺も白髪も減った。肌の張りだけでなく筋肉も増した。なにより間違いなく毎日健康だ。

「お話のまえに、さきほど冊子を覗いて何かお困りのようでしたが」

　目敏く表情を読まれたことに面映《おもは》ゆくなったらしく、足弱はよこを向いた。

「レシェイヌに、アルセフォンの仔の名前をつけたらいいといわれて、見当がつかないので相談していました」

「さようでしたか」

　長官は浅黒い顔で微笑んだ。

　足弱の愛馬である黒馬のアルセフォンと、姉妹で贈られた白馬の姉を両親として生まれた仔馬は、黒毛の牝馬だった。

「せっかくだから、王族の馬たちの系譜になぞらえようとはおもうんですが、……レシェイヌがいうほど気軽につけられるものでもないなあと」

夏を予定していた馬の出産は、足弱が王都に戻らぬうちに母子ともども無事に終わった。

足弱の当初の計画では出産の邪魔にならないよう、別の場所で仔馬の誕生を待つ気でいたようだが、オマエ草の大規模栽培という案が実行されて、それどころではなくなっていた。

「兄上さまがお付けになるお名前、楽しみにしております。どのようなお名前であろうと、われら同様、王族に名付けていただくのです。喜ばしいことです」

「よく、考えてみますね」

長官は返事をきいて、立ち上がり、主人の向かいの椅子に腰をおろした。〈灰色狼〉も頭髪は灰色となり、厳格な顔に刻まれた皺は深くなり、床に平伏しているよりは椅子のほうが楽な年齢だ。足弱自身も曲がった右足を抱えて生きてきたせいか、とくに老いた者たちには機会あるごとに椅子を勧めてくれる。これを黒髪の主人の美徳のひとつだと感じ入るのは、自分が灰色狼一族だからだろうか。

その主人が表情を改めた。

「……おれの下心のある行動が、今回の騒動のきっかけではないかとおもうんです」

随行者たちの捕縛《ほばく》、怒った今世王の疾駆と大地の亀裂。二国の断交を指しているのだろう。

「人はあるていど打算で動くものです。兄上さまのお慈悲が形だけの不純なものであったとして、だれが傷ついたというのでしょう。われわれ灰色狼が兄上さまの行動で苦労したとしても、それは承知の上でございます。

今回の件、実際の争いごとが起こったのは、そこに暴力が介在してきてからです。大国の王族を、まして や婚約中の王族を、疲弊している小国の王として即位させたいという、とうてい無理な願望。自分たちに都合のいい夢を、無謀を承知で敢行しようとしたセイセツ国の短絡的な行動のせいです。そして、千年にわたるラセイヌ王族の偉業が、他国に夢をみさせるのです」

秘薬の持ち主として心をわずらわせているだろう事柄については、あらかじめ告げたいことをまとめていた。

「夢を」

「はい。もし、ラセイヌ王族が国王であれば、わが国はすべてうまくいき、栄えるだろう——という夢です。王族がその他国を望まれるのであれば、夢の通り栄えるでしょう。ですが、意に反して攫って即位させようなど、愚の骨頂《こっちょう》。滅びて当然です」

ラセイヌの王族が偉大すぎるのだ。今世の王はつねに英邁で性格温厚。開闢《かいびゃく》以来国土はつねに豊かだった。文化は花開き、いまだ野蛮な影の濃い大陸にあってひときわ明るい、ただひとつの光明地である。そんな国に憧《あこが》れない国などないだろう。

「……おれなんて王にしても、レシェや、歴代の王のように治めることなんてできないのに」

足弱は小さな声でそういうと首を左右に振った。

——われら灰色狼一族、兄上さまがあの国が欲しい、獲《と》れと命ずれば、喜んでその国の社稷《しゃしょく》を得ん。兄上さまが王座にあり、治めよと命じれば、その下で政を執る。

真面目な主人はすべて自分がしなくてはならないと考えているようだが、目の前の灰色の男に一言命じればいい。国を盗るのも、国を治めるのも、灰色狼一族にさせればいい。王族は王族として至尊の場で座してくれていればいい。

「ラセイヌの国の者たちは死者もなく全員無事に戻り、陛下はセイセツ国に断交を申し渡しましたが薬草や食料については病が収束するまで援助する方針らしいと〈水明〉からきいております。兄上さまが足を運ばれてつくったコグレ郡の薬草畑も栽培が継続されているとか。ここまでなされたのです、どうぞ憂いを払い、秋の祝祭をお迎えください」

長官は心を込め、頭をさげた。


同日、時を置いて緑園殿長官は緑流城に登城した。抜けるような青空に、ふと吹き寄せてくる涼しい風。日差しのしたは暑いが、秋がひたひたと暦《こよみ》のうえだけでなく近づいてきている。

——秋がくる。

（やれ、嬉しや）

口の端に笑みを浮かべるが、すれ違う者たちは長官に頭をさげるのでみることはない。声をかけてくる者もいない。しかし、広々とした廊下のあちこちで楽し気な会話がなされている。

大国の運営という点では、優秀な宰相のもと大過ない日々が送られていた。それでもどこか、上卿《じょうけい》、大夫《たいふ》、上士《じょうし》に役人たち、みな、心の張りがなかったようにもおもう。それがいま、王の帰還に活気づいている。

手摺りに手を滑らせて石の階段をのぼっていく。城内を警護している衛士たちは、国軍をあらわす青と緑の衣服のうえに茶色の鎧を着ている。

三階にくると、警護している兵士たちの装いは灰色となる。

武器をひとつも身に着けていない長官は、床までゆったりとある長い上着に、灰色の上衣と下衣、袖は長く、腰には目立たない飾りのついた帯。それらすべてが兵士たちと同様に灰色だった。頭上の冠だけは黒色で、その紐は顎のしたで結んである。

今世王が休息をとっている間に近づくと、取り次ぎの者に到着を知らせ、入室の許しを待つ。

窓から注がれる西日を浴びて、王冠と、王冠に負けない金髪を輝かせた麗しい姿の今世王が緑園殿長官の挨拶を受けた。

宝座に姿勢を崩して座っていた今世王は房飾りのついた扇子《せんす》で自分をあおいでいたようだが、手が疲れたのか侍従に代わらせた。

そよぐ風に、黄金色の前髪と、冠から垂れる飾りが揺れる。

「帰りの道中では兄上さまに手ずから匙で食べさせてもらっていたとか」

御前に膝をついたまま、長官はいった。

「まあな」

「陛下は大変ご機嫌であったときいております」

片方の腕を肘置きにあずけて、もう片方の指先で扇の房飾りを捕まえていた今世王は、ふふっと笑った。

いにしえからの王族の異能を調べても、今世の王ほど巨大で苛烈な使い方をした者はいない。

神の御業《みわざ》で大地と天候を揺るがしておいて、その者は、帰り道は疲労でごろごろし、兄に世話を焼いてもらっていたと、にこにこしていた。

「あれこそ至福のときよな。疲れるのに無茶をしてと、お小言もいただいた」

「もう人を罵倒することばもご存じでしょうに、お小言ですませてくださるとは、兄上さまの生来気高きお人柄に感謝せねばなりますまいな」

城下で物見遊山《ものみゆさん》するのが好きな足弱が、以前のように人が人をこきおろすことばを知らないとはおもわない。

「汚いことばなど知識としてお知りになったとして、兄上の頭のなかに自分が使うなどという卑俗な発想は起きぬだろう。以前は、知ることさえ避けてほしいと願ったが、余は兄上をもっと自由にして差し上げてもよいのだとおもい改めたのだ」

お互い軽い口調でやり合っていたが、垣間見える今世王の心情を〈灰色狼〉はいつも楽しみにしていた。海から産する得がたい珠《たま》のようだ。

「どのような心境の変化でございましょうか」

「去年の秋、兄上からわたしと今すぐ結婚しようといってくださった。衣装のことが諦めきれずに涙を飲んでお断りしたが、余の心はあのころからもう結婚しているも同然だ。変化といえば、これが変化の原因かもしれぬ。夫の余裕だ」

長官は笑みを深めたものの、軽快な追及の手は緩めなかった。

「その余裕ある夫は、兄上さまに随行することを願うわが副官をいじめたり、兄上さまと二旬会えぬといって、〈一進〉をはじめ、近侍にたくさん愚痴《ぐち》をこぼしていらっしゃったとか」

王付き侍従たちが、あ、それをいってしまうのですかと少しあわてた空気を発したが、問題はない。長い付き合いとなる今世王と長官のあいだでのじゃれ合うような席での発言で叱られることはないのだ。

こういう遊びでもないと、十四歳で即位した今世王の精神が参ってしまうがための始まりであったが、いまでは即位時の危うさはない。たったひとり残され、玉座に座るしかなかった少年の、寂寥《せきりょう》を帯びた横顔はもうみなくてもよくなった。

「まだ新米な夫のうえに、本懐を遂げていないのだ。仕方あるまい」

　本懐とは初夜だろうか。あれだけ手の込んだ初夜用の寝巻きを準備しているのだから、きっとそうなのだろうと長官はおもった。

「それは待ち遠しいことでございましょう。そうそう、陛下が大地に穴を空けられたそうな」

「まあな。しかし、あれはセイセツが悪い」

「さようですな。セイセツの草木をすべて枯らさないとは陛下はお優しい」

　感心したという意を告げる。すると今世王は青い目を丸くして長官をみた。

「そんな手があること、おもいつきもしなかった。〈狼《おおかみ》〉、恐ろしいやつめ」

「そうでしょうとも」

　棒を飲んだように返事をする。すべてわたしが悪くて、恐ろしいのもわたしです。

　今世王は破顔した。

　この黄金の輝きを守るためならば、何百何千の狼が死んでもよい。

「ところで〈狼〉」

「はい」

「兄上のところの〈命〉や、復帰した〈朝霧〉を始めとした老いた狼どもが後進へ道を譲ろうとしているが、そなたはどうするのだ」

　長官はゆっくりと頭をさげた。

「〈水明〉を次期族長にするべく、族内をまとめたいと考えております。〈水明〉に足りないものはその地位につけば、自ら学ぶでしょう」

「頭をあげろ。〈狼〉もついに〈紅葉《こうよう》〉に戻るか」

「陛下も兄上さまのまえでは『レシェイヌ』さまでございますれば、老狼めも〈紅葉〉に戻ってもよい頃合いかと」

　長官は目を細めた。

今世王という地位は、英俊な人材ばかりいる王族のなかで、もっとも優れた者が担うことになっている。今世の王は、その今世王の候補者になっていた少年だった。十四歳で即位して『陛下』としてしか呼ばれない日々を送っていた。その少年は青年となり、在位まさに今年で十五年である。

「〈命〉も〈朝霧〉も後進に譲りはするが、緑園殿での相談役、話し相手役などとしての地位は残していくそうだぞ。それに結婚式を挙げて見慣れた顔が多数消えることを兄上が嫌がるだろうから、すぐには里に帰らぬらしい。さて、〈紅葉〉はどうする」

「〈紅葉〉と名乗る老人は、陛下の酒飲み相手として、それとも瑟《しつ》の合奏相手として残りましょうか。若いころはこれでなかなか瑟の上手でございました。とっくに錆びついておりますが」

花茶の入った茶碗を持ち上げていた今世王は、渋い表情を浮かべた。

「酒の相手を命じようかとおもっていたのに、瑟だと？　錆びついているくせにぬかしおって。そっちを命じたい誘惑に抗《あらが》えぬ。一回だけ聴いてやろう」

「族長を引き継がせてから練習いたしますので少々お時間をいただきたく」

「好奇心を刺激しておいて、余を待たせるな……！」

同じ部屋にいた侍従たちが袖で口元を隠してくすくす笑う。長官は恐れ入った風を装いながら深く頭をさげた。

――秋も、これから先も、楽しいことばかりだ。

間話　日の出とともに

ラヌカンに戻って一旬が経った日。

東の方角にいまだ薄い暗闇を望み、緑流城の最上階に足弱は座す。

ふたりは朝日を迎えるようにして物のない板間に腰をおろしていた。今世王は胡坐をかき、足弱も右の下肢を伸ばしている。

足弱は今世王に左手を握られ、両目を閉じていた。頬に早朝の冷たい空気が触れている。

「兄上、目を閉じたまま、深く息を吸って、吐いて……わたしの手を……」

こぽこぽ。心楽しい音がする。

今世王に手を引かれ、足弱は光る命の泉を眺める。足首にかかる、琥珀色をした濡れない水。

意識すれば、浸かっている部分が濡れている感触も、花のような香りさえするようだった。

明るいが眩しくない光の奔流《ほんりゅう》のなか今世王にそっくりな老若男女たちが、すれ違っていく。

並んで手を握っている今世王と足弱に微笑むかとおもえば、男女は手を取り合って語り合う。子供たちが集団で走り去り、赤ん坊を抱えた若い女性が頬ずりしながら歌をうたう。そのよこを長い黒髪の王族が歩いていた。

どこかの四阿《あずまや》で、琵琶を太腿に乗せた青年が演奏している。そばに腰掛けている女性が耳を澄ませている。

威厳に満ちた壮年の男性が、両手で供物を掲げるようにして盆を運んでいた。そっくりな容貌の青年が、毛皮でできた服を着て大股で歩いていく。そのかれを追う男女も同じような服装で、ひとりは妊婦だった。

馬の手綱を引いた戦装束の女性が、険しい顔をしている。

小柄な黒髪の女性を子供のように抱き上げた男性の周りを、かれに似た子供たちが四人まとわりついて談笑していた。家族なのだろう六人はみな笑顔で、とくに夫だろう男性はとろけるような笑みを浮かべていた。

はっとするほど今世王に似た若い容貌の女性が、口髭をはやした壮年の男性にもたれている。

まだ髪を結うほど長くない子供が、輝く金の髪を乱して長い回廊を走り抜けていく。

――足弱は目を開けた。

とたん、昇る朝日に目を焼かれた。

「兄上とお会いするまでのわびしさのなかでは気づけなかったのですが、地上を去ったみなは、ここにちゃんと還ってきていると、そう感じるようになりました。もちろん淋しさはあります。兄上が先に逝くなど耐えられないでしょう。ですが兄上」

足を濡らしたはずの泉は、きっとこぼれた涙のように熱かったことだろう。

焼かれた目が痛くて、焼きついた情景が温かくて、弟からの気遣いが愛しくて、足弱はゆっくりと瞼を閉じて、うなずいた。

「みな、還ってくるのですよ」

結婚するまえから死別を心配する兄を、残される側の弟が慰めている。こうして会える、と。

「教えて、くれて、ありがとう、レシェ」

握ったままだった左手に力を入れると、ぎゅっと握り返された。

過去の王族たちの喜びと、はつらつとした表情。静けさのある顔と怒り。さまざまな表情。朝日とともに眺める情景のなかのかれらはまるで、先に去っていった者たちが、今世王のいう通り、一族のもとに還ってくるかのようだった。

いずれこの大地から王族はひとり残らず去るだろう。そして、去った者たちはみな、それまで手にしていた異能を返し、あの、こぽこぽと湧きつづけている泉に還るのだ。

みな、消えてしまったわけではないのだ。消えたようにみえたとしても、還ってくるのだ。本当のひとりになるわけではないのだ。これが、今世王が自分に伝えたかったことなのだとわかった。

第二十三話　伴侶と記す

足弱は後年、この日のことを振り返ってみて、自分はよく乗り越えたなあと感心するのだった。その日を足弱なりに要約すると——白銀の羽根が舞い、黄金が降り、弟との一生を先祖に誓い、衣装のお披露目をし、夜は衝撃だった、というものになる。

ちなみにこの日の主役の片割れにもきいてみたところ、「王族ラフォスエヌが、王族レシェイヌの伴侶と記された日です」といたって普通の、そして簡潔すぎる答えが返ってきた。あれだけ凝《こ》った衣装等を一年以上かけてさんざん用意した男の発言である。

そう、秋の日の晴天。

王族全員の生死の年やちょっとした情報を記録しておく王族の名簿『ラセイヌ王族典』に、ふたりにとって大切な記述を書き足したのだ。

＊

昨夜、挙式を控えたふたりは同衾せずに別々の寝室で寝た。足弱は寝つきのよさを発揮し、今朝もすっきりと目覚めた。粥を食べながら今日の段取りをきいた。

「昨日お伝えした通りで、変更点はございません」

「そうですか。それじゃあ、おれは午前中にレシェと墓参りをして、正午過ぎに城壁で姿をみせて最上階で砂を撒き、夕方からの宴に出席して早めに退席する、ですね」

今世王は早朝から夕方の宴まで行事で埋まっている。足弱は折々に呼び出されるだけだ。

昨年は午前中に足弱とふたりきりで誕生日の朝食をとっていた今世王だが、今年は結婚という祝い事が重なっているため、昨年のような余裕がないという。

ラセイヌに入朝している国々からの朝貢は十日前から届きだしていたらしい。三日前から王都ラヌカンでは入都規制がしかれ、門をくぐれない人々が郊外にあふれて幕舎が立ち並んでいるそうだ。

実際、その三日前から王都の各所で酒が振る舞われ、新嘗祭《にいなめさい》と結婚前祝いは始まっているも同然だということだ。恩赦も発表され、祭事と行政で役人たちは忙しそうだ。

足弱は新婚のワンはどうしているだろうとおもった。

(ワンさんはなんでもそつなくこなせそうな、頭のいい人だからな)

きっと周囲から頼りにされているだろう。

城で働く人々、役人、都民、他国からの訪問者たちが起こす大賑わいは、緑流城の背後にある緑園殿のさらに中央にある足弱の寝起きする房室にまでは、きこえてこない。

足弱の記念すべき日の朝は、静かに始まっていた。

「今年は……レシェイヌに誕生日祝いとしておれから何かを贈ってくれるよりも、自分から渡す結婚祝いをすべてうけとってほしいといわれているのですが……この取り引き、おれが楽をしすぎているようじゃありませんか?」

朝食後、王族たちの遺骨が納められている納骨堂に向かうため、足弱は今世王の迎えを待って庭が望める窓際に座っていた。

「本日、陛下が兄上さまに身に着けてほしいと願っているさまざまな衣装がございますので、それらを着た兄上さまが、そのうえで『楽だった』とお考えになるのであれば、後日にでも何かお贈りされてはいかがでしょうか。実際には、耳飾りをご準備されているではございませんか」

〈命〉のいう、足弱から今世王への贈り物とは青い宝石の耳飾りだった。その青い宝石は、今世王と足弱が外歩き用の身分として用意している『裕福な商人』がとりあつかっている商品のひとつだった。青い深い色の石に、異母弟の瞳を連想した足弱は、侍従からの提案で耳飾りに仕立ててもらっていた。

今世王が青い色合いの服を着るときに付けてくれたらいいな、くらいの気持ちだ。親指の爪くらいの宝石が左右で一個ずつ、それを大型として、中型二個と小型四個の青い宝石を並べて金で細工している。

(金の髪に青い瞳、青い宝石に金の細工、青い衣装……くどいかな)

秀麗な面差しの今世王はどんな色のものも着こなしてしまうので、きっと大丈夫だろう。

慌ただしい日のはずなのに、着替えを済ませた足弱がのんびりしていると先触れがきた。庭に出迎えの馬車がまわってくるらしい。

足弱は白地で肩の上部に薄い赤色がにじむ衣服を床に引きずっていた。

冠は白木で紐も白、垂れている連なった珠も白。飾りの色といえば淡い赤が筆先で水気たっぷりに塗ってあるていどだ。

結婚の日ともなれば、どれだけ豪華絢爛な衣装で頭から爪先まで飾られるのかと覚悟していた足弱は、上品で芳しい白い衣装に意表を衝《つ》かれていた。

午前中の納骨堂へ行くためだけの装いらしいから、落ち着いたものが選ばれたのかもしれない。

飾り帯は淡い赤が波打ち、金の雪が降っている柄だった。扇《おうぎ》も白い木で、白い房がついている。沓はこの配色が逆で、赤地に金の雪でとても派手だ。しかし下衣の裾が長いので沓はつま先しか覗かない。

「——愛しい人、お待たせしました」

到着した馬車から黄金色の王冠と、黄金色の王衣に身を包んだ今世王があらわれた。秋日の晴天のした、目の覚めるような美麗な立ち姿だった。

もともと手の込んでいる王のための衣装が、新調されているらしかった。基本の図案があり、それを飾るような宝石と宝玉が存分に格式高く散りばめられているらしい。

「おはようレシェイヌ。まずは誕生日おめでとう。二十九歳だな」

「ありがとうございます。その白い衣装を着た清楚な兄上に祝っていただけて、レシェイヌは幸せ者です」

「おまえが用意してくれた衣装だ。おまえが気に入ったのなら、それでいい」

「狙い通り、黒い髪と黒い瞳を際立たせている。兄上の可憐で清純で楚々《そそ》とした美しさには白しかないと選んでよかったです。この頬に落ちる冠の珠の大きさには悩みました。赤も邪魔しないていどの色加減の研究が間に合わないかと焦ったものです。白い清楚可憐な兄上の足下が赤色というのはどうです？　ここだけ、赤く強い意思と行動をあらわしてみました。金はもちろん、われわれ血族の色です。しかし主役は白なのです」

足弱に手を差し出し、馬車に乗せ、いっしょに乗り込んだあともずっと今世王は褒めことばを途切れさせなかった。足弱は、レシェイヌはよほどこの衣装を気に入ったんだなあと右から左にきき流した。理解しようとしても追いつけないからだ。春に三十九歳となっている男が可憐では木剣一本持ち上げられまい。

小さな丘ほどある三角錐の正面に、背の高い入口がみえてきた。二頭の白馬が引く馬車は、庭の奥にある納骨堂に到着した。何かを力説していた今世王も黙り、足弱の手を引いて下車する。待ち構えていた灰色狼たちが二列に分かれ、ふたりを出迎える。短い廊下に入ると日差しがさえぎられ、暗い地下におりていくような感覚を覚える。

鳥のさえずりも、風の囁きも、馬の荒い鼻息もきこえない。この堂のなかはいつも静かだ。床に敷き詰められた白い滑らかな石も、茶色の壁にかかった焼いた黒い板も変わらない。

あとから入ってきた侍従が、黒い板の両端にある、台にのった丈の長い蠟燭《ろうそく》に火を点けて去っていった。

ふたりは揃って、天井から斜めに降り注いでいる日差しのなかに入って膝をついた。

この大地でだれにもさげない頭をさげた今世王が、ゆっくりと語りだした。

「父よ母よ、兄弟姉妹たちよ。一族、祖先たちよ。今日、このレシェイヌと、兄であるラフォスエヌとはお互いをお互いの伴侶であると認め、みなに誓い、みなの代わりに民に周知し、結婚いたします。わたしとラフォスエヌは、お互いが特別であり、他のどの血族よりもお互いを選び合いました。われわれふたり以外いないではないかなどと無粋《ぶすい》なことはいわないでください。たとえ他に血族が生存していようとも、わたしは心の底からラフォスエヌに惚れ抜いたとおもいます。

数奇な運命によりラフォスエヌは『足弱』と呼ばれ育った男です。不自由な右足にも孤独にも負けずひとり山奥で生きていてくれました。このレシェイヌのいるラヌカンにのぼってきてくれました。わたしは兄とは違い、孤独に負けそうになっていました。意気地なく早くみなのもとにいきたいと願う日々でした。

父よ母よ、兄弟姉妹たちよ。一族、祖先たちよ。わたしはレシェイヌ。この国ラセイヌの王族にして、最後の王なり。兄ラフォスエヌと結ばれるからには、いよいよ今世王としての責務からは逃げられません。血族の伴侶がいながら王位を投げ出すようではもはや王族と名乗れません。さすが、ラセイヌ王族から輩出された王であったと、せめて最後に謳《うた》われるような王でありたい。

父よ母よ、兄弟姉妹たちよ。一族、祖先たちよ。わたしはレシェイヌ。〈幸喜〉と名付けられた男です。幸せになります。どうぞこれからも見守ってください」

黒い板をみあげることなく、足弱は伴侶となる男の横顔をみつめていた。

陽光が降り注ぐなかで、穏やかに真摯《しんし》に語るその内容をきいていた。ここに、弟の両親、兄弟姉妹、親族、親戚一同が会していたらよかったのにとおもった。十四歳で即位してから今日までの歩みをきっと褒めて、そして結婚を祝ってくれただろう。

今世王がゆっくりとこちらを向いた。微笑んでいる。

つぎは自分が語ることをうながされていると気づいて、正面を向いた。頭のなかは真っ白だ。行事の予定を〈命〉からきいておさらいしていたときには、ふたりで結婚します、というくらいのものだと考えていた。

しかし、今世王の温かくも決意に満ちたことばをきくと、それだけじゃ物足りなくなった。息を吸ってぐっと顎をあげた。

「……おれがここに初めてきて、このまえに座って話しかけたとき、おれは疑問でいっぱいでした。——おれは本当にあなたがたの一族なのでしょうか。そこにいるのはおれの父なんでしょうか。おれはラフォスエヌなんでしょうか。そんなことを問いかけてばかりでした。

今日、ここにいるおれは、『足弱』と呼ばれて育った男で、レシェイヌの異母兄ラフォスエヌで、父はこの墓に眠り、母はハラといい、おれを最後まで探してくれたと知っています。

おれは以前、ここで、おれのことを血族だとおもい込んでいる男にもうちょっと付き合うことになりそうだといいました。あれから約三年です。レシェイヌともっと長く、できるだけ長く付き合いたいと願うようになりました。山でずっとひとりで暮らすことだって平気だったはずです。でもレシェイヌと出会ってしかも三年もいっしょに暮らして、いまではもう、心境さえ変わってしまって……っ。

顔も知らない父と、兄弟姉妹、血族のみなさん、先祖たち。ラセイヌ王族が残してくれた〈幸喜〉は、おれが貰うことにしました。もうこれからずっと、いっしょにいるつもりです」

それだけいうと、足弱は震える息を吐き出して、頭をさげた。

膝をついている白い滑らかな床に、ぽつぽつと雫が落ちた。汗ばんだ手の平を置くと、陽光に温められた石の感触が伝わってきた。その手のうえに白い大きな手が重なって、痛いくらいに握られる。

顔をあげると、今世王の青い瞳の周りが赤くなっていた。ふいに今世王が振り返った。

「〈狼〉」

「はっ、こちらに」

盆のうえに冊子をのせた〈灰色狼〉が堂のなかに入ってきた。後続の者たちは、脚の長い文机、硯《すずり》、筆等を持っている。

「記入する場所は、書物の保管室でもよかったのですが、どうせならみなのまえがよいとおもって運ばせました。これが、『ラセイヌ王族典』です。王族の名簿とでもいいましょうか。そこに、それぞれの名前の備考欄にお互いが伴侶であると書き込みます。これも別に、われわれ自身がせずとも狼たちにさせてもよいのですが、わたしは兄上の名前を書きたい」

立ち上がるのを助けられ、そう説明された。

文机は立ったまま筆記ができる高さがあった。長官の秘書たちがせっせと墨を磨《す》る。

机に置かれた辞典のような厚みの冊子を、足弱は許可を得てからめくってみた。名前と略歴が記されている、人名辞典のようだった。

「ここにあるのは、この五十年くらいの王族たちの名前だけですね。冊子だと分かれてしまいますが系図という、一族の代々の系統をまとめた巻物もあります。ご興味があればいつでもご覧いただけます」

「ああ、一度みてみたいな。それにしても筆跡がどれもきれいだな」

「読みやすくて正確な字を書ける者が代々選ばれて書いているのでしょう」

「準備、整いました」

「よし」

緑園殿長官のことばにうなずき、今世王は自分の名前が記載されている頁を開いた。秘書官〈冠雪《かんせつ》〉から筆を渡される。

名筆家が記してきた冊子に、今世王は躊躇せず筆先を走らせた。

『レシェイヌ〈幸喜〉——伴侶ラフォスエヌ
——父ナファスエヌ　母マツハレ
…………

——十四歳　今世王に即位
——二十九歳　ラフォスエヌ〈木漏れ日〉と結婚
続柄　異母兄』

足弱が覗いていると、今世王が追記したのは名前のしたの『伴侶ラフォスエヌ』という部分だけだった。

筆を置いた今世王はそれは満足そうな笑みを浮かべた。

自分の書いた箇所を何度もみている。

「墨も乾いたので、つぎは兄上の頁です。どうぞ、兄上」

「え、おれも自分で？」

「せっかくですので」

「おれは、おまえほど字が……」

頁を確認すると、記入する箇所が狭い気がした。自分が書くと字がはみだして、この整然とした美しい辞典を汚してしまうだろう。

「だめだ。書ける気がしない。レシェが書いてくれないか」

「兄上の筆跡で後世に残したいのです。どこらへんが難しいですか」

「小さく字が書けない」

「試し書きする紙を用意せよ」

「そんなことしている時間ないだろう？　今日は行事が詰まっているはずだ」

「待たせればいいではありませんか」

　揉めたすえに、今世王に誕生日の贈り物としてねだられてしまい、足弱は何度か練習をして記入した。あれほど深呼吸を何度もして挑んだ筆記は初めてだった。

『ラフォスエヌ〈木漏れ日〉――　伴侶レシェイヌ
――　父ナファスエヌ　母ハラ
…………

――　三歳　行方不明
――　三十六歳　王都ラヌカンに生還　死亡との記載を撤回
――　三十九歳　レシェイヌ〈幸喜〉と結婚　続柄異母弟』

　書いた足弱より、今世王のほうが会心の笑みをみせている。しきりと、「いいですね。『伴侶レシェイヌ』、いいですね」と繰り返している。嬉しさが極まったのか、日差しのなか両腕をあげると、

「父よ母よ、兄弟姉妹、一族、先祖たちよ。ご照覧あれ。レシェイヌはラフォスエヌと伴侶となりました。この黒い鳥を娶《めと》った夫として、どんな面倒も背負います。王族のひとりとして、庶子を守ると誓います」

　そういって、くすくす笑った。

　おろす腕で足弱を抱きしめる。

「ああ、これでラフォスエヌはレシェイヌの伴侶だ。わたしの兄上はわたしの伴侶だ。わが兄上はわが伴侶だ」

　ことばを変えながら、いっていることはずっと同じだ。

「陛下、兄上さま。ご成婚おめでとうございます。王族に仕える灰色狼一族を代表して族長〈灰色狼〉が申し上げます」

「ありがとう、〈狼〉。そのほうらの捧げてくれた忠誠のお蔭もある。余はついに愛する兄上をわが伴侶としたぞ。みているか、〈狼〉。余はすでに兄上と出会って

愛することができたときから王族として悔いなく生きたと断言できたが、こうして伴侶として得た以上、わが人生は最上のものとなった」

「ほんに、お慶《よろこ》び申し上げます、陛下。レシェイヌさま」

今世王の腕のなかで弟と長官のやりとりをみていたが、この苦楽をともにしてきたふたつの族の族長であるふたりには、ふたりだけにわかり合える何かがあるのだろう。そんな雰囲気があった。

（長官が、レシェの名前をいったのを初めてきいた）

即位してから個人名を灰色狼たちからも呼ばれなくなったといっていた。それが、慶事だからか、今世王ではなく王族のひとりとして名を呼ばれた。


今世王との墓前での誓いを済ませた足弱は、また今世王と別々となった。日中の祝賀の儀を行うにあたり時間をかけて着替えた。最中に昼となったので、蒸かした芋だとか、茹でたトウモレイアだとかを齧《かじ》った。

夕餉は凝った祝い膳が用意されるらしいが、朝も昼も厨房がその夜の用意で上を下への大騒ぎのため、ごくごく簡単なもので済ませている。いつもは王族から料理について下問があった場合にそなえて近くに控えている厨房の者たちもいない。

トウモレイアの黄色い粒を噛んでいると、ふと小太りの料理長とのやりとりを足弱はおもいだした。

気楽な食事を足弱はちっとも気にしないのだが、王都に帰還したころ、式当日の昼食はそうなりますと事前に告げにきた料理長〈雪解《ゆきど》け〉が、責任をとって結婚式が終わったら車裂きの刑にしてくださいと頭をさげたときは驚いた。

「車裂きの刑って、刑罰ですか？」

「そのようなことばを兄上さまにおっしゃいますな」

〈命〉にたしなめられ、〈雪解け〉ははっとしてさらに床に額をこすりつけた。祝いの宴に並べる料理の仕込みで、そうとう疲弊《ひへい》しているようだった。

「まったく怒らないし、当日までみなさん倒れずにやりとげてください」

収穫祭に完成品を揃えなければならない厨房一同に見舞いのことばを贈った。

料理長をさがらせてから一応、車裂きの刑について尋ねたところ、ラセイヌにも存在する極刑のひとつ、とのことだった。引き裂き刑の一種だという。

そんな刑罰を口に出してしまうほど追い詰められている厨房を、足弱はいよいよ不憫《ふびん》におもった。

(料理も大変だけど、この衣装も……すごいな)

足弱は今世王が心血を注ぐ熱心さで用意した婚礼衣装を身に着けていた。

上も下も濃緑色であった。ただし、上衣は首から腰まで真珠と宝石が隙間なく縫い付けられ、腰から下はどんどん密度がまばらになる。ゆえに、離れて眺めると上から下に向かって緑が濃くなっていく。布地を染めるのではなく、装飾で濃淡がついているようにみせるという、恐ろしいほどの手間暇がかかっていた。沓も布地は濃緑色だが、全体に白真珠がついている。

飾り帯は赤い小さな数珠《じゅず》で、緑色の木彫り亀がついていた。

「緑と赤か。この上下は瑞兆《ずいちょう》の亀なんですね」

数珠を結んだ侍従にそういえば、微笑み返された。

その上下だけでも目を剝くほど装飾が凝っていた。式典にふさわしい厳《おごそ》かな装いでもあった。そこにさらに、上着として肩に乗せられたもので一気に衆目を集める華やかさになった。

「稀事告鳥《マレゴトツゲル》の羽根でございます」

その羽根は全体に白く、銀色に輝き、根元が少し赤くなっている。ラセイヌに存在する、稀事を告げに飛来する瑞兆の鳥。その鳥の希少な羽根を上着だけでなく冠にもふんだんに使い、宝石と黄金の装飾品と組み合わせて仕立て上げてあった、まさに圧巻のできばえである。

「よくこれだけ羽根がありましたねえ……」

感嘆の声をあげると、後列にいる衣装係の面々の目が潤み、唇が震えていた。

磨かれた青銅の鏡に全身を映しながら、とくと眺める。

「ああ、亀に鳥かあ……」

足弱は感心したようにつぶやいた。

着るというより、背負うというか、服というより、芸術品の飾り台になった気がした。

それにこの冠衣装に合わせて顔に色を塗ってあった。宗教儀式でも行われる由緒ある化粧というものらしい。目元に赤い顔料をつけられた。

王族の美貌もないごく普通の年相応の顔が明るくなる。

手を動かすと、縫い付けられた羽根がふわふわと揺れる。少し楽しい気持ちになる。

(防寒としてだけでなく動物の皮をかぶるというのも、地方の宗教儀式にあるものな。これも何かの儀式のひとつなんだろう)

以前読んだ本にそういうことが書いてあったとおもう。

左右四本の指。小指以外に黄金細工の指輪をはめられる。輪っかではなくて、指全体を覆うような形で、先端は丸めてあるが尖っている。ここまできたら、これも鳥の爪の見立てだろう。

「兄上さま、陛下がお越しになられました」

振り向けば、庭がみえる房室の入口から着飾った今世王が入ってきていた。

「わたしの黒い鳥が、今日ばかりは白い鳥ですね」

足弱と目が合うとそういって輝くばかりの笑みをみせた。

お互い身に着けているものはほぼ同じだった。

違いといえば帯と、今世王は扇子を持っていることだろうか。白蛇の飾り帯にさし、ときに手にしている扇子は白い親骨と仲骨に、扇面が全面に白糸刺繍でできており、さらに黒真珠が散らされていた。白く大きな美しい手にあって繊細な芸術品だった。

今世王の白い顔の目尻にも紅がさしてあった。ぱっとみた感じだと艶やかでみる人を陶然《とうぜん》とさせるが、その佇まいは厳粛で凜《りん》としている。

「人前に出るのに、王冠をかぶってなくていいのか」

「結婚の祝いを民から受ける場ですからね、なくてもよろしいでしょう。それに、わが頭に冠がなくとも、わたしがこの国の王です」

　どれほど華やかであろうと、青年にみえる若々しさがあろうと、威があった。

　大国を統べる支配者は、目の前の人物ただひとりだった。

「さあ、兄上こちらに」

　城壁の隅には角楼と呼ばれる警備用の建築物がある。ふたりが乗った馬車は緑園殿から緑流城のある敷地へ渡り、角楼の出入り口で止まった。壁も床も階段も石造で、飾りは少なく武骨で実用的だ。ここは緑流城のある敷地の一番外側にあり、馬車二台が並べるほど幅のある城壁のうえを行き来して警護する兵士たちの待機所だそうだ。

「例年の姿をみせる行事は、緑流城から渡れる城壁で行っていますが、今年は参賀の人数が多いのでこちらに変更しています。民たちは城壁のそとにある濠《ほり》の向こう側にいますでしょう？」

「すごい人数だな」

　角楼の窓から見渡せば、人人人……。いつもなら馬車が往来している道も、観賞用の樹木にも、どこかの貴族の屋敷の屋根のうえにも人がいる。

「この角楼から正門の砦までを馬の引く荷台に乗って移動します。途中三回ほど下車する予定です」

「歩かないんだな」

「端まで行くとなると半刻（一時間）と四半刻（三十分）はかかるでしょうか」

　披露馬車は美しい栗毛の二頭が引く。馬具がすべて白色で、美しく飾りたてられていた。足弱は近づいて馬の首筋を撫でた。馬が顔を寄せてきて白銀の羽根をぱくつきそうになったので笑って避ける。御者は乗らずに、馬の手綱を持って引率するそうだ。

　ワアッ……！

　遠目で顔もわからない距離だが、さすがに頭から足下までの羽根飾りをつけた長身のふたりが荷台にあがれば目につくようだ。歓声があがった。

「走り出しは揺れますので、お気をつけください」

　そう注意してきたのは近衛軍将軍だ。全身に灰色の鎧をつけ赤い房飾りのある兜までかぶっている。

「出発します」

確かに出だしはがくん、ときたが、荷台には腰丈に欄干がしつらえてあったので、そこにつかまっていればやり過ごせた。足弱の腰にはしっかりと今世王の腕もまわっていた。

「風がでて、羽根が揺れるな。抜けないか？」

「しっかり縫い付けてあるので大丈夫でしょう。景色が流れて、飛んでいるようですね」

「そうだなあ」

移動を馬に任せているふたりは気楽なもので、ときどき手を振った。そうすると、歓声は地響きに感じられた。

オオオーオォオオー……。

オオオーォォオオオーオオー……。

馬車は王族ふたりの姿をみせるために、城壁のうえにある道の外側近くを進む。その前後を複数の近衛兵が徒歩でついてくる。道の内側では騎馬の兵士がふたりずつ、等間隔に控えていた。王付きと兄付きの侍従たちも警護の邪魔にならないよう、内側の道を徒歩でついてくる。

「羽根と化粧で、兄上のお顔もはっきりしませんので、今後も城下で遊べますよ」

肩を寄せ合って眺めていると、今世王が耳元で囁いた。

「そういえば、最初にこういうことをした年は、わざわざ夜にしてもらったな。翌年は、広場で顔を隠して演奏したっけ」

「懐かしいですね」

「いつも気を遣ってくれてありがとう、レシェイヌ」

「夫として当然のことです。それにもともと、王の配偶者だからといって、兄上が顔をさらす必要はありませんからね。ましてや市場巡りや植物採取に影響をおよぼすことまでしてくださらなくてもいいのです。そうはいっても、夕にある祝いの宴では二箇所ほどこの姿のままで顔をだす予定ですね。顔を隠しますか？」

「どうかな。こうまですっぽり頭から羽根で覆われて、顔もいつもと違うようだし、大丈夫な気がするな」

「さようですね。いつも魅力的ですが、今日の兄上は午前中は可憐至極で、いまは力強くも優美至極ですよ」

笑みを深めると、今世王は顔をもっと近づけてきて頬に口づけをした。

ォオオオー！　オオー！

「レ、レシェ」

人前で受ける口づけはこれが初めてではないが、衆人環視にもほどがある。足弱はたじたじとなった。

「あ、空から」

背後から〈青嵐〉が声をあげた。気配がしたので振り返れば、荷台のうえに護衛兵の〈黎明〉があがってきている。大柄で背の高いかれが腕を伸ばして何かをつかんだ。右手でつかんだものを目視してから、足弱と今世王のまえでそっと手の平を開いた。

「黄色、深い黄色、いや、黄金色の花だな」と、足弱。

「見覚えのある花ですね」

「どこかで風で舞い上がったのかな」

足弱がそういえば、小さな黄金の花を摘《つま》んでまわしていた今世王は首を傾げた。そのあいだも、空からパラパラと小さな花が降ってくる。青空から舞い落ちてくる。

「この花が、以前、兄上のオマエ草畑を覆った黄金の花だとすれば、どこからかといえば天からの祝いではないでしょうか」

覚えていませんか、と目が問うてくる。今世王の『紅斑病《こうはんびょう》』罹患をきっかけとしてふたりが別れ、再会を果たしたあとの歓喜の日々のあと、緑園殿の植物を管理している〈寄道《よりみち》〉が困り果てて報告してきた黄金の小さな花々。

「あれか。あれが天から」

ドォーン、ドォー……ン。銅鑼《どら》の音が鳴っている。ふたりと同じように濠の向こう一帯にも黄金の小さな花は降り注いでいた。観衆はよりいっそう声を張り上げている。

快晴の秋空から舞い落ちてくる祝福の花。祝祭を彩る黄金の煌《きら》めき。

オオオォーオオー！

「ラセイヌ！　ラセイヌ！」

「天も嘉《よみ》したもう……っ」

「今世王陛下、万歳」

「庶兄殿下、万歳」

「ラセイヌ王室、万歳」

「お幸せに！　お幸せに！」

オオオーオーオオーオオー……。


祝賀の儀のあと、緑流城の最上階へのぼり、ふたりはラセイヌ王国各地から集められた砂を撒くことになった。

これは昨年秋に公示された国家事業として集積された一握の砂たちだ。

足弱はこの最上階に結婚式以前にのぼってきたことがあった。セイセツ王国からラセイヌ王国コグレ郡に帰還して、王都ラヌカンに戻ってきた。その後、今世王の早朝の瞑想に誘われて付き合ったのだ。

結婚式当日の昼過ぎ、最上階のこの部屋はやはり四方の窓は全開となっていた。瞑想をするときと同じように周囲をぐるりと一望できる。

早朝の時刻より空気は暖かで、景色も遠くまで望める。

「好天だな」

足弱は窓のひとつに寄って、両腕を頭上に伸ばして深呼吸した。さきほど城壁で浴びた大歓声と大観衆の視線が洗い流されるような気がした。悪いものではなかったが、少々重く感じていた。

「全土から集めた砂をさらに少量ずつ集めて、すべての窓から空に撒きたいとおもいます。この砂は風に乗り、わたしの喜びとともに全土に広がるでしょう」

「全部を撒くわけじゃないのか」

白銀色の羽根をまとったふたりは窓辺に並び、城下や山並みや空を眺めつつ話した。

「一握だけとはいえ、量が量です。残った砂は緑園殿で使う予定です」

「全国の砂で育てた草木か。それは贅沢《ぜいたく》だ」

お互いの腰に腕をまわして、のんびりしていると声がかかった。

「陛下、兄上さま、ご準備できました」
〈一進〉が捧げ持つ盆のうえに砂が山の形でのってい
た。
「兄上、よろしいですか」
「どうすればいい？」
「決まった形などないのです。ただ、こうして片手で
握って、空に」
そういって今世王が手本をみせるように実施した。
白い左手に握られた砂。
指先からこぼれる粒。
そのままでは、ただ窓辺から真下に落ちていくだけ
とおもわれた砂は風で放物線を描いて散った。
伸ばされた今世王の腕の羽根が震える。
白銀色が真昼の陽光を照り返し、求められ巻き起こ
ったような風が、砂色の粒を奪い取り、運んでいく。
「兄上」
足弱は、盆のうえの砂を左手でさらい、今世王の後
ろに並んだ。
「わたしの腰をつかんで支えにしてください。ゆっく
り、でも少量ずつで」
「わかった」
足弱は右手で今世王の腰につかまり、左手は今世王
にならって指のあいだからこぼすように、砂を空に撒
いた。見事にその砂を風が舞い上げていく。そして、
そのたびごとに、衣装の羽根がさわさわと揺れる。腕
の先は虚空《こくう》しかない。
（飛べそうじゃないか？　砂みたいに風が運んでくれ
そうじゃないか？）
その場の雰囲気がそうおもわせるのか、足弱はなん
だか飛ぶことに魅力を感じた。
とくに合図もなく、ふたりの声が揃った。
「——緑土なす」
その後、今世王の独白がつづいた。
「わが喜びを大地に撒く。また来年も緑なせ。われら
が大地よ、実り満ちよ」
先頭を歩いて砂を撒く王の白銀色の背を、足弱は目
を細めてみた。そして祈りをきいた。
「あ、あれは……？」

「東の方角からです」

階段のそばで控えていた侍従たちから声があがった。最上階を一周して砂を撒き終わっていたふたりは指された方向をみた。

「兄上、こちらに」

「あ、ああ」

今世王に腕をまわされて、ふたりは抱き合うようにしてそれを待った。

足弱は、はっとおもいだした。

青い空を背景に、白い塊が近づいてくる。鳥の一群とおもわれるものが飛来してくる。それは、南部での御幸巡行で遭遇した将軍〈青嵐〉に、その様子をあとからきいて想像したあの鳥たちではないだろうか。

「稀事告鳥か？」

耳元で囁くと、今世王がうなずいた。

「そのようですね」

「避難しなくていいのか」

「城の上空を飛翔するだけだとおもいますが、ここを窓から窓に突っ切る数羽もいるかもしれませんね。端に避けておきましょうか」

王族ふたりと灰色狼たちが避難しつつも見守っていると、白い一群の鳥は、見事な旋回をみせた。両翼を広げた白く輝く瑞兆の鳥が、三十羽はいた。

ザザァ！　あれだけの大群が近くを飛ぶと、風切る音も迫力がある。窓が白一面となるほどの群れだ。

城の下から遠く歓声もきこえてくる。

今世王に抱き込まれたまま足弱は鳥に目を奪われていた。頬に触れる白銀の羽根もまた、最上階の周辺を何度も飛翔する鳥のものだ。

「……おまえが風を呼んだから、稀事たちも来たんじゃないか？」

「招待されたとおもってですか？」

「そうだ」

「華燭《かしょく》の典《てん》に参加するとは、殊勝な鳥たちです」

ラセイヌ王族のまえに姿をあらわすことの多い瑞兆の鳥は、その日も羽根を残して、整然と優雅に飛び去っていった。

第二十四話　祝宴の招待客

ふたりは城壁での祝賀の儀と、全国各所から集めたその地の土を緑流城の最上階から風に乗せて撒くという祝祭行事を終えて緑園殿に戻ってきていた。

足弱は夕刻まで間食をしたり、今世王の新曲をゆったりきかせてもらったりして過ごした。

日が傾いて空の色が変わってきたころ準備ができましたと呼ばれた。

足弱は以前、春の誕生日に連れてこられた宮殿の広い堂で、そのときよりさらに大量の、怒涛のように押し寄せるさまざまな料理を茫然《ぼうぜん》と眺めていた。

三十人以上が座ることができる磨かれた白い長卓。ずらっと並ぶ燭台。灯る明かり。そこへ運ばれてくる結婚祝いの料理は三日間かけて百種類を並べるそうだ。

三種冷菜の盛り合わせ、前菜八種盛り合わせ、幸運鳥の巣入りの汁、鱶《ふか》のひれ煮込み、豚の角煮、牛肉黒胡椒炒め、チャチャウ玉子の煮込み、特製椎茸揚げ甘酢餡《あん》かけ、白霊茸牡蠣汁煮込《はくれいだけかきじるにこ》み、燻製《くんせい》肉、干し貝、蟹入りの炒飯、長芋の牛乳入り巻き揚げなどがあった。

実際、足弱が箸をつける皿には海鮮ものは入っていない。事前に何皿か試してみたが、今夜はとくに何かあってはいけないからと、避けられている。

今世王も付き合って、同じ料理を食べた。それだけではなく、今夜のために酒の量さえ控えている。結婚式を挙げた最初の夜である初夜というものは、一国の王がこれほど気を遣うものらしい。

「すごい数だな」

「われわれの残したものを今夜の宴に参加する者たちに下賜します。箸をつけるのは形だけでいいですよ。気になった料理だけ食べてください。食べ損なったとしても、あとでまた作らせることができますからご心配なく」

ふたりが食べる宴にはふたりしかいない。

血族が生きていれば、この宴は身内だけで飲食する場となったらしい。

下賜された料理で宴がひらかれている参加者たちへ

は、あとでふたつの会場に顔をみせにいくのだとか。

「そういえば、昼間、祝賀の儀でそんなことをいっていたな。よく考えたら宴ってふたつもあるのか？」

「宴は七つほどあったとおもいます」

「七つも？　七つあっておれたちは二箇所だけ行くのか？」

「招待している客がいるのは、そのふたつの宴だけですから」

「他の五つの宴の客たちは招いてないのになんで来ているんだ？」

「祭事に参加したかったのでしょう」

招いていないのに参加してきた者たちは、ラセイヌに入朝している国の王や代表者たちが中心らしい。そんな押しかけ祝い客たちに飲食を提供していることになる。これが大国の度量というものなのだろうか。

よくわからないが、「そうか」と返事をしておいた。

「食べようか」

「そうですね」

よい匂いがするので、衣装の飾りがはずれたり汚れたりしないよう気をつけながら口をつけた。椅子に腰掛けるだけで、白銀の羽根がふわふわと揺れる。

ふたりの食事が始まってしばらくすると、厨房の面々がやってきた。

「本日の料理は陛下と兄上さまの幸多きこれからの人生を嘉《よみ》して、健康長寿を願いつくったものでございます」

ふくよかな体格の中年である王室厨房料理長〈雪解け〉は、この日のため奮迅《ふんじん》したのだろう、顔だけは輝いていたものの、全体に痩せたようにみえた。

かれの背後に並ぶ副料理長や部下たちも、やりきった誉れ高い様子だが、頬が削げている。

「陛下と兄上さまの祝膳を揃えることができ、これほどの大仕事を任され、まさに料理人としてこれ以上にないほどの僥倖《ぎょうこう》を得ましてございます。誠にありがとうございます」

「そなたらの今日の仕事、見事であった」

今世王から労をねぎらわれると、〈雪解け〉の丸い顔はぐしゃっと崩れた。

「み、身に余るおことば……！　陛下と兄上さまが召し上がってくださるだけで、日々、厨房一同感謝にたえず、誠に誠に……っ」

　今夜ばかりは料理長だけでなく仲間も嗚咽《おえつ》して、止める者がないままにその場で抱き合って泣き、侍従たちに誘導され、近衛兵たちに引きずられて退出していった。

　一斉の号泣に目を奪われて無言でいた足弱は、その背中を追いかけるようにしていった。

「今夜の料理、美味しいですよ。見た目も華々しくて、きれいで、美味しいですよ……！」

　中腰になって声を張ったあと、きこえたのだろう廊下の向こうから、あああ！　と声があがった。しばらく語尾を引くような、あああ、あああが響いていた。

＊

　ふたりきりの祝いの膳が終わると、招待客が出席しているという宴に姿をみせに行った。

「どんな人たちを招待したんだ？」

「父の代から付き合いのある国王を幾人かと、名馬と、その乗り手の名手を輩出する部族の長と、太守としてよく郡を治めた者たち。それと、宴の端に職人も呼んでいます。今回、じつにいい仕事をしてくれた褒美として」

　全員どこかの国の王かと予想していた足弱は意外におもった。

「太守は表彰も兼ねてということか？」

「さようですね」

　足弱は何か忘れているような気がしていたがおもいだせなかった。そのまま、手を引かれて馬車に乗り、緑園殿をでて城の敷地へ移動する。

　秋の夜空には月が浮かんでいる。

　その月がよく望める高台に迎賓用の宮殿があり、馬車からおりて長い廊下を歩いていくと演奏がきこえてくる。ふたりの前後には近衛兵と侍従が付き添い、迷うことなく歩を進めると、上座近くの扉に控えていた者が声をあげた。

「今世王陛下、兄殿下、ご入来！」

この声に背を押されるようにして足弱は宴の最中に入っていった。

演奏の音は抑えられ、踊り子たちは退出していく。飲食物を運んでいた明るい色の服を着た男女も端に控える。

客たちは膳をまえに敷物に腰をおろしていた。足弱は自分の身のまわりを椅子で生活できるよう整えてもらっているので失念するのだが、緑園殿で過ごす以前は、こうして床で飲食をしていた。

膳をずらした客たちは崩していた脚を折り、膝をついて頭をさげた。

「余と兄の祝宴に参加してくれて嬉しくおもう」

上座に二脚並べてあった椅子に、今世王と足弱は座った。

〈一進〉が順に名を読み上げ、呼ばれた者は顔をあげて上座に進み出て祝いを述べる。

足弱も弟をまねて礼をいう。

そんなやりとりをしていると、ふとどこかでみたような顔があった。足弱より年下の、背は低いが骨が太そうな男だ。見覚えがある。

「ハラハラン郡太守、まえに」

おもわず立ち上がりそうになったが堪《こら》えた。

たしか、いまの太守は、母ハラが妾妃を辞退して故郷に戻ったあとに、結婚した太守とのあいだの子のはずだ。ハラハラン郡の能吏で、つまりかれは、異父弟ということになる。

「ハラハラン郡太守ハイゼでございます。このたびは、陛下、殿下のご成婚、誠におめでとうございます。おふたりのご成婚は、わが地でも評判であり、みな喜んでおります」

「ハラハラン郡太守もよく郡を治めているときく、今後も励むように」

「ありがたき幸せ。このたびは王都へのお招きありがとうございます」

異母弟と、異父弟が会話をしている。

そしてそのふたりの視線が、足弱に集まった。足弱はまごつきながら、声をかけた。

「ハラハラン郡太守……殿」

「はっ」

「太守への就任、おめでとうございます」

たしか、太守の地位は父から子へ継承できなかったはずだ。試験があって、それを通過する仕組みになっているのだとかきいた。異父弟のハイゼはそれをやってのけたのだ。そんな慶事を知らずにきてしまった。

南部を御幸巡行したあと、とくに異父弟妹たちと交流があったわけではなかった。〈命〉が気を利かせて贈り物をしておいてくれて、その礼状が届いたくらいで、以後は手紙ひとつもやりとりしていない。

湿度の高いハラハラン郡の郡城の一室で初めて面会したとき、足弱は王族の庶子として扱われ、そのうえ今世王の地位にある異母弟から求愛されていた。母を通して血は繋がっていたが、ラセイヌ王族の名簿に載る足弱と、異父妹ふたりと異父弟とでは地位が違いすぎた。

お互いがお互いに遠慮して三年が経とうとしていたのだ。

「ありがたきおことば。父と母が愛したハラハラン郡に挺身《ていしん》できる地位を得て、陛下の統治するラセイヌの郡ひとつを任された重責。それを、いよいよ感じております」

「訪問したときには、みなさん、大変歓迎してくれましたね」

「御幸巡行の訪問地としていただき、こちらこそ僥倖を賜りました」

「ご家族や、ハラハラン郡はつつがないですか」

「はい。父も祖父母も嫁いだ妹ふたりも、わたしの家族も元気にしております。ハラハラン郡では今年も収穫が高く民もみな豊かに暮らしております」

日に焼けた黄色い肌のハイゼは、穏やかに冷静に話す。肉付きのいいむちむちした指をしている。

とくに足弱に親しみを込めてなれなれしくしてくるわけでもなく、かしこまり、礼を失しない。これが太守までのぼった男の賢さなのだろう。異父弟ながら足弱は感心した。

(レシェイヌがわざわざ呼んでくれたんだ。これからはもう少しやりとりしてみようかな。正直、暮らしてきた環境が違いすぎてどう接していいのかわからないけれど……それをいうなら、レシェイヌほどじゃないよな）

大国の王と野人のように暮らしていた男が接するよりは気楽なはずなのだが、その大国の王は『わたしはレシェイヌ。あなたの弟です』といって恋愛関係が生じていたので、異父弟妹たちとの交流の参考にはならない。

おもいだすと、血縁者だと判明して恋愛に発展していくラセイヌ王族の常識が、一般の常識から逸脱しすぎていて理解できない。

（なんだか、こっちの弟妹と接したら、ラセイヌ王族の異常さが際立ってきそうだな……。おれは、王族の根深い性的指向に巻き込まれたんじゃないのか……？）

ラフォスエヌ、三十九歳、ラセイヌ王族庶子。純血のラセイヌ王族男子である異母弟を伴侶にしたばかりの男が、婚約してから二年のあいだでもっとも深く、己の結婚に疑念を抱いた一瞬だった。

「積もる話もあろうが、今宵《こよい》は余と兄上は他にも用事があるゆえ、そのへんで」

「ははっ」

「さがってよい」

足弱の常識になるであろう存在であったハイゼは、頭を深くさげ、膝を送ってさがっていった。

「愛しい人、疲れていませんか」

隣の席から手を取られ、微笑まれる。目元の化粧のせいか、ただ笑みを向けられただけなのに艶やかさが増して胸がざわめく。

「あ、ああ、いや、大丈夫だ。レシェ、太守殿を呼んでくれてありがとう」

「兄上の晴れ姿のお裾分けです。ですが兄上、兄上を愛する兄上の弟は、地上にこのレシェイヌだけですので、それは忘れないでくださいね」

やけに兄と弟を念押しされた。

「おれが結婚したのはレシェイヌだろ……？　わかっている」

「よかったです。愛しています、ラフォスエヌ。では、次の場に移りましょうか」

　足弱の表情から目を離さず、今世王はそういった。

　それだけではなく、会場をでると閉じた扉の数歩先で足弱を抱き寄せ、何もいわずに唇を寄せてきた。

「どう……んっ」

　背中と腰に手がしっかりかりまわり、合わさった唇から舌がなかに忍び込んできた。足弱は両目を閉じた。

「ん、ぅ」

　口にしていたのだろう酒の味がする。舌は足弱の舌を舐め、からめとり、唾液を吸った。口内を愛撫し、足弱の四肢から力を奪っていく。頬にかかる白銀の羽根が激しく揺れる。首飾りがちゃりちゃり鳴り、豪華な衣装のなかが熱くなってくる。

「んん、ぅ、うぅっ」

　もうひとつまわる宴があるといっていたのに、激しく舌を求められ、吸いつかれ、息が追いつかない。足弱は今世王の腕を叩いた。袖をつかんで引いた。

　扉の向こうからふたたび演奏が大きく響いてくる。人々のざわめきも復活している。

押し付けられた腰の部分がむずむずしてくる。

　今世王の顔を押し退けようかと考えたとき、ようやく舌が抜け、顔が離れていった。化粧ではなく唇を赤くした今世王が舌でその部分を舐めた。青い瞳は潤み、獲物を狙うように力強い。

「もうあと一息ですのに、我慢できず申し訳ありません。ですが兄上、わたしのことだけ、考えてください」

　今日一日、足弱の杖となっている男はそういうと、足下のふらつく足弱を支えて廊下を歩き出した。

第二十五話　ふたりの初夜

招待客への声かけを終え、新婚のふたりは緑園殿に戻ってきた。

それぞれ別の湯殿に入り、初夜用として整えた寝室で落ち合うのだという。

目まぐるしかった一日も、新床入りで終了だ。

時間をかけて身に着けた結婚衣装を取りはずしてもらう。最初は座って飾りを撤去してもらっていた足弱も、途中からは立ち上がって脱がせてもらっていた。

油断すると瞼がおりてこようとする。

温かい飲み物をもらい、体も心もほっこりしてくる。

「レシェが……王族の名簿……分厚い辞典みたいな書物に『伴侶』って書いたことに、あんなに喜んで……」

「さようでございますね」

「お喜びでしたね」

「砂を撒くために鳥の衣装で最上階に立つと、飛べるような気がして……レシェなら飛べるかも」

「危のうございますよ」

「それはさすがにお止めします」

「祝いの宴で、父の違う弟をレシェが招待してくれていて……すごく、驚いた。レシェはおれのこと、すごく、考えてくれている……いつも、すごく」

「再会できて、ようございました」

「穏やかで賢そうなおかたですね」

「陛下はいつも兄上さまを御想いでございます」

「ハイゼって……照れて、名前を、呼べなかった……」

「さようでしたか」

うとうとしながら今日あったことを話すと、左右から笑みをふくんだいらえがあった。

「眠い、寝てもいいだろうか」

「兄上さま、まだ寝てはだめです」

「陛下がお待ちです」

「起きてください」

「今日はまだ終わっておりません」

手を引かれて湯殿への廊下を歩む。手にするのは無事に帰還した黒漆の杖。そういえば、今日初めて杖をついた。日中、この右足を支える黒漆の杖は金髪碧眼《きんぱつへきがん》の男だったのだ。

脱衣所で最後の肌着を脱いで、湯気の満ちている白い石の床の湯殿に入る。むっとした空気に息を吐き、風呂係の青年に湯をかけてもらう。とろりと肌のあたりの柔らかい、敷地に湧いた温泉をひいた白い湯だ。

「兄上さま、ご結婚おめでとうございます」

「ああ、ありがとう。洗ってもらって気持ちいいから、もう眠りたいくらいだ」

「あともう少しだけ起きていてください」

「みな同じことをいう」

足弱は脱力しながら湯浴みを終えた。目はとろとろで限界が近いと感じていたが、侍従たちから着せてもらった普段と違う寝巻きを肩にかけられ、袖を通して異変に気づいた。

「――え……？」

一気に目が覚める。

「陛下より、兄上さまにぜひにと贈られた今夜のお召し物でございます」

〈命〉の声をききながら、自分の肢体をみおろした。

いつもと色も素材も丈も違う。

今夜の寝巻きは細い黒糸の刺繍だけでできていた。紐で二箇所結ぶだけの簡易なつねの白い寝巻きとは、下着をつけないのだけは同じだが、今夜のものは襟の左右を軽く合わせ、縫い付けている同色の幅のある布紐で腹の下あたりを結ぶ仕立てになっていた。足首までたっぷりと丈がある。正直、丈はあるものの肢体を隠す役目はあまり果たしていない。隠す気もないのかもしれない。ぎりぎり股間の大事なところは刺繍の密集と、布紐でみえないようだが、そこ以外は肌色さえわかってしまう。というより透けているといえる。

背面など露出はなはだしいだろう。そこまで想像がおよぶと、足弱は顔だけでなく体までかっと熱くなった。湯で洗い流したはずの肌が火照《ほて》ってくる。

（ななな、なんだこれ⁉）

周囲を恐る恐る見回すと、足弱の視線を避けずに受けたのは侍従長の〈命〉だけだった。

「寝室まで冷えないよう、うえに夜着をご用意しております。見た目は涼しそうですね」

「真夏でも、これを着るのは……。レシェは、おれのこと考えてくれているはずだとおもうんだけど、これは、考えて、こうなったの、か、な」

顔を赤くしながら足弱は白地に金糸刺繍のほどこされた夜着をうけとり、いそいそとはおった。

「深く、考えてのことでございましょう」

いつも〈命〉のことばには耳を傾ける足弱ではあるが、いまの台詞には年少者のいたずらを揶揄《やゆ》するような見守る側の余裕が入っているように感じた。


今世王が初夜用として念入りに用意したらしい寝巻きに目を覚まされた足弱は、杖をついていつもと違う寝室へ向かった。別棟にある今夜限りの寝室らしい。

（そういえば、これから『新婚夫婦』ってのになるんだったな。それで、これから夜はどうするのかっていう話だったはずだけれど、どうなっていたっけ。一年か二年か。それにまだ何か忘れている気がするな）

セイセツ国への薬草供給の件で、この日に向けていた意識が散じてしまい完全には戻ってきていないようだった。

（レシェは今日の結婚に向けて一生懸命に準備したり、父違いの弟と会わせてくれたり、おれのことたくさん考えてくれたんだから、おれももっとあいつのこと考えてやらないと）

夜着のしたに着ている寝巻きが間違いなく今世王の希望であったのならば仕方がない。今夜くらいは着てみせるしかない。これくらい期待に応えるのも兄の、いや、一国の王の伴侶としての器量かもしれない。

「足元、お気をつけくださいませ」

手燭で誘導していた〈星〉が膝を折り、段差に注意をうながす。

「ありがとう、〈星〉さん」

二段あがって、開かれていた戸口をくぐる。

「われわれはここに控えておりますので、何かあればお呼びください」

「はい」

背後で戸が閉じた。黒い沓が踏んだのは、昼に降った黄金の花の花弁《はなびら》だった。

白く濁った硝子のなかに火が灯り、その明かりの硝子は広い寝室の各所に置かれていた。中央には大きな白い寝台が置いてあった。四方を囲む幕はなく、天井から四方に広がる白い紗が吊るされている。

広い広い、寝るだけの部屋。

天井と板壁は白と黄金で彩色され、黒い板床には赤い織物が敷かれている。

反対側にあった戸口から足弱と同じ白地に金糸刺繍のほどこされた夜着をまとった今世王が入ってきた。

「お待たせしましたか」

「いや、おれも来たところだ」

ふたりは自然と寝台のそばで落ち合った。

「では兄上、まずは寝巻き姿をこのレシェイヌにみせてくださいますか」

白い手が伸び、柔らかい白い帯を解かれ、金糸刺繍の見事な夜着の左右が開く。

足弱は息を止め、ゆっくりと吐いた。

なんだか、みられるのが恥ずかしい。

湯殿の脱衣所で贈られた寝巻きを初めて着て火照った頬が、この寝所に来るまでに冷めていたのに、また熱くなってくる。

杖を持った手を意味なく左手から右手に替えてみたりした。今世王は視線を釘付けにしながら、丁寧な所作で足弱の夜着を脱がせて床に放った。

「兄上、後ろを向いてください」

「わかった」

杖の取っ手を両手でつかみながら体勢を変える。黒い沓で踏んでいる赤い織物は濃淡ある赤と黒とで複雑な模様が描かれているようだった。小さな黄金色の花弁が、そこに無造作に落ちている。

「兄上、こちらを向いて、寝台に腰掛けてください」

「わかった」

振り返ったものの、視線がずっと痛い。目を合わせないよう注意しながら大きな寝台に近づいて腰をおろす。杖は杖置きがあったのでそこに立て掛けた。敷布も上掛け布団もふかふかしているが、土台はしっかりとしている。

「兄上、照れていらっしゃいますか」

「あ、当たり前だろ……。この寝巻き、秋に着るには薄いとおもうぞ」

隣に座った今世王が足弱の肩に腕をまわし、首筋に口づけ、小さく笑う。足弱は顔を反対側に向けてびくっと肩を震わせた。

そう、今世王指定の細い黒糸の刺繍だけでできている寝巻きは、股間の一箇所以外、肌色さえわかってしまう。

「みてください、この芸術的な編みを」

白くて長い指は、つつっと足弱の鎖骨から胸元まで力を入れず爪を立てて撫でた。

「ひぁ……！」

これには足弱もたまらず今世王の手をつかんだ。

「黒い寝巻きから透けてみえる兄上の黄色い肌が、じつに美しい」

手を捕らわれると、今世王はそう告げて唇で肩から腕を愛撫した。

「あ、あ」

「色には迷いました。ですが、兄上の髪の色がいいとおもったのです」

「寝巻き、おまえの寝巻きは、どうした」

このまま翻弄されそうで、足弱は話題を変えようとした。

「夜着は同じですが、寝巻きは色違いにしたのですよ。みてくださいますか」

「ああ、みる」

寄り添っていた今世王が立ち上がったので、足弱も捕まえていた白い手を離す。

足弱のまえに立った今世王は、硝子越しの柔らかい明かりのなか、白と金糸刺繍の夜着を脱いで、そのまま床に落とした。履いていた黄色の沓も脱ぎ捨てる。

今世王が寝巻きは足弱の髪の色にしたといったように、自分の寝巻きもそうしたようだ。

白い伸びやかでしっかりした四肢に、細い黄金の糸刺繍だけでできている寝巻き。寝室が暗いため、編まれた黄金のなかの白い体が浮かび上がるようだった。

「き、きれいだな」

「ありがとうございます、兄上。これはこれで、美しい寝巻きでしょう？　着た者の体を引き立ててくれる」

「いわれてみればそうだな。薄いから目のやり場に困るが、おまえくらい堂々としているとなんでも似合う」

「では兄上、また着てくださいね」

「え……」

「素肌が透けて煽情的《せんじょうてき》なのに、兄上はどこか清らかさがありますね」

足弱はなんとなく放られたままの夜着を目で探した。今夜、そういうことをすることは頭でわかっていたが、口に出されると頬が熱くなって顔をあげにくくなる。

「レシェ、も、もう、布団に入らないか。こ、これも脱ごう」

まず履いたままだった沓を脱いだ。ついで胴体の下部あたりにある布紐を解こうとする。足首まで丈はあるが、沓を脱いだ動作もあって、腰掛けていると裾が割れて太腿の付け根近くまで剝き出しになっていた。

「いいえ、今夜は脱がないでください。自然とはだけるままがいいです」

きっぱりと拒否されてしまい、足弱は眉根をさげた。こだわりの特別仕立ての寝巻きだからか、早々に脱いでほしくないらしい。

「素敵ですよ、ラフォス。黒は兄上を際立たせ、わたしをより夢中にさせますね」

「う……」

また隣に座った今世王に囁かれながら、今度は頬に口づけされる。軽くちゅ、ちゅと触れられる。吐息を胸元に落とされると、寝巻き越しに胸の先端を摘まれた。

「白い寝巻き越しに吸いついたときの乳首もいいですけれど、黒い刺繡糸越しだと、どんな感じでしょうね。いまですら可愛らしい」

「うう、吸うな。また胸ばっかり。やめ、ろ」

人差し指の腹でふよふよと撫でられ、こりこりと反応した胸に足弱は腰を揺らし、ぎゅっと股を閉じた。急に体に走った熱から逃げたいのに、逃げては今世王に悪いとおもい、首をよこに振って耐えた。

「……ああ、兄上。本当にお可愛らしい……！　そんな兄上が、わたしの伴侶。愛しています、大好きですラフォスエヌ。一生大事にします。全身隅々までつねに可愛がります。生涯誓います」

息を呑んだ今世王は、そういうと両腕で強く足弱を抱きしめた。

足弱はこのまま今世王に押し倒されて始まるのだろうかと抱き返したが、しばらく待ってもそうはならなかった。やがて、足弱の首に顔をうずめていた今世王が、そっと首をあげ、囁いた。

「兄上、今夜、『最大限、ラフォスエヌはレシェイヌの願いを叶えるために努力する』という約束を果たしていただきたいのです。覚えておられますよね？」

そういえばと、足弱は今世王をみつめ返し、うなずいた。

「願いってなんだ？」

それから説明に四半刻（三十分）ほど時がかかった。途中、廊下に控えている侍従に茶を持ってこさせてまで丁寧に『お願い』の詳細をきかされた足弱は、心底困ったような顔をした。

「全部承知のうえでしたいってわけか」

茶器はさげられ、ふたたび寝台でふたりきりである。

「兄上がわたしの健康を気遣ってくださるのはわかるのですが、この行為というのはさきほどもいいましたが、われわれのような清潔な状態を維持している者ならばどうってことありません。それよりもふたりの仲がぐっと近づく、愛のある行為なのです。――兄上、『お願い』です。叶える努力をしてほしいです」

「仲がよくなる行為っていうなら、ほら、おまえが以前、すごく喜んでくれた、あれ……。これを着たまま、う、うえに乗っても……」

透けている寝巻きの腕を撫でてそういうと、拳を握って説得していた今世王からふっと気迫が消えかかり、はっとして我に返った。

「あ、兄上。なんて恐ろしい取り引きを持ちかけてくるのですか。レ、レシェイヌを惑わさないでくださない！　初夜のこの『お願い』は譲れません！」

足弱は内心お手上げになってしまい、天を仰いだ。

「そ、そこまでいうなら、もうわかった。努力、努力な。それじゃあ、もう一回洗ってくる」

「湯殿で洗っていないのですか」

「洗ったけれど、念入りってわけでもなかった」

「洗ったのなら大丈夫です。仰向けで寝てください」

話し合いが長引いて、寝台の中央で寝そべっていた足弱は今世王にそのまま両手でひょいっと移動させられた。枕に頭を乗せ、大の字になる。今世王は足弱に覆いかぶさった。両頬が波打つ金髪で隠れる。青い瞳が近づいてきてじっとみつめられる。

「お気づきですか。ラフォスはとてもきれいですよ」

「おまえはまた、そういう」

おれが可憐だとかと同じような、おかしなことをいいだす。そう反論しようとした口を柔らかく塞がれる。頬を撫でられ、親指の腹で閉じた瞼も撫でられるとくすぐったくも、気持ちよかった。

「ああ、本当に、どこもかしこも舐めたいな。でも今夜こそはあそこを。そうしないと悔いが残るのだ」

両目を閉じて弟に身を任せていると、唇を離した今世王が息を吐いてつぶやいている。台詞だけきいていると深刻そうだった。

今世王の乾いた両手がさらさらと肌を滑る。透ける寝巻きの裾から手が這い入り、締まった腹や、腰や、太腿をゆっくりと撫でていく。

「はぁ、あ……」

体力差のあるふたりが長く楽しむため、足弱が感じ入ってすぐに気をやらないようにと、男が一番感じる箇所は前戯においてないがしろ——と足弱が感じるくらい後回しなことが多い。

それが今夜は早々に長い指に触れられ、盛り立てるようにしきりに励まされる。憎いくらいに快感を集められていく。もとから弟に手で愛撫してもらえると気持ちがいいとわかっているので、体は素直に期待を高まらせていく。

「ふ、ぁ、あ」

足弱はさきほどから小さく何度も震えていた。膝を擦り合わせて快感を逃がしたいが、股のあいだに居座る今世王が邪魔でできない。薄い寝巻きが下肢にからみ、胸元がはだける。

昂り、濡れてきた先端を指の腹でなだめられ、射精ができないでいどの快感だけを与えられている。

「ぅ、う」

胸を大きく上下させ、浮いてきた額の汗を足弱は手の甲でぬぐった。

「レシェ、もう」

首を持ち上げて今世王をうかがうと、弟もうなずいてくれた。

「そうですね」

ようやく同意してもらえて、足弱は天井から吊るされている紗を吹き飛ばしてしまいそうなほど安堵した。もう、それほど『願う』なら非常に遺憾ではあるが、口にすればいいだろう、とおもう。さっさと咥えて夜を進めてほしい。

「兄上。たぶん、みないほうがいいですよ」

では、いよいよなのかとはっとする。いまさらに、妙に緊張してきた。屹立させたままこうして神妙な面持ちでいつまでもみつめ合っていても仕方がないので返事をする。

「そうする」

「任せてください。気持ちよかったらそのまま出してくださいね」

嬉しそうな声をききながら、足弱は勧められるまま両目を閉じた。

すぐに濡れたような、優しくも熱い感触が、ちろちろと先端近くをくすぐってきた。あまりにも敏感に伝わってくる。

「はっ、あぁ」

嘘だろう、本当に舌だ。足弱はすぐさま目を見開いて天井をみた。硝子越しの明かりを受けて、白い紗は薄暗い色に染まり、風もないのに揺れているようだった。

根元から、さきほどの感触が先端に走っていく。

「ぁ……ああ！　レシェ」

舐められている。わかる。指じゃない。舌だ。

じっとしていられなくて膝を立てようとするが、今世王の肘が置かれていて押さえ込まれた。足弱は枕に乗せたままの頭を左右に振った。

「レシェ、レシェ」

こんなの同じ体勢でなどいられない。ぎゅっと敷布を握る。

今世王の舌が、味わうかのようにいつも深い口づけでそうするようによく動いて、吸って、撫でてくすぐる。掬い取って、飲み込む。

棒を縦に舐める動きだった舌が、横からしゃぶるような動きになった。まったく躊躇なく、唇が吸いついて舐めしゃぶってくる。すごく水音が鳴っている。

「あああっ、レシエっ、ああっ、はぁ、ああ」

しかもまた根元から唇だけで咥え、舌でべろべろと舐めながら上へ上へと進み、ついに先端ごと咥内に入ったようだった。

足弱は尻から総毛立ち、目を剝いてたまらず股の状況を確かめた。

両足のあいだに座って頭をさげている今世王は、両手でそれを支え、頭から丸飲みしていた。


じゅるるっ。

その音をきいたとたん、足弱はこれ以上ないくらい動転した。

「うわあああああああああ!?」

「兄上さま!?」

「何事ですか、ご無事ですか!?」

「陛下、兄上さま、入ります……!」

「せーのっ」

広大な緑園殿。秋の夜に響く大声。複数の者たちが肩から戸をぶち壊して突入していく足音。

それが、結婚し伴侶同士となったふたりの幕開けとなった。

最終話　愛するものは

翌朝、緑園殿長官は王族ふたりの初夜の報告を、執務机のまえで部下から受けた。

「そうか、兄上さまが『丸飲みにされた。丸飲みに』と。ふむ、怖かったのであろうな。陛下は心から欲望を……いや、兄上さまを楽しませたいとご奉仕されたのだろうにな。まあ、おふたりらしいではないか。その後は仕切り直して初夜は無事に済んだのだろう？　ならよい」

くくくっと〈灰色狼〉は笑いをこぼした。

あの英明な王も伴侶相手では形無しだ。

今世王と足弱の初めてがああいう酸鼻《さんび》な結末になって以来、足弱が悲鳴をあげたり、助けを呼ぶ声がしたら飛び込む、という方針となっていた。もちろん、初めての夜のように王の異能で入室できないこともある。それでも侍従と近衛兵たちはそのときにそなえていた。

昨夜はそれもあって寝室の戸を破壊したそうだ。結果的に、戸は普通に開いたようだが、その件について長官は叱責するつもりはない。足弱の安全を確かめられたことのほうが大切だった。

どちらにしても寝台のうえの足弱は大変動揺していたので、行為は中断され、最初からやり直すための休憩が入れられたという。

（邪魔をされたと陛下から昨夜の当番たちへお叱りを賜るという可能性もあるが、それはわたしが一族を代表して受ければよいことだ）

長官は椅子から立ち上がり、廊下にでて庭におりていった。午前の爽やかな空気に満ちている。青空が抜けるように高い。庭園の森林も色づいてきている。

挙式当日が終わっても、祝祭はあと二日つづく。

空は昨日同様の快晴だが、白い雲が虹を帯びたように輝いている。収穫祭の当日や次の日は奇跡が起きやすいが、今世王と足弱が出会ってからはそれは毎年といっていい。

「昨日の黄金の花と、稀事告鳥の大群と、今朝のこの空以外にも奇跡は何かあったか？」

長官につづいて庭にでてきた副官〈水明〉にきく。

「はい。ご報告します。緑園殿敷地内の砂利が砂金に変わっておりました。二貫(七・五キロ)ありました。それとさきほど、おふたりが昨夜過ごされた寝室の庭先にあった彫刻の亀の首が伸びていたらしいです。まだこの目で確かめてはおりません」

「亀が、首をな」

だれかが何かを待ち望んでいたせいだろうか。

真面目な顔で長官がうなずくと、いつものごとく表情なく立っていた〈水明〉もうなずき返した。

「はい。一目で変化がわかるほど長い首だったらしいです」

長官と副官は無言だったが、廊下にでていた秘書官たちが袖で口をおおって笑っていた。そんなかれらも庭におりてくる。

「昨日といい今日といい、花や鳥、黄金に彫刻と多彩だな」

「はい」

「はい、誠に」

「まるで、これからの陛下と兄上さまの幸多き人生が約束されているようです」

秘書官のひとりがそういうと、わあっと賛成の声があがる。部下たちの談笑する様子を眺めながら老いた男も微笑んだ。

「ああ、そうに違いない。天もおふたりを祝福しておられる」

式当日に天から舞い落ちてきた黄金の花や、瑞兆の鳥が残していった羽根は、盆に並べられて執務机に置かれている。

「しかし、天が祝してくださったからといって、われわれがただおふたりを傍観しているだけでいいとはならない。われわれは、陛下と兄上さまが幸せで心安らかに暮らせるよう、本当にそうなるように、今後も力を尽くしお仕えしていく」

「はい、長官!」

灰色狼一族の長のことばに、その場にいる灰色狼たちは声を揃えた。

＊

衝撃の初夜と、その後の二日延長、合計三日あった初夜を乗り越えた足弱は、もう目覚めなければとおもいつつ、目を閉じてまどろんでいた。

初夜とは一夜だけのはずだが、高度な交渉の末に三夜となった。

『初夜を延長する』代わりに、『新婚夫婦の営みの妥協をする』という案を飲ませたのだ。

決定した案は以下の通り。
一、『新婚夫婦』期間は三年間。
一、その期間中は、一日一回で、三日したら一日休み。もしくは、一日二回で、二日したら一日休み。
一、中四日制は、新婚の三年が明けてから復活する。
一、開始後、不都合があればそのつど話し合う。
別案として挙がったもの。
一、『新婚夫婦』は一年間、営みは一日四回で一日おき。
短期間で済ませる案だった。足弱としては、この案が通れば、一年どうにかやってやれないことはないと戦場に向かう悲壮な気持ちでいた。この心情を侍従たちが知れば、「無茶は禁物です」といったかもしれない。

今世王が推した案。
一、『新婚夫婦』は三年間、営みは一日四回で一日おき。
これをきいたときは、足弱はめまいを覚えた。三年間毎日休みなし案ではないが、なかなか越えがたい山のような案だ。無理だろ……というのが正直なところだ。

「あくまで希望を案にしただけです。わたしとしては兄上との『新婚』状態が長く続くほうが嬉しいです。初夜も三日、新婚も三年。数も揃ってよいですね。一晩の数はなくとも兄上と褥《しとね》をごいっしょする夜が増えるのも嬉しいです」

今世王も同意して決定した案が通った。

そんな一幕もあって過ごした初夜三日明けの朝。

瞼の裏からでも周囲の明るさがわかる。まるで緑流城の最上階で日の出を迎えたあのときのようだ。

とろりとした命の泉。芳醇《ほうじゅん》な花々の香り。過去か未来かもわからない情景。前方を歩き、横切り、談笑する金髪碧眼の王族たち。

今世王に似た若い女性。かの女《じょ》は寄り添っている年上の男性に花のような笑顔を向けた。それは間違いなく、愛する者に向ける愛情に満ちた微笑み。

目を開けると、寝台の飾り板に枕を立ててもたれている今世王の上半身がみえた。奥に雨戸の開いた窓がある。今世王は手元の書簡を読んでいるようだ。白い寝巻きに包んだ肩まで届く、緩く波打つ金の髪。

(そういえば、セイセツ国で長い髪のレシェもみたな……)

腰まであっただろう。

その髪と肩にはおった外套をひるがえしていた。足弱のことばをきいて天幕のなかに移動してくれて、そこで侍従たちが伸びた髪と爪を切ってくれたのだった。異能の威力が驚異的で、長髪の弟をじっくり眺める余裕などなかった。たぶんきっと、あんな場でなければ長髪の弟は鑑賞にたえる芸術的な姿だっただろう。

「長いのも、いいな」

ぽつりと口に出していた。

「おはようございます、わが伴侶の兄上。長いのもいいとは、何のことですか」

「おまえの、髪」

「仰せの通りに」

一拍おいて、足弱は起き上がった。今世王の青い目を正面からみる。

「本気かレシェ? いや、おれは、いっておいて悪いが、そこまで本気じゃ……」

髪を伸ばすと即答されて目が覚めてくる。

今世王はもたれた枕に上半身をあずけたまま片手で髪をいじった。

「わたしの髪が長いのもよいなと、兄上は一瞬でもおもってくださったのでしょう? それでのご発言ですよね。そうであれば、兄上に少しでも好かれる機会をこのレシェイヌ、どんなことでも逃《のが》しませんよ」

目の前の男は貪欲だった。

「少しでも好かれるようにって。レシェイヌ、おれは、すでにおまえのこと、けっこう、好きというか、あ、愛しているとおもうんだが……」

男同士で結婚するという、とんでもないことまでしたくらい好きだというのに、自分の気持ちが弟に伝わっていないのだろうかと足弱は恐る恐る申し出てみた。

ぱあっと今世王の顔が明るくなった。両腕を広げて抱きついてくる。

「ああ、兄上……！　レシェイヌもです！　すごくすごく好きです、愛しています」

すれ違いはないようだったので足弱は安心し、今世王の背を撫でた。

だが足弱は知らなかった。

愛に生きる王族男子である今世王が、わが生涯にこれ以上惚れた者はいないと断言できる伴侶にたいして油断せず慢心せずを心掛けていることを。

その朝から愛しい人に披露するためだけに今世王は髪を伸ばし始めた。その決意と行動は、髪結いだ髪飾りだと、それはもう灰色狼たちを喜ばせた。

番外編　幻獣の王と黄金の花

小国の王といえど、大国の王の新嘗祭と結婚式が合併した、天も照覧する祝祭には、川底の石のように軽く、熟練した主婦に手荒く洗われる芋のように翻弄されていた。

先祖がその昔のとある今世王より、畏《かしこ》くも『幻獣《げんじゅう》の王《おう》』の名称を賜ったオオシラ国の国王イファンは、ラセイヌ王国王都ラヌカンに屋敷を構えているおかげで入都を許された。そうでなければ、周辺国の使節が王都で寝泊まりできる迎賓館がすでに満員ということで王都に入ることはできなかっただろう。縁故を頼っても限界があり、金を積んでも庶民の宿すら泊まれない。入れなければ、入れるまで都壁のそとで天幕を張って毎日門に並ぶしかなかっただろう。

大国の王都に小さいとはいえ屋敷を維持していくには毎年それなりの費用がかかるが、こういうことがあると継続していてよかったと大臣たちとうなずき合う。

王都では御祝義とばかりに、なんでもかんでも売れているらしい。とくに王室御用達の物は飛ぶように売れ、連日の品出しが間に合わないほど盛況だとか。

一時期もてはやされ、廃《すた》れたものの盛り返してきた団子屋がふたたび大成功しているとイファンの耳にまで届いていた。

「どんな団子だ。滞在中に食べられそうか」

屋敷の者たちにいうが、人気で早朝から並ぶしかなく、どんな身分の者でも、それこそラセイヌの王族でなければ抜けがけは無理らしい。

「わが君であれば、祝いの宴で口にできる可能性もあるのでは」

「そうだな。団子には気をつけてこよう」

当日の宴にでたら酒が入ってしまうのできっと忘れてしまうだろうが、そう返しておいた。

主人に酒が入るとふわっと気が大きくなってしまうことを家臣も知っているから、団子もこの場だけの話である。

迎えた祝祭当日。午前中に拝殿で参列という名の芋洗いをされたイファンは、せっせと噂を集めた。

先祖が今世王に愛《め》でられた美丈夫な外見は、時が過ぎても受けがいい。金交じりの茶色の豊かな髪に、はっきりした目鼻立ちが目を引くので声をかけてもらいやすい。

「これはオオシラ国王、ごきげんよう」

「ご丁寧にありがとうございます。ウルチ国王」

「殿下のお慈悲を逆手に取った小国が、ラセイヌから国交断絶されたとか」

「民は四散して逃げたときいておりますが、ウルチは近隣でしたな」

「逃げてきた民を受け入れると、それだけラセイヌの援助があるとかで……わが国も受け入れましたよ」

「なんという大国の度量、慈悲深く手厚いことか。もちろん、ウルチ国の温情に民も涙しておりますよ」

「上卿のひとりも転がり込んできましたが、そいつは叩き出してやりました」

「そうでしょうとも」

ラセイヌと絶交されて周辺国がやっていけるわけがない。文化武力国力といい、勝てる国などあるだろうか。ましてや、国境を険しくした『セイセツの断崖』に、大地に刻んだ『今世王の断罪の爪痕』である。

「ラセイヌの王族は、ラヌカンに住まう天人と謳われてきましたが、まこと王は生き神であらせられますなあ」

イファンは感嘆を通り越して、気が遠くなっていた。

「怒らせれば貧して滅ぶまえに、大地が揺らぎ、天から洪水を受け、地に没するようですぞ」

三十代のイファンと並んで小声で会話していた小柄で白髪白髯《はくはつはくぜん》のウルチ国王も、同じような表情をしていた。

大国ラセイヌを憤怒させた小国セイセツの噂を知った周辺国の使節たちは、恐懼《きょうく》しながら続々と入朝していた。『幻獣の王』もラヌカンに来るまえに噂を拾ったのだが、それを集めれば集めるほどびびってしまった。なにより苦しいのは、怖ければ怖いほど、参内して頭をさげねばならない身の上であることだ。

「そうそう……」と、ウルチ国王は歩きながらつぶやいた。

「わが国をセイセツ国の正妃一行も横切っていきましたよ。生国に戻る途中だとかでね。倒れて久しいとききおよんでおりましたが、ご存命であったようだ。庶子兄殿下のお慈悲が届いたとみるべきですかな。なんといっても、殿下がわざわざセイセツ国まで足を運ばれた一因でもあるお方でしょう」

「病に効く薬が手に入り、正妃も民も救われた」

そこですんなり、めでたしめでたしで終われればいいのに、国は滅んだも同然となっている。お互い小国とはいえ王位に座る者として、これ以上は話しにくくなり口を閉じた。

鐘が鳴り、花弁が撒かれる。

晴天広場から拝殿へつづく直線は、すべての扉が開かれて、広大な空間ができていた。

壇には玉座が置かれているが、今世王はいない。いなくともその椅子に拝謁していく。壇のしたには大国ラセイヌの宰相や大臣が揃っているので、椅子に頭をさげたあとは上卿たちとの繋ぎづくりに勤《いそ》しむ。

ここに参列するだけでも身分が必要だった。行列から離れると、緑流城の庭を眺めたり、飲食できる休み処に寄っていける手配がされている。


秋日の好天、喉が渇いて仕方がない。みなが休み処に寄るので、そこでどの国、どの族、どの者たちの代表が来ているか、だれに話しかけ、挨拶するかを物色できる。控えの間にいた家臣たちとも合流できる。この場所は新嘗祭三日前から三日後まで開放されているらしい。

招待客たちには宝物の土産があるらしいが、小国のオオシラ国には招待の書状などなかった。呼ばれていないが駆けつけるのも小国の真心なのである。

以前、今世王の庶兄殿下から筆写された薬草辞典を下賜されて、その返礼として苦慮したあげくに、狐の裘《かわごろも》を十四枚贈った。寒い冬場の床の敷物にでもしてもらえればせいぜいという質の物だ。何も返さないわけにもいかない。緑園殿長官から礼状が届いたので、うけとってはくれたらしい。

そして今回の結婚祝いの品である。何を贈るか、これまた小国の王と大臣たちは七転八倒した。毎年の朝貢であれば、鉱石をどれほどとか、オオシラ国の物産でじゅうぶんなのだが、今世王と殿下、一生のうちで一回の祝い事なのだ。いつもの鉱石とはいかない。

　苦肉の策で、殿下から下賜された薬草辞典に載っていない自国の草木を採集して、絵師にその絵を描かせ、採集地を記載し、押し花にした現物もいっしょにして献上した。ついでに見栄えをよくしようと、なけなしの狐裘《こきゅう》も追加しておいた。オオシラ国では狼裘《ろうきゅう》のほうが豊富なのだが、灰色狼が建国神話に登場し、近衛軍をあらわす忠実な動物と敬《うやま》われている国に、足拭きにでもしてくださいと狼の毛皮を渡すのは、ない腹を探られそうでできなかった。

（わが国に狐がいなくて、近くの国と交渉して譲ってもらうのは、大変だったなあ）

　それでも大国ラセイヌにオオシラ国は誠実だとでもおもってもらえたら、最上の結果である。

「お、なんだあの見慣れない一行は」

　声があがり、イファンは腰掛けていた長椅子から立ち上がって覗きにいった。

　驚きが広がるだけはある。長く編んだ黒髪を垂らして緑色のくすんだぺらぺらの布をまとった大柄な男四人は、みたことのない民族だった。イファンのように骨格が大きく、鼻が高い。そして一番異様なのは両腕が長いことだ。まっすぐ立っていても膝近くまである。

「どこの族だ」

「北原《ほくげん》……？」

「いや、まさか、本当に？」

　家臣も使って噂を収集すると、東の海岸にたどり着いた天宝《てんぽう》山脈の北方、北原からの避難者たちの代表――ということらしかった。

（北原は群雄割拠《ぐんゆうかっきょ》の状態がつづいているときくが、争いで飢えた民が南方のこちらにまで逃げてきたということだろうか）

　伝聞でしか知りえない北原の民を初めて目にした。イファンと同じように好奇心が抑えきれない物見高い者たちが集まった。

　その他にも、南原に住まう遠方の異民族や、海や川に住まう民たちも姿をみせた。ラセイヌの宰相をはじめとした大臣たちが対応している。

　青空に白い雲。その空に届くかのような六層の城。

馬車を必要とする広い敷地。揃いの黒い衣服の役人たち。冠に凝った上卿たち。大夫、上士たちも顔を揃え、仕立てたばかりの着物をみせびらかしている。楽人たちは演奏し、音に合わせて踊り子が舞う。領巾《ひれ》が頭上を越えて衆目を誘う。今日のこのときを描こうと絵筆を握れば異彩でまとまりを欠くだろう。

外からわっと歓声があがった。

「どうした」

「なんだ」

屋内にいた者たちが興味を引かれてでていく。イファンも明るい庭に足を踏み入れる。快晴の空から、はらはらと黄金の花が舞い落ちてきた。生まれたばかりの赤子の拳より小さな花だ。

六層の高みから花を撒いているのだろう。振り仰げば、どこにも人影はみえない。上空に風が吹いているのだろうか。

疑問が解けないうちにも、黄金の小さな花が、舞い落ちつづけている。

「ああ、これも……」

これまでもラヌカンの上空に宝石をちりばめたような帯をみた。虹をみた。この黄金の花もまた、そうなのだろう。イファンは地面に落ちた花を摘んだ。震える太い指には不似合いな、小さな花顔。まさに黄金を溶かしたような艶のある花弁。触れればそれが生花だとわかる。

自然とことばが湧いてきた。

(お祝い申し上げます、陛下、殿下)

周囲の者たちも花を拾い、天をみあげていた。

今年は陛下と殿下が結婚した祝いを国民から受ける儀式として、城壁にふたりが立つ予定となっていた。祝賀の儀というらしい。

太陽が中天にくる時刻。

オオオーオォオオー……。

オオオーォォオオオーオオー……。

地響きのような声が宮城を揺らした。

緑流城を囲う幅の広い城壁のうえに陛下と殿下が姿をあらわしたのだろう。都民たちと、この日に合わせて都にのぼってきた地方の民たちが、城壁をみあげる位置に集合し歓声をあげているようだ。

「始まったようですな」

「今年は一段と声がすごい」

「お衣装が遠目でみえませんな」

「白くてふわふわしているような？」

ドォーン……ドォーン。腹に響く銅鑼の音。

オー……オォオー……オオーオオー……。

ラセイヌの王族たちは普通、結婚式を宮殿内で済ませる。即位中の今世王が結婚した場合は、伴侶を一度だけ伴って堂に集った臣下にみせることがあったくらいだとか。

ラセイヌの王族にとって結婚は個人の出来事であり、政治向きに披露することでも通知することでもない。ここらへんは周辺国と根本的に違う。何かの盟約ともなると、国同士で婚姻を結ぶことが多いが、ラセイヌはこの習慣に従ったことはない。女性を貢がれても拒否している。

徹底して血族としか結婚しない一族なのだ。そこはどこまでいっても揺るぎがない。

今世の王は一年に一度は民に自身だけでなく、庶兄をも伴った姿をみせた。ついには伴侶をも披露した。この歴代と今代との違いはどうしてだろう。

（王族がおふたりだけ、ということだからかな）

親族の代わりに大地の民にみせているのだろうか。それとも単純に、結婚したから娘を送ってくるな、縁談を持ち込んでくるなという牽制《けんせい》だろうか。

「陛下と殿下が、最上階まで階段をのぼられます！その際にお姿をおみせくださいますので、ご参列になりたい諸王の方々は、指示に従ってお並びください。床が滑りやすくなっておりますので、出し抜こうと行動されますと、危険です！」

祝賀の儀が行われているのを遠目でみて、しばらくすると役人たちが声をかけてまわる。

広々とした階段脇や廊下の脇で片膝をついて控える。移動のついでに引見していただくという寸法だろうかと考える。灰色の鎧をつけた近衛軍兵士が槍を持って等間隔に立っている。灰色狼が登場すると、いよいよだとおもう。

「いつもと違って、なにやら新鮮ですな」

「さようですな」

なんとなくまたウルチ国王と肩を並べていた。同じような境遇なので行動範囲も似てしまうのだ。

ウルチ国王は白くて長い顎鬚をしごいた。

「今後千年経っても二度とみることが叶わない、ラセイヌ王族の結婚衣装ですぞ。目に焼きつけましょう」

「それは瞬きもできませんな」

軽い口調で返したが、イファンはちょっと胸にくるものがあった。

(ラセイヌの王族は、本当に今代で絶えてしまうのだろうか)

そのことがどうにも信じられない。

それからしばらくして、ふわっと花の香りがただよってきた。心とろかすような、ゆったりした心地になる芳《かぐわ》しさだ。


オォーオオー！　城内には、ラセイヌの臣下と兵士たちと、諸国の王や使節たちしかいないのに、民たちがあげた歓声と同じ声があがる。あの素晴らしい冠衣装をみるとただ歓嘆の声しかでてこないことがわかった。

異彩で塗られた祝祭の午前中が、中天を過ぎて白に塗り替わった。

ふたりは豪華で神秘的な白銀の羽根をふんだんに使った衣装をまとっていた。隈取《くまど》りも鮮やかに、重さなど感じていないように階段をあがっていく。白い数珠、真珠に黄金。深い緑。銀刺繍をかろうじてみてとれた。

今世王は鷹揚《おうよう》に手を振っていた。ことばを交わす機会など一瞬もなかった。

輿《こし》も使わず、ふたりは手に手をとってその足を一段一段運んでいた。その左右と後ろを灰色の忠実な狼たちが付いていく。祝い事の最中であろうと、警戒した目で周囲を見張っていた。

あの天人そのもののような麗しい姿を見送ると、今世王が大地を削り、亀裂を走らせ、大雨で他国の都を水没させたなど眉唾ではないかとおもえてくる。ラヌカンに到着するまでどれほど気が重かったか、怖かったか。

(禍福《かふく》は表と裏だものな。黄金の花を降らせるのだ、雨などもとから空にあるではないか、降らせるることなどもっと容易《たやす》かろう。大地を割るなどもっと簡単ではないのか。宮殿の天人たちが、怒りに震えて地上で力を振るえば、人など一溜《ひとた》まりもない)

ふたりが消えても残り香が、その鮮烈な姿の余韻をその場にただよわせていた。イファンは胸元に手を置いた。拾った黄金の小さな花を布巾で挟んで忍ばせてあった。

ザーッ。ザザーッ。

階段をおりてくる王族を待っていると、外からきいたことがあるような、ないような音が響いてきた。

「今度は何でしょうな」

ウルチ国王がきょろきょろしながらいう。

(森のざわめきに似ているが、城の周りに森はなし)

イファンも内心首をひねっていると、ウルチ国王が近くを歩いていた官吏に声をかけた。

「そこの者、すまぬが、この音が何かわかるか」

三十代後半くらいの男の官吏は、すっと伸ばした背筋のまま片膝をついて軽く頭をさげた。

「最上階にて、陛下と殿下を嘉《よみ》し給《たま》うかのように、瑞兆の鳥が群れとなって飛来したそうでございます」

「おお。瑞兆の鳥とは、やはり白銀の?」

「はい。稀事告鳥であろうと」

「そうであろう。ラセイヌ王室を祝う鳥となればそうであろう。さがってよいぞ」

「御前失礼します」

官吏は背をみせずに後退し、廊下の端に移動して立ち上がった。遠くから「ワン」と声がかかり、そちらのほうへ歩き去った。挙動がすっきりとしていかにも賢そうな男だった。ラセイヌは官吏ひとりとっても優秀そうだ。

ズァー……。

鳥の飛来を眺めにいくか迷っているうちに、遠のいていく羽音がした。

長い一日のなかで、重要な告知もあった。

馬車からおりた諸国の国王、使節たちが、夕方の宴に向かう途中で、役人が廊下に掲示していたのだ。ちゃんと目につくところで開示するあたり、周辺国の関心事がわかっているのだろう。宰相アジャンの顔が脳裏にちらつく。
一、こたびの婚儀を祝す奇跡が起こり、王室由来の薬草が出現した。
一、これは王室の秘薬であるが、こたびの婚儀を嘉《よみ》して畏《かしこ》くも世に与え給うものとする。
一、王室の秘薬は、今世王への直訴が、他国の者が入手する唯一の手段である。
一、自国民は緑《りょく》護院《ごいん》での医師の判断により処方されるものとする。
その掲示板に釣られるように、どこそこの王もあれそれの王も吸い寄せられていく。一読すると、家臣に書き写しておくよう命じる。

イファンもそうした。命じたあとは、また案内にしたがって廊下を進む。宴は複数の会場で開かれているそうで、今世王とその伴侶である兄は、いくつかを訪ねて顔をだすらしい。すべての宴に顔をみせるわけではないそうで、王族を拝見できるかは運次第だ。なんといっても規模が大きいのに、当事者はふたりしかいない。

この祝いの宴でも二脚の椅子に向かって祝杯を掲げたとしてもおかしくないと、イファンはおもっていた。

それにしてもと、掲示内容をおもいだす。

なかなかふくみのあるものだった。ラセイヌへ朝貢している国々はイファンと同じく慎重に文面を検討しなくてはならない。大国が何を暗示し、何を求めているのか察知するのは小国にとって大事なことだ。

(ラセイヌの朝廷は、秘薬を『殿下の秘薬』としてではなく、『王室の秘薬』として公示したのか。これは、殿下に付きまとうなという意味だろう。われら諸国のなかでは秘薬は殿下のものだと噂が広がっている。実際、セイセツ国へ向かわれたのも殿下だ。われわれが知っているのを承知のうえでわざわざ掲示したのだ。まあ、建前はそうしろってことだな)

胸をひんやりしたものが通り過ぎた。イファンは大きな手で鳩尾《みぞおち》を撫でた。

(おお、怖い。そんなに脅さないでほしいものだ。しかし……ではついに、殿下の……王室の秘薬を世にお与えになるのか。あの滅んだ国にお与えになったのだから、われわれのだれかがそのうちに願い出る可能性は高かったものな。

『他国の者』というのは、『他国の王、または大臣』あたりということだろう。その国の分を代表者が、今世王陛下に申し出るのか……振るい落としだな)

興味本位でねだるなという意味がふくまれているとみていい。大国の王を説得できる理由がいるぞ、ということだ。

(自国民も、ただ願うだけでは手に入らないが、緑護院の医師にまでたどり着けたら与えてもらえるのだな)

どちらも入手方法は偽りなく秘薬を求める正当な理由がなければならないが、真実症状があり、さらにどうしてもその秘薬でなければならない必然性があれば、手に入れることができる。

(厳重で、しかも丁寧な方法だ。王室の秘薬を本当に求める者たちに届くよう考えられている。今日、結婚されたおふたりにさまざまな祝いの品が献上されただろうが、われわれはその返礼として、ラセイヌ王族の秘薬を下賜される糸口を与えてもらったのではないのか？　――この国は飢えから守られ、さらに今日からは疫病からも守られる)

南原随一の大国が、飢餓《きが》におびえなくてもいい国が、病からさえも民を守ろうとしている。周辺国はそのついでしかない。

イファンの心は静まり返った。その奥底からじわじわと震えが立ち上がってくる。感動しているのかもしれなかった。

足下をみて歩いていた顔をあげると、通路を照らす燭に明かりが灯り、その行き先を案内している。イファンの視界のなかで、その明かりが滲んでみえた。

日中に目撃した、天から降る黄金の花。

大空を飛翔した白銀の瑞兆の群れ。

有象無象《うぞうむぞう》の周辺諸国使節がにぎにぎしく集まった堂。

途切れのない民草の大歓声。戦争に追われて逃げてきた北方の民。

天に祝され、地の民から慕われた一日にみえた。

謳《うた》え。

ラセイヌの民よ、もっと強く、大きく、謳え。

太陽の十人に、この地をこの民を統治してくれと願い出た長に、その英断に感謝せよ。

大地の民よ謳え。王を称えよ。王族を守護せよ。

なぜなら守護すればするほどにわが身も守られるからだ。

ラセイヌの民ではないイファンの胸にすら、痺れるような感動が灯った。もし自分がラセイヌの王族ならば、もっと大声で命じるはずだ。われらを敬えと。いや、こんな発想などラセイヌ王族からすれば卑小に過ぎるかもしれない。

――今日に限っては、おふたりの幸せだけを祈ろう。


なんといっても今日の良き日には。

心より御祝い申し上げます。

幾久しくお幸せに。

あとがき

「緑土なす」本編を書き終えたあと、しばらくして、つづきのイメージで浮かんでいたのが、四方を石壁に囲まれた薬草園で栽培に励む足弱の姿でした。どうやらかれはひとりで、他国の人のためにオマエ草を増やそうとしており、くたびれ、孤独で、空をみあげて弟や灰色狼、老人のことを考えていました。こんな状況にいる足弱は……。

今回、薬草園の足弱にアプローチする機会がやってきました。他国の薬草園。足弱、今世王、灰色狼たちはどう考え、どう動き、こうなったのか。およそ、こうであっただろうと書き上げたものが本書となります。

王族ふたりの結婚式を読みたいとご要望くださったみなさま、お待たせしました。今世王の〈主に夜の〉願いがいくつか叶っています。

user先生、明るく幸せなカバーと挿絵をありがとうございました。第一の読者である編集担当者さん、初稿のご感想に勇気づけられました。その他、本書に携わってくださったみなさまに御礼申し上げます。

読者のみなさまに、少しでも楽しんでいただけたら幸いです。

令和三年一月　みやしろちうこ

『緑土なす　天から降る黄金の花弁（はなびら）』をお買い上げいただきありがとうございます。
この本を読んでのご意見、ご感想など下記住所「編集部」宛までお寄せください。

アンケート受付中
リブレ公式サイト　https://libre-inc.co.jp
TOPページの「アンケート」からお入りください。

初出　緑土なす　天から降る黄金の花弁（はなびら）……… 書き下ろし

緑土なす
天から降る黄金の花弁《はなびら》

著者名　みやしろちうこ

発行日　2021年1月29日　第1刷発行

発行者　太田歳子

発行所　株式会社リブレ
〒162-0825 東京都新宿区神楽坂6-46 ローベル神楽坂ビル
電話　03-3235-7405（営業）　03-3235-0317（編集）
FAX　03-3235-0342（営業）

印刷所　株式会社光邦
装丁・本文デザイン　ウチカワデザイン
企画編集　安井友紀子

Printed in Japan
ISBN 978-4-7997-5093-3